Gegenkräfte

Gegenkräfte

Aldivan Torres

Contents

1 Gegenkräfte   1

1

Gegenkräfte

Aldivan Torres

Gegenkräfte

Von: Aldivan Torres
©2017- Aldivan Torres
Alle Rechte vorbehalten

Dieses Buch, einschließlich aller seiner Teile, ist urheberrechtlich geschützt und darf nicht ohne Genehmigung des Urhebers reproduziert, weiterverkauft oder übertragen werden.

Kurzbiographie: Aldivan Torres ist Entwickler der Serie „Der Seher". Er begann seine literarische Karriere am Ende des Jahres 2011 mit der Veröffentlichung seines ersten Romantikromans, „Gegenkräfte: Das Mysterium der Höhle." Aus dem einen oder anderen Grund hörte er mit dem Schreiben auf, erst in der zweiten Hälfte im Jahre 2013 belebte er seine Karriere wieder. Ab diesem Moment hat er nicht aufgehört. Er hofft, dass er mit seinem Schreiben Teil der brasilianischen Kultur wird und das Gefallen zu lesen bei denen erweckt, die noch nicht die Gewohnheit dazu haben, es selbst zu tun. „Für Literatur, Gleichheit, Brüderlichkeit, Gerechtigkeit, Würde und Ehre der Menschlichen Wesen, immer" ist sein Motto.

Hingabe

Zu aller erst, an Gott, dem Erschaffer für den alles lebt; an die Lehrer des Lebens die mich immer geleitet haben; an meine Verwandten, obwohl sie mich nicht ermutigt haben; an all jene, die noch nicht dazu in der Lage waren, sich mit den „Gegenkräften" in ihrem Leben wiederzuvereinigen.

Buchinhalt

Gegenkräfte ist das erste Buch der Reihe „Der Seher", in dem die Hauptcharaktere die Doppeldynamik, der Seher und sein untrennbarer Abenteuerpartner, Renato, sind. In diesem ersten Band, gelangweilt von der Monotonie, schlägt der Seher vor, einen Ausflug auf einen Berg zu machen, welcher verspricht, heilig zu sein, mit der Hoffnung, seinen Traum zu erfüllen. Nach dem Erklettern des Berges trifft er auf eine Beschützerin, ein altes Lebewesen voller Weisheit, welche verspricht ihm auf seinem Weg zu helfen. Mit ihrer Unterstützung führt er drei Aufgaben durch welche ihm die Erlaubnis geben die Höhle der Verzweiflung zu betreten, einen Ort, an dem das Unmögliche möglich wird. Er entscheidet dazu, sich sie zu betreten. Durch Fallen und durch Szenarien schreitend erreicht er die geheime Kammer wo er sich in einen mächtigen Hellseher verwandelt, dazu in der Lage, die Grenzen von Raum und Zeit zu überschreiten und die tiefsten Sehnsüchte des Herzens zu verstehen. Die Höhle verlassend entdeckt er die Beschützerin wieder und wird zusammen mit dem Jungen Renato auf eine Mission geschickt, die noch komplizierter ist. Dort muss er Ungerechtigkeiten beseitigen, jemandem helfen sich selbst zu finden und die Gegenkräfte wiedervereinen, welche im Ungleichgewicht stehen. So beginnt ihr erstes großes Abenteuer welches Spannung, Ungewissheit, Romantik und Drama verspricht.

Hast du einen Traum? Dann lies weiter und entdecke die Schlüssel die dafür benötigt werden, um sie zu erfüllen. Fröhliches Lesen!

„Mit dem Himmelreich ist es wie mit einem Mann, der guten Samen auf seinen Acker säte. Während nun die Leute schliefen, kam sein Feind, säte Unkraut unter den Weizen und ging wieder weg. Als die Saat aufging und sich die Ähren bildeten, kam auch das Unkraut zum Vorschein. Da gingen die Knechte zu dem Gutsherrn und sagten: Herr, hast du nicht guten Samen auf deinen Acker gesät? Woher kommt dann das Unkraut? Er antwortete: Das hat ein Feind von mir getan. Da sagten die Knechte zu ihm: Sollen wir gehen und es ausreißen? Er entgegnete: Nein, sonst reißt ihr zusammen mit dem Unkraut auch den Weizen aus. Lasst beides wachsen bis zur Ernte. Wenn dann die Zeit der Ernte da ist, werde ich den Arbeitern sagen: Sammelt zuerst das Unkraut und bindet es in Bündel, um es zu verbrennen; den Weizen aber bringt in meine Scheune."
Matthäus 13:24-30

Buchinhalt

Gegenkräfte
Gegenkräfte
Hingabe
Buchinhalt
Einleitung
Eine neue Ära
Vorbereitungen
Der heilige Berg
Die Hütte
Die erste Aufgabe
Die zweite Aufgabe
Der Geist des Berges
Stichtag
Das junge Mädchen
Das Beben
Der Tag vor der letzten Aufgabe

Die dritte Aufgabe
Die Höhle der Verzweiflung
Das Wunder
Die Höhle verlassen
Das Wiedersehen mit der Beschützerin
Die Verabschiedung vom Berg
Eine Reise zurück in der Zeit
Wo bin ich?
Erster Eindruck
Das Hotel
Das Abendessen
Ein Spaziergang durch das Dorf
Das schwarze Schloss
Die Ruinen der Kapelle
Der Befehl
Treffen von Bewohnern
Entscheidende Gespräche
Vision
Der Anfang
Die Eisenbahn
Der Umzug
Ankunft am Bungalow
Treffen mit dem Bürgermeister
Treffen der Bauern
Zurück zuhause
Die Ankündigung
Der erste Arbeitstag
Das Picknick
Der Abstieg vom Berg
Der Missbrauch des Majors
Messe
Reflektion
Sucavão
Der Markt

Der Fall der Kuh
Die Presse
Nachricht
Sitzung
Beichte
Tratsch
Reise nach Recife
Zurück ins Landesinnere
Arrangierte Hochzeit
Besuch
Die Tracht Prügel
Gerusas Cousine
Der „Segen"
Erscheinung
Ein neuer Freund
Der Tag vor der Hochzeit
Tragödie
Die schwarze Wolke
Der Märtyrer
Ende der Vision
Zeugenaussage
Zurück zum Hotel
Die Idee
Die Figur des Majors
Der Job
Die erste Begegnung mit Christine
Zurück zum Schloss
Die Nachricht II
Ausflug nach Climério
Entscheidung
Die Erfahrung in der Wüste
Die Verehrer der Dunkelheit
Die Erfahrung des Besitzes
Das Gefängnis

Dialog
Renatos Besuch
Die dritte Begegnung mit Christine
Der Aufruf des Engels
Der letzte Kampf
Der Zerfall der bestehenden Strukturen
Gespräch mit dem Major
Auf Wiedersehen
Die Wiederkehr
Zuhause
Epilog

Einleitung

Gegenkräfte präsentiert sich selbst als eine Alternative um die große Dualität zu überkommen, die in uns allen existiert. Wie oft im Leben stehen wir Situationen gegenüber in welchen beide Alternativen Vor- und Nachteile haben und sich für eine zu entscheiden ein wahres Martyrium ist. Wir müssen lernen uns zu besinnen und vorsichtig darüber nachzudenken, welcher der richtige Pfad ist und was die daraus folgenden Konsequenzen unserer Entscheidung sind. Schließlich müssen wir die „Gegenkräfte" unseres Lebens zusammenfügen und sie Früchte tragen lassen. Dadurch können wir eine viel gewünschte Zufriedenheit erreichen

Für den Aspekt dieses Buches können wir sagen, dass er von einem Schrei kommt, den ich in der Höhle der Verzweiflung hörte. Dieses Weinen war der Grund für alle Abenteuer die in diesem Buch erzählt werden. Mission erfüllt, ich hoffe, dass ich mein ultimatives Ziel, wenigstens eine Person träumen zu lassen, erreicht habe. Das ist, was ich jetzt noch mehr beabsichtige, wo wir doch in einer Welt voller Gewalt, Grausamkeit und Ungerechtigkeit leben. Die „Gegenkräfte" werden nach der Veröffentlichung nie wieder gleich sein und ich kann es nicht erwarten mit meinen Lesern ein neues Abenteuer zu starten, die das gleiche beabsichtigen.

Der Autor

Eine neue Ära

Nach einem fehlgeschlagenen Versuch ein Buch zu veröffentlichen fühle ich wie sich meine Kraft wiederherstellt und stärker wird. Am Ende glaube ich an mein Talent und habe den Glauben, dass ich meine Ziele erreichen werde. Ich habe gelernt, dass alles zu seiner Zeit passiert und ich glaube, dass ich reif genug bin um meine Ziele zu realisieren. Vergiss nie: Wenn wir etwas wirklich wollen wird die Welt etwas aushecken damit wir es verwirklichen. So fühle ich mich: mit frischen Kräften. Zurückblickend denke ich an die Werke die ich vor so langer Zeit las welche sicherlich meine Kultur und mein Wissen bereichert haben. Bücher begleiten uns durch Atmosphären und Universen die uns unbekannt sind. Ich fühle mich als ob ich Teil dieser Geschichte sein muss, der großen Geschichte der Literatur. Es macht keinen Unterschied ob ich anonym bleibe oder ein weltweit bekannter Autor werde der überall erkannt wird. Das wichtige ist der Beitrag den jeder zu diesem Universum beiträgt.

Ich freue mich über diese neue Einstellung und bereite mich auf eine große Reise vor. Diese Reise wird mein Schicksal sowie das von denen, die geduldig dieses Buch lesen, verändern. Lasst uns zusammen in dieses Abenteuer gehen.

Vorbereitungen

Ich packe meinen Koffer mit meinen persönlichen Sachen von äußerster Wichtigkeit: Ein Paar Klamotten, mein Kreuz und die Bibel, von denen ich mich nicht trennen kann, sowie ein Paar Blätter Papier um zu schreiben. Ich habe das Gefühl, dass ich viel Inspiration von dieser Reise bekommen werde. Wer weiß, vielleicht werde ich der Autor einer unvergesslichen Geschichte die in die Historie eingeht. Bevor ich gehe muss ich mich aber noch von jedem verabschieden (vor allem meiner Mutter). Sie ist überfürsorglich und will mich ohne guten Grund nicht gehen lassen, oder wenigstens mit dem Versprechen, dass ich bald wieder zurückkomme. Ich denke dass ich eines Tages einen Schrei nach Freiheit von mir geben muss und wie ein Vogel fliegen werde, dem seine Flügel gewachsen sind...und sie muss verstehen, dass ich ihr nicht gehöre, sondern eher dem Universum, dass mich willkommen hieß ohne etwas zurückzugeben. Wegen dem Universum habe ich mich dazu entschieden ein Schreiber zu werden und meine Rolle zu erfüllen und mein Talent weiterzuentwickeln. Wenn ich am Ende der Straße ankomme und etwas aus mir gemacht habe werde ich dazu bereit sein, der Gottesgemeinschaft beizutreten und einen neuen Plan zu erlernen. Ich bin mir sicher, dass ich auch eine spezielle Rolle innehaben werde.

Ich fasse meinen Koffer und merke wie ein Gefühl von Qual in mir hochsteigt. Fragen stürmen in meinem Kopf herum und stören mich: Wie wird die Reise sein? Wird das Unbekannte gefährlich sein? Welche Vorkehrungen sollte ich treffen? Was ich weiß ist, dass es zum Nachdenken anregen wird und ich bereit bin, es zu machen. Ich packe meinen Koffer (nochmal) und besuche meine Familie bevor ich gehe. Meine Mutter ist in der Küche und bereitet mit meiner Schwester das Mittagessen vor. Ich nähere mich ihnen und spreche das wichtige Thema an.

"Seht ihr diese Tasche? Sie wird mein einziger Begleiter (außer euch, die Leser) auf einer Reise sein, die ich bereit bin zu unternehmen. Ich suche nach Weisheit, Wissen und dem Vergnügen an meinem Beruf. Ich hoffe, dass ihr das beide versteht und die Entscheidung, die ich getroffen habe, akzeptiert. Kommt; gebt mir eine Umarmung und wünscht mir was Gutes.

"Mein Sohn, vergiss deine Ziele denn sie sind unerreichbar für arme Leute wie uns. Ich habe es schon tausendmal gesagt: Du wirst kein Idol oder so etwas Ähnliches. Verstehe: Du wurdest nicht dazu geboren ein großer Mann zu werden. (Mutter)

"Hör auf unsere Mutter. Sie weiß wovon sie spricht und hat absolut Recht. Dein Traum ist unmöglich denn du hast kein Talent. Begreife, dass deine Mission nur daraus besteht ein einfacher Mathematiklehrer zu sein. Du wirst es nicht weiter als das schaffen. (Schwester)

"Also dann, keine Umarmung? Warum glaubt ihr nicht dass ich erfolgreich sein kann? Ich garantiere euch: Auch wenn ich dafür bezahle meinen Traum zu erfüllen werde ich erfolgreich sein, denn ein großer Mann ist der, der an sich selbst glaubt. Ich werde diese Reise machen und ich werde alles entdecken was es aufzudecken gibt. Ich werde glücklich sein weil Glück daraus besteht, dem Pfad, den Gott um uns beleuchtet, zu folgen damit wir Gewinner werden.

Damit gehe ich direkt zur Tür, mit dem Gewissen, dass ich ein Gewinner auf dieser Reise sein werde: der Reise die mich an unbekannte Orte bringen wird.

Der heilige Berg

Vor einer langen Zeit habe ich von einem unwirtlichen Berg in der Pesqueira Gegend gehört. Er ist Teil der Ororubá Bergkette (einheimischer Name) wo das einheimische Volk, die Xukurus, wohnen. Man sagt, dass er heilig wurde, nachdem ein geheimnisvoller Medizinmann von einem der Xukuru Stämme starb. Es ist möglich jeden Wunsch wahr zu machen, solange die Absicht rein und aufrichtig ist. Das ist der Startpunkt meiner Reise, deren Absicht es ist, das Unmögliche möglich zu machen. Glaubt ihr das, Leser? Dann bleibt bei mir und schenkt der Geschichte spezielle Aufmerksamkeit.

Der BR-232 Autobahn folgend erreiche ich die Gemeinde Pesqueira, ungefähr 15 Meilen vom Zentrum entfernt ist Mimoso, einer der Bezirke. Eine moderne Brücke, erst kürzlich erbaut, gibt Zugang zu dem Platz, der sich zwischen den Bergen von Mimoso und Ororubá befindet, vom Mimoso Fluss umspült, der in die Talsohle fließt. Der heilige Berg ist genau an dieser Stelle und dort fahre ich hin.

Der heilige Berg befindet sich neben dem Bezirk und in einer kurzen Zeit bin ich am Fuße davon. Meine Gedanken wandern durch Raum und ferne Zeiten, wo ich mir unbekannte Situationen und Phänomene vorstelle. Was erwartet mich auf dem Berg? Es werden sicherlich wiederbelebende und stimulierende Erfahrungen. Der Berg ist von kleiner Statur (700 Meter) und mit jedem Schritt fühle ich mich sicherer aber auch gespannter. Erinnerungen von intensiven Erfahrungen die ich in den letzten 26 Jahren erlebte schwirren durch meinen Kopf. In dieser kurzen

Zeit fanden phantastische Ereignisse statt, die mich glauben lassen, dass ich etwas Besonderes bin. Allmählich kann ich diese Erinnerungen mit euch, den Lesern, ohne Schuld teilen. Jedoch ist das nicht die Zeit dafür. Ich werde den Bergweg hoch, auf der Suche nach meinen Verlangen, weitergehen. Das ist, was ich hoffe und das erste Mal fühle ich mich Müde. Ich habe den halben Weg hinter mir. Ich spüre keine körperliche Müdigkeit, sondern eher eine geistige wegen komischen Stimmen die mir sagen, ich solle zurückgehen. Sie bestehen fast schon darauf. Trotzdem gebe ich nicht so einfach auf. Ich will die Spitze des Berges bei allem was es Wert ist erreichen. Der Berg atmet für mich mit frischen Lüften die sich für die verbreiten, die an seine Heiligkeit glauben. Wenn ich dort bin, denke ich, werde ich genau wissen was zu tun ist, um den Pfad zu erreichen, der mich durch diese Reise leiten wird auf die ich so lange gewartet habe. Ich behalte meinen Glauben weil ich einen Gott habe der der Gott des Unmöglichen ist. Lasst uns weiter gehen.

Ich habe schon drei Viertel des Weges, werde aber immer noch von den Stimmen gejagt. Wer bin ich? Wo gehe ich hin? Warum denke ich, dass mein Leben sich nach der Erfahrung auf dem Berg so dramatisch ändern wird? Abgesehen von den Stimmen scheint es, als ob ich alleine auf dem Weg bin. Kann es sein, dass sich andere bekannte Autoren auch so gefühlt haben als sie heilige Wege entlanggingen? Ich glaube, dass meine Mystik anders wie bei anderen verlaufen wird. Ich muss weiter, ich muss alle Hindernisse überstehen und hinter mir lassen. Die Dornen die meinen Körper verletzten sind sehr gefährlich für Menschen. Wenn ich diesen Aufstieg überlebe, dann kann ich mich schon als Gewinner fühlen.

Schritt für Schritt nähere ich mich der Spitze des Berges. Ich bin schon nur noch ein paar Meter davon entfernt. Der von meinem Körper tropfende Schweiß scheint schon mit den Heiligen Gerüchen des Berges eingebettet zu sein. Ich mache eine kurze Pause. Ob die mir nahestehenden beunruhigt sind? Naja, das ist nicht wirklich wichtig momentan. Ich muss jetzt an mich selbst denken um auf die Bergspitze zu kommen. Meine Zukunft hängt davon ab. Noch ein paar Schritte und ich bin oben.

Es weht ein kalter Wind, gequälte Stimmen verwirren mein überlegen und ich fühle mich nicht gut. Die Stimmen rufen:

"Er hat es geschafft, er soll belohnt werden. –Ist er es überhaupt Wert? –Wie hat er es geschafft, den Berg zu erklimmen? Ich bin verwirrt und benommen; ich glaube nicht, dass es mir gut geht.

Vögel singen und Sonnenstrahlen liebkosen mein gesamtes Gesicht. Wo bin ich? Ich fühle mich als ob ich mich gestern betrunken hätte. Ich versuche aufzustehen aber ein Arm verhindert es. Ich sehe, wie eine Frau im Mittleren Alter mit roten Haaren und gebräunter Haut neben mir steht.

"Wer bist du? Was ist mit mir passiert? Mein ganzer Körper schmerzt. Mein Verstand ist verwirrt und unklar. Ist das weil ich an der Spitze des Berges bin? Ich habe das Gefühl, dass ich zuhause bleiben hätte sollen. Meine Träume haben mich dazu getrieben hier her zu kommen. Ich bin den Berg langsam hochgeklettert, voller Hoffnung auf eine bessere Zukunft und eine Wegweisung für persönliches Wachstum. Trotzdem kann ich mich fast nicht bewegen. Erkläre mir all das, ich bitte dich.

"Ich bin die Beschützerin des Berges. Ich bin der Geist der Erde der hierhin und dorthin bläst. I wurde hierher gesandt weil du die Aufgabe bestanden hast. Willst du deine Träume wahr machen? Ich werde dir dabei helfen, Gotteskind! Du hast noch viele Aufgaben zu bewältigen. Ich werde dich dafür vorbereiten. Hab keine Angst. Dein Gott ist mit dir. Ruh dich ein wenig aus. Ich komme zurück mit Essen und Wasser um deine Bedürfnisse zu befriedigen. In der Zwischenzeit, ruh dich aus und meditiere wie du es immer machst.

Nachdem sie das sagte verschwand sie aus meiner Sicht. Das verstörende Bild hinterließ mich betrübt und voller Zweifel. Welche Aufgaben muss ich bewältigen? Welche Schritte enthalten diese Aufgaben? Die Bergspitze war ein wahrlich großartiger und ruhiger Platz. Von ganz oben konnte man die Anhäufung von Häusern in Mimoso sehen. Es ist ein Plateau gefüllt mit steilen Wegen und voll mit Pflanzen auf jeder Seite. Dieser heilige Ort, unberührte Natur, würde er wirklich meine Pläne vollenden? Würde er aus mir, nach meiner Abreise, einen Autor machen? Nur die Zeit könnte diese Frage beantworten. Weil die Frau sich ihre Zeit ließ entschloss ich mich dazu auf der Bergspitze zu meditieren. Ich nutzte die folgende Technik: Erstens machte ich meinen Kopf frei (frei von Gedanken). Ich begann mit der Natur um mich in Harmonie zu kommen, geistig den Ort um mich betrachtend. Von hier an verstehe ich, dass ich Teil der Natur bin und dass wir völlig vernetzt in einem Ritual der Gemeinschaft sind. Mein Schweigen ist das Schweigen von Mutter Natur; mein Weinen ist auch ihr Weinen; allmählich beginne ich ihre Absichten und Bestrebungen zu verstehen und umgekehrt. Ich spüre ihr verzweifeltes Heulen nach Hilfe, flehend danach, dass ihr Leben nicht von den Menschen zerstört wird: Abholzung, exzessiver Bergbau, Jagd und Fischerei, die Emissionen von schädlichen Gasen die in die Atmosphäre abgegeben werden und andere menschliche Gräueltaten. All die Harmonie und Komplexität hat mich schweigen und auf meine eigenen Wünsche konzentrieren lassen. Ich öffnete langsam meine Augen und sah, dass ich der gleichen Frau gegenüberstand, die sich vorhin die Beschützerin des Heiligen Berges nannte.

"Ich sehe, dass du das Geheimnis der Meditation verstehst. Der Berg hat dir geholfen etwas über dein Potenzial herauszufinden. Du wirst in vielen Hinsichten wachsen. Ich werde dir bei diesem Prozess helfen. Erstens bitte ich dich, dass du in die Natur gehst und Sparren, Bretter, Stützen und Schnüre besorgst um eine Hütte aufstellst, danach holst du Feuerholz für ein Lagerfeuer. Die Nacht kommt näher und du musst dich vor wilden Tieren schützen. Morgen beginne ich damit, dir die Weisheit des Waldes zu lehren, damit du die wahre Aufgabe schaffen kannst: Die Höhle der Verzweiflung. Nur die, die reines Herzes sind, überleben das Feuer seiner Prüfung. Willst du deinen Traum erfüllen? Dann zahle den Preis dafür. Das Universum gibt nichts gratis her, an niemanden. Wir sind es, die würdig werden müssen, um erfolgreich zu sein. Das ist eine Lektion, die du noch lernen musst, mein Sohn.

"Ich verstehe. Ich werde hoffentlich alles lernen um die Aufgaben der Höhle zu bestehen. Ich weiß nicht wieso, aber ich fühle mich selbstbewusst. Wenn ich es auf den Berg schaffe werde ich auch die Höhle schaffen. Wenn ich gehe, denke ich, dass ich darauf vorbereitet bin um zu Gewinnen und Erfolg zu haben.

"Warte, sei nicht so sicher. Du kennst die Höhle von der ich spreche nicht. Du musst wissen, schon viele Kämpfer wurden vom Feuer getestet und vernichtet. Die Höhle hat kein Mitleid, auch nicht mit den Träumern. Hab Geduld und lerne alles was ich dir lehren werde. So wirst du ein echter Gewinner. Erinnere dich: Selbstvertrauen hilft, aber nur in der richtigen Dosis.

"Ich verstehe. Danke für deine Ratschläge. Ich verspreche dir, dass ich ihnen bis an das Ende folgen werde. Wenn Zweifel mich peitschen werde ich mich an deine Worte erinnern und auch daran, dass Gott mich immer retten wird. Wenn es keinen Ausweg aus der dunklen Nacht der Seele gibt, werde ich keine Angst haben. Ich werde die Höhle der Verzweiflung bezwingen, der Höhle der noch keiner entronnen ist!

Die Frau verabschiedet sich freundlich und verspricht, dass sie an einem anderen Tag wiederkommen würde.

Die Hütte

Ein neuer Tag erscheint. Vögel pfeifen und singen ihre Melodien, der Wind weht nach Südwest und die Briese erfrischt die Sonne, die für diese Zeit unerschütterlich heiß empor steigt. Momentan ist es Dezember, einer der für mich schönsten Monate, weil er der Beginn der Ferienzeit ist. Es ist eine verdiente Pause nach einem langen Jahr das dem Hochschulstudium der Mathematik gewidmet wurde. Die Zeit, in der man alle integrale, Ableitungen und Kreiskoordinatensysteme vergessen kann. Jetzt muss ich mich auf all die Sachen fokussieren, die das Leben nach mir wirft. Meine Träume hängen davon ab. Mein Rücken schmerzt als Ergebnis von schlechtem Schlafes nach einer Nacht auf ausgeklopfter Erde, die ich als Bett bereitete. Die Hütte, die ich mit viel Aufwand gebaut habe und das Feuer, das ich entzündete, gaben mir ein gewisses Maß an Sicherheit in der Nacht. Trotzdem hörte ich Geheule und Schritte außerhalb. Wo haben meine Träume mich hingeführt? Die Antwort ist bis ans Ende der Welt, wo die Zivilisation noch nicht angekommen ist. Was würdest du tun, Leser? Würdest du auch ein Risiko eingehen um deine tiefsten Träume zu erfüllen? Lasst die Geschichte weitergehen.

In meine eigenen Gedanken und Fragen eingewickelt bemerke ich fast nicht, dass die seltsame Dame neben mir auftauchte, die mir auf meiner Reise helfen wollte.

"Hast du gut geschlafen?

"Wenn gut heißt, dass ich noch ganz bin, dann ja.

"Vor allem muss ich dich warnen dass der Grund, den du betrittst, Heilig ist. Sei also nicht von Aussehen oder Leidenschaftlichkeit irregeführt. Heute ist deine erste Aufgabe. Ich werde dich nicht weiter mit Essen und Wasser versorgen. Du wirst sie dir selbst beschaffen. Folge in jeder Situation deinem Herzen. Du musst deine Wertigkeit beweisen.

"Es gibt Essen und Wasser in diesem Gestrüpp und soll ich es sammeln? Schau, ich bin es gewohnt in Supermärkten einzukaufen. Siehst du diese Hütte? Sie hat mich Schweiß und Tränen gekostet, aber trotzdem denke ich nicht, dass sie sicher ist. Wieso gewährst du mir nicht einen Wunsch den ich brauche? Ich bin der Meinung, dass ich mich schon als würdig erwiesen habe als ich diesen steilen Weg hochging.

"Halte Ausschau nach Essen und Wasser. Der Berg war erst der erste Schritt auf deinem Weg zu geistigen Fortschritt. Du bist noch nicht bereit. Ich muss dich darauf hinweisen, dass ich keine Wünsche gewähre. Ich bin nicht in der Position dazu. Ich bin nur der Pfeil, der deinen Weg deutet. Die Höhle ist die, die dir Wünsche gewährt. Sie wird Höhle der Verzweiflung genannt, die von denen besucht wird, deren Träume unmöglich wurden.

"Ich werde es versuchen. Ich habe nichts zu verlieren. Die Höhle ist meine letzte Hoffnung auf Erfolg.

Nachdem ich das sagte stehe auf und beginne mit der ersten Aufgabe. Die Frau verschwindet wie Rauch.

Die erste Aufgabe

Auf den ersten Blick sehe ich, dass vor mir ein ausgetretener Weg liegt.

Statt dem Gestrüpp voll Dornen wäre es das Beste dem Weg zu folgen. Die Steine die meine Schritte wegtreten scheinen mir etwas sagen zu wollen. Kann es sein, dass ich auf dem richtigen Weg bin? Ich mache mir Gedanken über all die Sachen die ich zurücklies um meinen Traum zu suchen: Ein Zuhause, Essen, saubere Kleidung und meine Mathebücher. War es das wert? Ich bin mir sicher, dass ich es mit der Zeit herausfinden werde. Die mysteriöse Frau scheint mir nicht alles erzählt zu haben. Je mehr ich lief, desto weniger fand ich. Die Spitze scheint nicht mehr so ausgiebig, nun wo ich sie erreicht habe. Ein Licht... Ich kann vor mir ein Licht sehen. Ich muss dorthin. Ich komme zu einer großen Lichtung wo die Sonnenstrahlen klar das Aussehen des Berges reflektieren. Der Weg endet und wird in zwei verschiedene Wege wiedergeboren. Was mache ich? Ich lief für Stunden und meine Kraft ist am Ende. Ich setzte mich nieder um eine Pause zu machen. Zwei Wege und zwei Auswahlmöglichkeiten. Wie oft im Leben sind wir solchen Situationen gegenüber gestellt; der Unternehmer, der zwischen dem Überleben seiner Firma und dem Entlassen von ein paar Arbeitnehmern steht; die arme Mutter im nordöstlichen Hinterland von Brasilien, die sich entscheiden muss, welches ihrer Kinder sie füttert; der ungläubige Ehemann, der zwischen seiner Frau und seiner Geliebten wählen muss; egal, es gibt viele dieser Situationen im Leben. Mein Vorteil ist, dass meine Entscheidung nur mich betrifft. Ich muss auf meine Intuition horchen, wie es die Frau vorgeschlagen hatte.

Ich stehe auf und nehme den rechten Weg. Ich mache große Schritte und es geht nicht lange bis ich eine weitere Lichtung erblicke. Dieses Mal sehe ich einen See und einige Tiere um sie. Sie kühlen sich mit dem klaren und transparenten Wasser. Wie soll ich weiter gehen? Ich habe Wasser gefunden, aber es sind überall Tiere. Ich frage mein Herz und es sagt mir, dass jeder das Recht auf Wasser hat. Ich kann sie nicht vertreiben und sie des Wassers berauben. Die Natur gibt einen Überfluss an Ressourcen für das Überleben des Menschen. Ich bin nur eine Schnur im Netz das es webt. Ich bin nicht überlegen, so dass ich mich als Meister sehe. Ich gebe meine Hände ins Wasser und schöpfe es in eine kleine Tasse die ich von

Zuhause mitbrachte. Der erste Teil der Aufgabe ist erfüllt, jetzt muss ich nur noch Essen finde.

Ich laufe weiter auf dem Weg, darauf hoffend dass ich etwas Essbares finde. Mein Magen knurrt weil es schon nach Mittag ist. Ich fange an auf die Seiten des Weges zu blicken. Vieleicht ist das Essen im Wald. Wie oft suchen wir den einfachsten Weg, der uns aber nicht zum Erfolg bringt? (Nicht jeder Kletterer ist der erste an der Spitze des Berges). Abkürzungen bringen dich schnell an dein Ziel. Mit diesem Gedanken verlasse ich den Weg und finde kurz danach einen Bananenbaum und eine Kokosnusspalme. Von ihnen werde ich mein Essen bekommen. Ich muss sie mit demselben Willen beklettern wie den Berg. Ich versuche es ein, zwei, drei Mal. Ich schaffe es. Ich gehe jetzt zurück zur Hütte, weil ich die erste Aufgabe geschafft habe.

Die zweite Aufgabe

Bei meiner Hütte angekommen finde ich die Beschützerin des Berges, die mir geistvoller als je zuvor vorkommt. Ihre Augen blicken sich nie in die meine. Ich glaube dass ich besonders für Gott bin. Ich spüre die ganze Zeit seine Präsenz. Er lässt mich in jeder Art wiederauferstehen. Als ich arbeitslos war, öffnete er mir eine Tür; als ich nicht die Möglichkeit dazu hatte beruflich zu wachsen, zeigte er mir einen neuen Weg; in Krisenzeiten hat er mich von den Fesseln des Teufels befreit. Nichtsdestotrotz, der Blick der Zustimmung, den mir die Frau zuwarf, erinnert mich an den Mann, der ich bis kürzlich war. Mein momentanes Ziel war es zu gewinnen, egal wie viele Steine in meinem Weg liegen.

"Du hast die erste Aufgabe gemeistert, ich gratuliere dir. Die erste Aufgabe war darauf abgezielt, deine Weisheit und deine Fähigkeit, Entscheidungen zu treffen und zu teilen, zu erkunden. Die zwei Wege repräsentieren die „Gegenkräfte", die das Universum regeln (Gut und Böse). Der Mensch hat die freie Wahl zwischen beiden Wegen. Wenn jemand den rechten Weg wählt, wird er für sein ganzes Leben von der Hilfe von Engeln erleuchtet. Das war der Weg den du dir aussuchtest. Trotzdem ist der Weg kein einfacher. Oft werden Zweifel dich bestürmen und du wirst dich fragen, ob der Weg es Wert ist. Die Menschen der Erde werden immer verletzend sein und deinen guten Willen ausnützen. Zudem wird das Vertrauen, das du in andere setzt, dich meist enttäuschen. Wenn du verärgert bist erinnere dich: Dein Gott ist stark und er wird dich nie stehenlassen. Lasse nie Wohlstand oder Lust dein Herz irreführen. Du bist besonders und wegen deinem Wert sieht dich Gott als seinen Sohn an. Verfalle nie in Ungnade. Der linke Pfad gehört denjenigen, die gegen Gottes Ruf rebellieren. Wir alle sind mit einer göttlichen Mission geboren. Manche weichen aber davon ab, wegen Materialismus, schlechten Einflüssen oder Verderbnis des Herzens. Die, die sich für den linken Weg entscheiden werden, wie uns Jesus gelehrt hat, werden keine angenehme Zukunft haben. Jeder Baum der keine guten Früchte gibt wird entwurzelt und in die Dunkelheit geworfen. Das ist die Bestimmung von schlechten Leuten, denn Gott ist fair. Als du den See und die Tiere gesehen hast hat dein Herz lauter gesprochen. Hör immer darauf und du wirst es weit schaffen. Die Gabe des Schenkens schien in diesem Moment auf dich und dein geistliches Wachstum war erstaunend. Deine Weisheit half dir Essen zu finden. Der einfachste Weg ist nicht immer der Richtige. Ich glaube, dass du bereit für die zweite Aufgabe bist. In drei Tagen wirst du aus deiner Hütte gehen und eine Tatsache suchen. Hör auf dein Gewissen. Wenn du sie bestehst, wirst du zur dritten und letzten Aufgabe weiterkommen.

"Danke für deine ständige Begleitung. Ich weiß nicht was mich in der Höhle erwartet oder was mir passieren wird. Dein Beitrag ist mir sehr wichtig. Seit dem ich den Berg erklommen habe, habe ich das Gefühl, dass sich mein Leben verändert hat. Ich bin ruhiger und selbstbewusster als je zuvor. Ich schaffe die zweite Aufgabe.

"Sehr gut. Ich sehe dich in drei Tagen.

Nachdem sie das sagte, verschwand die Frau. Sie ließ mich zusammen mit Grillen, Moskitos und anderen Insekten allein in der Stille des Abends.

Der Geist des Berges

Die Nacht fällt über den Berg. Ich mache ein Feuer an und das knistern beruhigt mein Herz. Es ist schon zwei Tage her, seit dem ich den Berg erklomm und es fühlt sich noch immer fremd an. Meine Gedanken wandern in meiner Kindheit: Die Scherze, die Ängste, die Tragödien. Ich erinnere mich noch gut an den Tag, an dem ich mich als Inder verkleidete: mit Pfeil, Bogen und Streitaxt. Jetzt war ich auf einem heiligen Berg, genauer weil dort ein Einheimischer starb (der Medizinmann des Stammes). Ich muss an etwas anderes denken oder die Angst friert meine Seele ein. Wie übersteht man Angst in solchen Situationen? Antwortet mir, Leser, denn ich bin ratlos. Der Berg ist mir noch immer nicht bekannt.

Das Geräusch kommt immer näher und ich habe nirgends um zu fliehen. Die Hütte zu verlassen wäre idiotisch, denn es könnte sein, dass ich von einem wilden Tier geschluckt werde. Ich muss mich, was auch immer es ist, gegenüberstellen. Das Geräusch endet und ein Licht erscheint. Ich fühle mich sogar noch ehrwürdiger. Mit einem Rausch Mutes rufe ich:

"Im Namen Gottes, wer ist da?

Eine Stimme mit einem nasalen Ton antwortet:

"Ich bin der mutige Kämpfer, den die Höhle der Verzweiflung bezwungen hat. Gib deine Träume auf oder dich wiederfährt dasselbe Schicksal. Ich war ein kleiner, einheimischer Mann aus einem Dorf der Xukuru Nation. Ich strebte an, der Häuptling meines Stammes zu werden und stärker wie ein Löwe zu sein. Ich sah also den heiligen Berg als Weg, meine Ziele zu erreichen. Ich siegte bei den drei Aufgaben, die die Beschützerin des Berges mir auftrug. Trotzdem, nachdem ich die Höhle betrat, wurde ich von ihrem Feuer verschlungen, das mein Herz und meine Träume in Stücke splittern ließ. Heute leidet mein Geist und ist hoffnungslos an diesem Berg gebunden. Hör auf mich, oder dich trifft dasselbe Schicksal.

Für einen Moment fror meine Stimme in meinen Hals und ich konnte dem gequälten Geist nicht antworten. Er ließ Schutz, Essen und eine warme Familienumgebung zurück. Ich hatte noch zwei Aufgaben in der Höhle zu erledigen, der Höhle, die das unmögliche möglich machen könne. Ich würde meinen Traum nicht so leicht aufgeben.

"Hör mich an, tapferer Kämpfer. Die Höhle führt keine belanglosen Wunder aus. Wenn ich hier bin, dann aus einem guten Grund. Mir geht es nicht um materielle Sachen. Mein Traum geht weiter als das. Ich will mich selbst weiterentwickeln, beruflich und geistlich. Kurz, ich möchte als das Arbeiten, was ich gerne mache, verantwortlich Geld verdienen und mit meinem Talent zu einem besseren Universum beitragen. Ich werde meinen Traum nicht so leicht aufgeben.

Der Geist antwortet:

"Kennst du die Höhle und ihre Fallen? Du bist nur ein armer Mann, der die Gefahr, die vor dir liegt, nicht erkennt. Die Beschützerin ist nur eine Scharlatanin die dich nur täuscht. Sie will dich ruinieren.

Die Forderung des Geistes stört mich. Kennt er mich überhaupt? Gott, in seiner Gnade, würde mein Versagen nicht erlauben. Gott und die Jungfrau Maria waren immer effektiv an meiner Seite. Der Beweis dafür ist, dass die Jungfrau mir immer wieder in meinem Leben erschien. In „Vision eines Mediums" (ein Buch, welches ich noch nicht veröffentlichte) beschreibt eine Szene in der ich an einem Platz sitze, Vögel und der Wind sind unruhig, und ich bin in Gedanken über die Welt und das Leben generell vertieft. Plötzlich erscheint die Gestalt einer Frau die nachdem sie mich sah fragte:

"Glaubst du an Gott, mein Sohn?

Ich antwortete schnell:

"Natürlich und mit all meinem Wesen.

Sofort gab sie ihre Hand auf meine Schulter und betete:

"Möge die Ehre Gottes dich mit Licht bedecken und dir viele Geschenke verleihen.

Nachdem sie das sagte ging sie weg, und als ich es bemerkte, war sie nicht mehr bei mir. Sie verschwand einfach.

Das war die erste Begegnung mit der Jungfrau Maria in meinem Leben. Noch einmal, als Bettlerin verkleidet, kam sie zu mir um nach Kleingeld zu betteln. Sie gab an, eine Bäuerin zu sein, die noch nicht pensioniert war. Sogleich gab ich ihr ein paar Münzen die ich in meiner Tasche hatte. Nachdem ich ihr das Geld gab dankte sie mir und als ich es bemerkte, war sie verschwunden. Auf dem Berg, in dem Moment, hatte ich nicht den kleinsten Zweifel daran, dass Gott mich liebte und bei meiner Seite war. Daher antworte ich dem Geist mit einer gewissen Grobheit.

"Ich werde deinem Rat nicht folgen. Ich kenne meine Grenzen und meinen Glauben. Verschwinde! Geh in einem Haus spucken oder sowas. Lass mich allein!

Das Licht ging aus und ich hörte die Geräusche von Schritten, die die Hütte verließen. Ich war frei von dem Geist.

Stichtag

Die drei Tage seit der letzten Aufgabe waren vorüber. Es war Freitagmorgen, klar, sonnig und hell. Ich betrachtete den Horizont an diesem Morgen als die seltsame Dame auf mich zukam.

"Bist du bereit? Suche nach ungewöhnlichen Geschehnissen im Wald und handle nach deinen Prinzipien. Das ist deine zweite Aufgabe.

"Okay, seit drei Tagen warte ich auf diesen Moment. Ich glaube, ich bin bereit.

Schnell laufe ich zum nächsten, in den Wald führenden Weg. Meine Schritte folgen in einem fast musischen Rhythmus. Was war die zweite Aufgabe eigentlich? Angst nahm mich ein und meine Schritte beschleunigten sich auf der Suche nach unbekannten Objekten. Direkt vor mir entstand eine Lichtung, wo der Weg auseinanderging. Doch als ich dort ankam, war zu meiner Überraschung die Abzweigung verschwunden und es bot sich die folgende Ansicht: Ein Junge, der weinend von einem Erwachsenen geschleppt wurde. Emotionen nahmen mich in der Gegenwart von Ungerechtigkeiten über und ich rief:

"Lass den Jungen gehen! Er ist kleiner wie du und kann sich nicht verteidigen.

"Das werde ich nicht machen! Ich behandle ihn so, weil er nicht arbeiten will.

"Du Monster! Kleine Jungen sollten nicht arbeiten müssen. Sie sollten lernen und gut gebildet sein. Lass ihn los!

"Wer will mich dazu bringen, du etwa?

Ich bin komplett gegen Gewalt, doch in diesem Moment sagte mein Herz, dass ich vor diesem Haufen Müll reagieren muss. Das Kind sollte befreit werden.

Sanft schob ich den Jungen von diesem Unmenschen weg und begann damit, den Mann zu schlagen. Der Bastard reagierte und versetzte mir einige Schläge. Einer davon traf mich unverblümt. Die Welt drehte sich und ein starker, penetrierender Wind drang in meinen ganzen Körper ein: Weiße und blaue Wolken, zusammen mit flinken Vögeln, nahmen meinen Verstand ein. Einen Moment schien es, als ob mein ganzer Körper durch die Luft gleitet. Eine Stimme rief mich aus der Ferne. In einem anderen Moment war es, als ob ich durch Türen ging, einer nach der anderen, als Hindernisse. Die Türen waren gut verschlossen und es brauchte eine beachtliche Zeit um sie zu öffnen. Jede Tür gab abwechselnd Zutritt zu entweder einer Lounge oder einem Heiligtum. In der ersten Lounge fand ich junge Leute, in weiß gekleidet, die sich um einen Tisch versammelten auf dem, in der Mitte, eine offene Bibel lag. Es waren die Jungfrauen, die auserwählt wurde um über die zukünftige Welt zu herrschen. Eine Macht stoß mich aus dem Raum und als ich die zweite Tür öffnete, war ich im ersten Heiligtum. Auf der Kante des Altars waren Räucherstäbchen die mit den Bitten der Armen Brasiliens angezündet wurden. Auf der rechten Seite betete ein Priester lautstark und begann plötzlich zu wiederholen: Seher! Seher! Seher! Bei ihm waren zwei Frauen mit weißen Shirts. Auf ihnen stand geschrieben: Möglicher Traum. Alles wurde dunkler und als ich mich zurechtfand, wurde ich so schnell und gewalttätig herausgetragen, dass mir fast ein bisschen schwindelig wurde. Ich öffnete die dritte Tür und fand ein Treffen von Menschen auf: ein Pastor, ein Priester, ein Buddhist, ein Muslim, ein Spiritist, ein Jude und ein Repräsentierender für afrikanische Religionen. Sie bildeten einen Kreis und in ihrer Mitte stand ein Feuer, dessen Flammen den Namen „Union von Personen und Wegen zu Gott" skizzierten. Am Ende umarmten sie sich und riefen mich in die Gruppe. Das Feuer bewegte sich aus der Mitte, landete auf meinem Kopf und malte was Wort „Ausbildung". Das Feuer war pures Licht und brannte nicht. Die Gruppe zerbrach, das Feuer ging aus und ich wurde wieder aus dem Raum zur nächsten Tür gezogen. Das zweite Heiligtum war komplett leer und ich näherte mich dem Altar. Ich kniete mich nieder, in Verehrung für das Allerheiligste, nahm das Stück Papier auf, das auf dem Boden lag, und schrieb eine Bitte. Die entfernte Stimme kam immer näher und wurde klarer und schärfer. Ich verließ das Heiligtum, öffnete die Tür und wachte endlich auf. An meiner Seite war die Beschützerin des Berges.

"Du bist also aufgewacht. Gratuliere! Du hast die Aufgabe bestanden. Die zweite Aufgabe war darauf abgerichtet, dein Selbst- und Aktionsvermögen zu erkunden. Die zwei Wege, die die „Gegenkräfte" repräsentieren, wurden zu einem, du musst also auf der rechten Seite bleiben, ohne das Wissen zu vergessen, das du haben wirst, nachdem du die linke Seite getroffen hast. Deine Einstellung rettete das Kind, obwohl er es nicht brauchte. Die ganze Szene war meine eigene geistige Präsentation, um dich zu beurteilen. Du nahmst die richtige Herangehensweise. Die meisten Leute würden nicht eingreifen, wenn sie eine Ungerechtigkeit sehen. Versäumnis ist eine ernste Sünde und die Person wird ein Komplize des Angreifers. Du gabst dich selbst, wie Jesus Christus sich für uns gab. Das ist eine Lektion, die du dein ganzes Leben benötigen wirst.

"Danke für die Gratulation. Ich würde mich immer für die einsetzen, die ausgegrenzt werden. Was mich rätseln lässt ist die geistige Erfahrung die ich vorher hatte. Was bedeutet das? Kannst du mir das bitte erklären?

"Wir haben alle die Fähigkeit durch Gedanken in andere Welten einzudringen. Das nennt man Astralreisen. Es gibt Experten auf diesem Gebiet. Was du sahst muss in Verbindung mit deiner oder der Zukunft eines anderen zu tun haben, das weiß man nie.

"Ich verstehe. Ich erklomm den Berg, erledigte die ersten zwei Aufgaben und muss geistig wachsen. Ich denke, dass ich bald bereit bin, der Höhle der Verzweiflung gegenüberzustehen. Die Höhle, die Wunder wirkt und Träume noch tiefgreifender macht.

"Du wirst die Dritte erledigen müssen und ich verrate dir morgen was sie ist. Warte auf Anweisungen.

"Ja, Generalin. Ich warte ängstlich. Dieses Kind Gottes, wie du mich nanntest, ist sehr hungrig und wird eine Suppe für später vorbereiten. Sie sind eingeladen, Liebe Frau.

"Wundervoll. Ich liebe Suppe. Ich werde es ausnützen um dich besser kennenzulernen.

Die seltsame Dame verließ mich und ließ mich mit meinen Gedanken allein. Ich ging und suchte im Wald nach Zutaten für meine Suppe.

Das junge Mädchen

Der Berg war schon dunkel als die Suppe fertig wurde. Der kalte Wind der Nacht und das Zirpen von Insekten machten die Umgebung zunehmend ländlich. Die seltsame Dame ist noch nicht an der Hütte angekommen. Ich hoffe dass alles bereit ist wenn sie erscheint. Ich probiere die Suppe: Obwohl ich nicht alle nötigen Gewürze hatte, schmeckte sie sehr gut. Ich schreite vor die Hütte und denke über den Himmel nach: Die Sterne sind die Zeugen meines Bemühens. Ich ging den Berg rauf, fand seine Beschützerin, erledigte zwei Aufgaben (eine schwerer wie die andere), traf einen Geist und ich stehe noch immer. „Die Armen streben mehr nach ihren Träumen". Ich schaue auf die Stellung der Sterne und ihre Leuchtkraft. Jeder hat seine eigene Wichtigkeit für das Universum in dem wir leben. Personen sind gleich wichtig. Sie sind weiß, schwarz, reich, arm, von Religion A oder Religion B oder eines anderen Glaubenssatzes. Sie sind alle Kinder mit demselben Vater. Ich will meinen Platz im Universum auch einnehmen. Ich bin ein denkendes Wesen ohne Grenzen. Ich glaube, dass ein Traum unbezahlbar ist, aber ich bin bereit dafür zu zahlen, um in die Höhle der Verzweiflung eintreten zu können. Ich beobachte den Himmel noch einmal und gehe zurück in die Hütte. Ich war nicht überrascht die Beschützerin darin zu finden.

"Bist du schon lange hier? Ich habe nicht bemerkt, dass du schon da bist.

"Du warst so konzentriert, den Himmel zu beobachten, dass ich nicht den Moment zerstören wollte. Dazu kommt, dass ich mich wie Zuhause fühle.

"Sehr gut. Setz dich auf die improvisierte Bank, die ich machte. Ich werde die Suppe servieren.

Ich servierte der Beschützerin die noch heiße Suppe in einem Kürbis den ich im Wald fand. Der peitschende Wind der Nacht liebkoste mein Gesicht und flüsterte Worte in mein Gesicht. Wer war die seltsame Frau die ich servierte? Ich wundere mich ob sie mich wirklich zerstören wollte, wie der Geist es andeutete. Ich hatte viele Zweifel über sie, und das war die Gelegenheit sie zu klären.

"Ist die Suppe gut? Ich bereitet sie mit großer Sorgfalt zu.

"Sie ist wunderbar! Womit hast du sie gemacht?

"Sie ist aus Steinen. Kleiner Scherz! Ich kaufte einen Vogel von einem Jäger und nutzte natürliche Gewürze aus dem Wald. Aber, um das Thema zu wechseln, wer bist du wirklich?

"Es zeugt von Gastfreundschaft wenn der Veranstalter zuerst über sich selbst spricht. Es sind vier Tage seit dem du den Berg bezwangst und ich kenne nicht mal deinen Namen.

"Einverstanden. Es ist aber eine lange Geschichte. Sei bereit. Ich heiße Aldivan Teixeira Tôrres und ich unterrichte Mathematik auf Hochschulniveau. Meine zwei größten Leidenschaften sind Literatur und Mathematik. Ich war immer in Bücher verliebt und seitdem ich klein war wollte ich mal ein eigenes schreiben. Als ich in der ersten Klasse der High-School war, sammelte ich ein Paar Auszüge von den Büchern des Kohelets, Weisheit und Sprichwörter. Ich war sehr froh, obwohl der Text nicht von mir stammte. Ich zeigte sie jedem Stolz. Ich beendete die High-School, nahm einen Computerkurs und hörte für eine Weile auf zu lernen. Danach versuchte ich einen technischen Kurs an einer lokalen Hochschule. Trotzdem merkte ich, dass das nicht das Feld meines Schicksals war. Ich war bereit für ein Praktikum in diesem Bereich. Aber am Tag vor der Aufnahmeprüfung verlangte eine komische Macht, dass ich aufgebe. Je mehr Zeit verging, desto mehr Druck der Macht lag auf mir, bis ich mich dazu entschied, die Prüfung nicht zu machen. Der Druck wurde weniger und mein Herz wurde ruhiger. Ich glaube, es war Schicksal, dass ich nicht ging. Wir müssen unsere eigenen Grenzen respektieren. Ich bewarb mich bei einigen Ausschreibungen, wurde angenommen und bin momentan Bildungsverwaltungsassistent. Vor drei Jahren schlug das Schicksal noch einmal zu. Ich hatte ein paar Probleme und erlitt einen Nervenzusammenbruch. Ich begann zu schreiben und kurz danach ging es mir schon besser. Das Ergebnis war „Vision eines Mediums", welches ich noch nicht veröffentlichte. All das zeigte mir, dass ich ein Talent hatte und einen würdevollen Beruf habe. Das ist, was ich denke: Ich will an dem Arbeiten, was ich will und was mich glücklich macht. Ist das zu viel für eine arme Person zu fragen?

"Natürlich nicht, Aldivan. Du hast ein seltenes Talent auf dieser Welt. Zur richtigen Zeit wirst du Erfolg haben. Gewinner sind die, die an ihre Träume glauben.

"Ich glaube. Deshalb bin ich hier, in der Mitte von Nirgendwo, wo die Waren der Zivilisation noch nicht angekommen sind. Ich fand einen Weg den Berg zu erklimmen und um die Aufgaben zu schaffen. Alles was ich noch machen muss ist die Höhle betreten und meine Träume erfüllen.

"Ich bin hier um dir zu helfen. Ich bin die Beschützerin des Berges seitdem er heilig wurde. Meine Mission ist allen Träumern zu helfen, die die Höhle der Verzweiflung suchen. Manche suchen danach, materialistische Träume zu erfüllen wie Geld, Macht, Soziale Prahlerei oder andere egoistische Träume. Alle haben bis jetzt versagt und es waren nicht wenige. Die Höhle ist gerecht wenn es um das Erfüllen von Wünschen geht.

Das Gespräch ging auf lebendiger Weise weiter. Ich verlor immer weiter das Interesse als mich eine komische Stimme raus aus der Hütte rief. Jedes Mal als die Stimme mich rief fühlte ich mich dazu gezwungen aus Neugierigkeit hinaus zu gehen. Ich musste gehen. Ich wollte wissen was die Stimme in meinen Gedanken meinte. Sanft verabschiedete ich mich von der Frau und lief los, in die Richtung in der ich die Stimmen vermutete. Was erwartet mich? Lasst uns zusammen weitergehen, Leser.

Die Nacht war kalt und die hartnäckige Stimme verblieb in meinen Gedanken. Es gab eine komische Verbindung zwischen uns. Ich war ein paar Meter außerhalb der Hütte, doch es schienen Meilen zu sein bei der Ermüdung die mein Körper fühlte. Die Anweisungen die ich geistig erhielt führten mich in die Dunkelheit. Ein Mix aus Müdigkeit, Angst vor dem Unbekannten und Neugierigkeit kontrollierte mich. Wessen merkwürdige Stimme war es? Was will sie von mir? Der Berg und seine Geheimnisse... Seit ich beim Berg ankam, habe ich gelernt, sie zu akzeptieren. Die Beschützerin und ihre Mysterien, die Aufgaben denen ich trotzen musste, die Begegnung mit dem Geist; es wurde alles besonders. Es war nicht der Höchste oder der Eindrucksvollste im Nordosten, aber er war Heilig. Der Mythos des Medizinmannes und meine Träume brachten mich dazu. Ich will alle Aufgaben bestehen, die Höhle betreten und meine Bitte vortragen. Ich werde ein anderer Mensch sein. Ich werde nicht mehr nur ich sein, sondern der Mann, der die Höhle und sein Feuer überstand. Ich erinnere mich gut an die Worte der Beschützerin, nicht zu gut zu vertrauen. Ich erinnere mich an die Worte die Jesus sagte:

"Wer an mich glaubt soll das ewige Leben haben.

Die damit verbundenen Risiken werden mich nicht von meinen Träumen abbringen. Mit diesem Gedanken glaubte ich mehr denn je. Die Stimme wird immer stärker und stärker. Ich glaube, dass ich an meinem Ziel ankomme. Direkt vor mir sehe ich eine Hütte. Die Stimme sagt mir dorthin zu gehen.

Die Hütte und ihr erleuchtendes Lagerfeuer sind in einem geräumigen, flachen Platz. Ein junges, großes, dünnes Mädchen mit dunklen Haaren grillt einen Snack über dem Feuer.

"Du bist also angekommen. Ich wusste, dass du meinen Ruf beantworten würdest.

"Wer bist du? Was willst du von mir?

"Ich bin eine weitere Träumerin die die Höhle betreten will.

"Was für eine Macht hast du um mich mit deinen Gedanken zu rufen?

"Es ist Telepathie, Dummerchen. Bist du vertraut damit?

"Ich habe davon gehört. Könntest du es mir beibringen?

"Du wirst es eines Tages erlernen, aber nicht von mir. Verrate mir welcher Traum dich hierher führt.

"Vor allem anderen, mein Name ist Aldivan. Ich erkletterte den Berg mit der Hoffnung meine Gegenkräfte zu finden. Sie sollen mein Schicksal definieren. Wenn jemand seine Gegenkräfte kontrollieren kann, kann man auch Wunder bewirken. Das brauche ich um meinen Traum, in dem Bereich zu arbeiten, den ich liebe und in dem ich viele Seelen zum

Träumen bringen werde, zu verwirklichen. Ich will nicht wegen mir in die Höhle, sondern für das ganze Universum, das mir diese Geschenke verlieh. Ich will meinen Platz in der Welt und das ist wie ich glücklich werde.

"Ich heiße Nadja. Ich bin Bewohnerin der Brasilianisch Küste. In meinem Land habe ich Leute über diesen übernatürlichen Berg und die Höhle sprechen gehört. Ich war sofort daran interessiert, daran diese Reise hierher zu machen, obwohl ich dachte, dass das bloß eine Legende sei. Ich sammelte meine Sachen zusammen, ging los, kam in Mimoso an und ging den Berg rauf. Ich habe den Hauptgewinn. Jetzt wo ich hier bin will ich in die Höhle und meine Träume erfüllen. Ich werde eine große Göttin sein, geziert mit Macht und Reichtümer. Jeder wird mir dienen. Dein Traum ist dumm. Warum frägst du für ein kleines bisschen, wenn du die Welt haben kannst?

"Du liegst Falsch. Die Höhle erfüllt keine belanglosen Wünsche. Du wirst verlieren. Die Beschützerin wird dich nicht eintreten lassen. Um eintreten zu dürfen musst du drei Aufgaben lösen. Ich habe schon zwei Stufen erledigt. Wie viele hast du schon gewonnen?

"Wie idiotisch, Aufgaben und Beschützerin. Die Höhle respektiert nur die stärksten und Selbstbewusstesten. Ich werde meine Ziele morgen erfüllen und niemand wird mich daran hindern, verstehst du das?

"Du weißt es am besten. Wenn du es bereust wird es zu spät sein. Gut, ich schätze ich gehe. Ich brauche Schlaf, denn es ist schon spät. In deinem Fall, ich kann dir nicht viel Glück wünschen weil du größer als Gott selbst sein willst. Wenn Menschen diesen Punkt erreichen, zerstören sie sich selbst.

"Unsinn, all deine Worte. Nichts wird mich von meiner Entscheidung abbringen.

Zu sehen, dass sie so hartnäckig war, brachte mich dazu aufzugeben und sie zu bedauern. Wie können Menschen manchmal so kleinlich sein? Der Mensch ist nur würdig wenn er für Recht und Gleichheit kämpft. Den Weg entlang laufend erinnerte ich mich an all die Zeiten in denen mir geschadet wurde, ob durch schlechte Benotungen bei Prüfungen oder sogar durch Vernachlässigung anderer. Es macht mich unglücklich.

Dazu kommt, dass meine Familie komplett gegen meinen Traum ist. Es tut weh. Eines Tages werden sie vernünftig werden und einsehen, dass Träume möglich sind. An diesem Tag, nachdem alles gesagt und getan war, werde ich meinen Triumpf besingen und den Erschaffer ehren. Er gab mir alles und verlangte nur, dass ich meine Gaben teile, denn, wie in der Bibel steht, erleuchte keine Lampe und stelle sie unters Bett. Vielmehr, stell sie nach oben, sodass sie von jedem applaudiert und erleuchtet werden kann. Der Weg unterbricht sich und ich sehe die Hütte die mich so viel Schweiß gekostet hat. Ich muss schlafen gehen, denn morgen ist auch noch ein Tag und ich habe Pläne für mich und die Welt. Gute Nacht, Leser. Bis zu nächstem Kapitel...

Das Beben

Ein neuer Tag bricht an. Licht taucht auf, die Briese des Morgens streichelt mein Haar, Vögel und Insekten feiern und die Pflanzenwelt scheint wiedergeboren zu sein. Es passiert jeden Tag. Ich reibe meine Augen, wasche mein Gesicht, bürste meine Zähne und nehme ein Bad. Das ist meine Routine vor dem Frühstück. Der Wald bietet weder Vorteile noch Optionen an. Ich bin das nicht gewohnt. Meine Mutter verwöhnte mich bis zum Kaffeeservieren. Ich esse schweigend mein Frühstück, aber irgendetwas wuchtet auf meinem Verstand. Was wird die dritte und letzte Aufgabe sein? Was wird in der Höhle mit mir Geschehen? Es gibt so viele Fragen ohne Antwort, dass es mich schwindelig macht. Der Morgen schreitet weiter und mit ihm mein Herzklopfen, meine Angst und meine Entmutigung. Wer bin ich jetzt? Sicherlich nicht derselbe. Ich kletterte auf einen heiligen Berg, nach meiner Bestimmung Ausschau haltend über die ich nicht mal Bescheid wusste. Ich fand die Beschützerin und entdeckte neue Werte und eine Welt, die größer war als ich sie mir je vorstellen konnte. Ich gewann zwei Aufgaben und musste nur noch die dritte bezwingen. Eine kühle dritte Aufgabe die distanziert und unbekannt war. Die Blätter um die Hütte bewegten sich ein kleinwenig. Ich habe gelernt die Natur und ihre Signale zu verstehen. Jemand nähert sich.

"Hallo! Bist du da?

Ich sprang, änderte die Richtung meines Blickes und betrachtete die mystische Figur der Beschützerin. Sie schien glücklicher und rosarot, trotz ihres anscheinenden Alters.

"Ich bin hier, wie du siehst. Was für Neuigkeiten hast du für mich?

"Wie du weißt bin ich heute hier, um die dritte und letzte Aufgabe anzukündigen. Sie wird an deinem siebten Tag hier in den Bergen abgehalten, weil das die maximale Zeit ist, die ein Sterblicher hier verweilen kann. Sie ist einfach und enthält das folgende: Töte den ersten Mensch oder Tier dem du begegnest wenn du die die Hütte an diesem Tag verlässt. Wenn nicht, wirst du nicht dazu berechtigt die Höhle zu betreten, die dir deine tiefsten Wünsche bewilligt. Was sagst du? Ist das nicht einfach?

"Wie das? Töten? Schaue ich wie ein Assassine aus?

"Es ist der einzige Weg für dich in die Höhle zu kommen. Bereite dich vor, denn es sind nur noch zwei Tage und...

Ein Erdbeben mit einer Stärke von 3,7 auf der Richterskala schüttelt die gesamte Spitze des Berges. Das Beben lässt mich schwindelig zurück und ich glaube, dass ich schwach werde. Immer mehr und mehr Gedanken kommen in meinen Kopf. Ich merke wie meine Kraft weniger wird und spüre Handschellen die zwingend meine Hände und meine Füße sichern. In einem Aufblitzen sehe ich mich selbst als Sklave auf einem Feld arbeiten und von Herren dominiert. Ich sehe die Fesseln, das Blut und höre das Weinen meiner Kollegen. Ich sehe die Besitztümer, den Stolz und die Heimtücke des Obersts. Ich sehe auch den Schrei nach Freiheit und Gerechtigkeit der Unterdrückten. Oh, wie unfair die Welt ist! Während die einen Gewinnen werden die anderen zurückgelassen um zu verrotten und vergessen zu werden. Die Handschellen zerbrechen. Ich bin fast frei. Ich werde immer noch diskriminiert, gehasst und geschädigt. Ich sehe noch immer das böse der weißen Männer die mich „Nigger" nennen. Ich fühle mich noch immer minderwertig. Noch einmal höre ich die tobenden Schreie, nur ist die Stimme nun klar, scharf und bekannt. Das Beben verschwand und Schritt für Schritt kommt mein Bewusstsein zurück. Jemand hebt mich auf. Noch immer duselig frage ich:

"Was passierte?

Die Beschützerin, in Tränen, scheint keine Antwort finden zu können.

"Mein Sohn, die Höhle hat eine weitere Seele zerstört. Bitte siege in der dritten Aufgabe und zerbreche den Fluch. Das Universum verschwört sich auf deinen Sieg.

"Ich weiß nicht wie ich gewinnen soll. Nur das Licht des Erschaffers kann meine Gedanken und meine Taten erleuchten

"Ich vertraue auf dich und die Ausbildung die du bekamst. Viel Glück, Kind Gottes! Bis bald!

Das gesagt, verschwand die seltsame Frau wieder und löste sich in einer Wolke Rauch auf. Jetzt war ich allein und musste mich auf die letzte Aufgabe vorbereiten.

Der Tag vor der letzten Aufgabe

Sechs Tage sind vergangen seitdem ich den Berg erklomm. Diese ganze Zeit der Aufgaben und Erfahrungen ließ mich wachsen. Ich kann die Natur, mich selbst und andere einfacher verstehen. Die Natur folgt ihrem eigenen Takt und ist den Ansprüchen von Menschen entgegengesetzt. Wir holzen den Wald ab, verschmutzen die Meere und setzen Gase in die Atmosphäre ab. Was haben wir davon? Was ist uns wichtiger, Geld oder unser eigenes Überleben? Die Konsequenzen sind hier: Globale Erwärmung, der Rückgang der Flora und Fauna, Naturkatastrophen. Sieht der Mensch nicht, dass das alles seine Schuld ist? Es ist immer noch Zeit. Zeit für Leben. Mache deinen Teil: Spare Wasser und Energie, recycle Abfälle, verschmutze nicht die Umwelt. Zwinge deine Regierung dazu, sich mit Umweltproblemen auseinanderzusetzen. Das ist das Mindeste was wir für uns und unsere Welt unternehmen können. Aber zurück zu meinem Abenteuer, als ich auf dem Berg war verstand ich meine Wünsche und Grenzen besser. Ich verstand, dass Träume nur möglich sind, wenn sie edel und gerecht sind. Die Höhle ist gerecht und wenn ich die dritte Aufgabe schaffe wird mein Traum wahr werden. Als ich die erste und die zweite Aufgabe bestand konnte ich die Träume anderer besser verstehen. Die Mehrheit der Leute träumt von Reichtümern, sozialem Ansehen und einem großen Ausmaß von Kontrolle. Was die Menschen wirklich besonders macht sind seine Qualitäten, die durch seine Arbeit scheinen.

Macht, Wohlstand und soziale Prahlerei machen niemanden Glücklich. Das ist, was ich in dem heiligen Berg suche: Glück und totale Kontrolle über die „Gegenkräfte". Ich muss für eine Weile nach draußen. Schritt für Schritt führen mich meine Beine raus aus der von mir gebauten Hütte. Ich hoffe auf ein Zeichen des Schicksals.

Die Sonne heizt vor, der Wind wird stärker, kein Zeichen erscheint. Wie werde ich die dritte Aufgabe schaffen? Wie werde ich mit dem Versagen umgehen wenn ich meinen Traum nicht erfüllen kann? Ich versuche meine negativen Gedanken aus meinem Kopf zu vertreiben, doch die Angst ist stärker. Wer war ich bevor ich den Berg bestieg? Ein junger Mann, sehr unsicher, hatte Angst davor, der Erde und den Menschen zu begegnen. Ein junger Mann, der einmal vor Gericht für seine Rechte einstand, sie aber nicht gewährt bekam. Die Zukunft zeigte mir, dass das das Beste sei. Manchmal gewinnen wir, wenn wir verlieren. Das Leben brachte mir das bei. Ein paar Vögel kreischen um mich. Sie scheinen meine Bedenken zu begreifen. Morgen ist ein neuer Tag, der siebte auf dem Berg. Mein Schicksal ist mit dieser dritten Aufgabe in Gefahr. Betet, Leser, dass ich siege.

Die dritte Aufgabe

Ein neuer Tag erscheint. Die Temperatur ist angenehm und der Himmel ist in all seiner Grenzenlosigkeit blau. Faul stehe ich auf und reibe meine Augen. Der große Tag ist hier und ich bin bereit dafür. Vor allem anderen muss ich mir Frühstück machen. Mit den Zutaten, die ich gestern gefunden habe, werde ich nicht zu knapp sein. Ich erhitze die Pfanne und knacke das leckere Hühnerei auf. Das Fett spritzt und trifft fast mein Auge. Wie oft im Leben scheinen uns andere mit ihren Ängsten zu schmerzen. Ich esse mein Frühstück, ruhe mich aus und bereite meine Strategie vor. Die dritte Aufgabe wird alles andere als einfach. Für mich ist töten undenkbar. Naja, trotzdem werde ich ihm entgegentreten müssen. Mit diesem Vorsatz fange ich an zu laufen und bin bald aus der Hütte. Die dritte Herausforderung beginnt hier und ich bin dafür bereit. Ich folge dem ersten Weg und fange an zu gehen. Die Bäume auf den

Seiten des Weges sind weit, mit tiefen Wurzeln. Nach was suche ich wirklich? Triumpf, Sieg und Erfolg. Trotzdem werde ich nichts unternehmen das gegen meine Prinzipien ist. Mein Leumund kommt vor Berühmtheit, Erfolg und Macht. Die dritte Aufgabe stört mich. Töten ist kriminell, auch wenn es nur ein Tier ist. Auf der anderen Seite will ich in die Höhle kommen und meine Bitte vortragen. Das repräsentiert zwei „Gegensätze" oder „Gegenwege".

Ich gehe weiter den Weg entlang, bete dass ich niemanden finde. Wer weiß, vielleicht würde die dritte Aufgabe abgesagt werden. Ich glaube aber nicht dass die Beschützerin so großzügig ist. Die Regeln müssen von jedem befolgt werden. Ich bleibe stehen und kann nicht glauben, was für ein Bild sich vor mir bildet: Ein Ozelot, ihre drei Jungen scherzen sich um mich. Das ist es. Ich werde weder die Mutter noch ihre drei Kinder schlachten. Ich habe nicht das Herz dazu. Auf Wiedersehen Erfolg, auf Wiedersehen Höhle der Verzweiflung. Ich habe die dritte Aufgabe nicht geschafft und gehe. Ich werde zurück nach Hause und zu meinen geliebten Menschen gehen. Schnell gehe ich zurück zu meiner Waldhütte und packe meine Sachen. Ich schaffe die dritte Aufgabe nicht.

Die Hütte ist niedergerissen. Was bedeutet das? Eine Hand berührt leicht meine Schulter. Ich sehe hinter mich und sehe die Beschützerin.

"Gratuliere, Schätzchen! Du hast die dritte Aufgabe bestanden und hast jetzt das Recht dazu, die Höhle der Verzweiflung zu betreten. Du hast gewonnen!

Die starke Umarmung die sie mir danach gab hinterließ mich noch verwirrter. Was meinte die Frau? Meine Träume und die Höhle können doch erfüllt werden? Ich glaubte es nicht.

"Was meinst du? Ich habe die Aufgabe nicht erledigt. Schau auf meine Hände: Sie sind sauber. Ich werde sie nicht mit Blut beschmutzen.

"Weißt du es nicht? Meinst du wirklich, dass ein Kind Gottes zu so einer Gräueltat in der Lage wäre? Ich habe keine Zweifel daran, dass du würdig deiner Träume bist, obwohl es eine Weile dauern kann, bis sie Wirklichkeit werden. Die dritte Aufgabe hat dich gründlich bewertet und du hast unermüdliche Liebe für Gottes Kreaturen bewiesen. Das ist das wichtigste eines Menschen. Noch eine Sache: Nur eine reine Seele kann die Höhle überleben. Halte dein Herz und deine Gedanken klar, um sie zu bezwingen.

"Danke Gott! Danke Leben für diese Chance. Ich verspreche, dass ich dich nicht enttäuschen werde.

Emotionen nahmen mich über wie nie zuvor seitdem ich den Berg bezwang. War die Höhle wirklich in der Lage Wunder auszuführen? Ich war dabei es herauszufinden.

Die Höhle der Verzweiflung

Nach dem Sieg über die dritte Aufgabe war ich bereit dazu, die gefürchtete Höhle der Verzweiflung zu betreten, die Höhle, die unmögliche Träume möglich macht. Ich war ein weiterer Träumer der sein Glück versuchte. Seit ich auf den Berg kletterte war ich nicht mehr derselbe. Jetzt war ich überzeugt von mir selbst und dem großartigen Universum, das mich hält. Die letztliche Umarmung der seltsamen Frau hinterließ mich entspannt zurück. Jetzt war sie auf meiner Seite und unterstützte mich in jeder Weise. Das war die Unterstützung, die ich nie von meinen Geliebten Menschen bekam. Mein unzertrennlicher Koffer ist unter meinem Arm. Es war an der Zeit, mich von dem Berg und seinen Mysterien zu verabschieden. Die Aufgaben, die Beschützerin, der Geist, das junge Mädchen und der Berg selbst, der sehr lebendig erschien, sie haben mir alle beim Wachsen geholfen. Ich war bereit zu gehen und der gefürchteten Höhle gegenüberzustehen. Die Beschützerin ist bei meiner Seite und wird mir auf der Reise zum Eingang der Höhle beistehen. Wir gehen, weil die Sonne bereits in Richtung Horizont absteigt. Unsere Pläne sind in totaler Harmonie. Die Vegetation um den Weg, den wir bereist haben, sowie die Geräusche der Tiere machen die Umgebung sehr ländlich. Die Stille der Beschützerin auf dem ganzen Weg muss wohl die Gefahren, die die Höhle enthält, vorhersagen. Wir stoppen ein wenig. Die Stimme des Berges scheint mir etwas sagen zu wollen. Ich packe die Möglichkeit beim Schopf und breche die Stille.

"Kann ich dich etwas fragen? Was sind diese Stimmen, die mich so quälen?

"Du hörst Stimmen. Interessant. Der Heilige Berg hat die magische Fähigkeit alle träumende Herzen wiederzuvereinigen. Du kannst diese magischen Vibrationen fühlen und sie interpretieren. Trotzdem, schenke ihnen nicht zu viel Aufmerksamkeit, denn sie könnten dich zu Misserfolg führen. Versuche dich auf deine eigenen Gedanken zu fokussieren und ihre Aktivität wird sich verringern. Sei vorsichtig. Die Höhle ist dazu in der Lage deine Schwächen zu erkennen und sie gegen dich anzuwenden.

"Ich verspreche auf mich aufzupassen. Ich weiß zwar nicht was mich in der Höhle erwartet, aber ich glaube daran, dass die erleuchtenden Geister mir helfen werden. Mein Schicksal, und zu einem gewissen Ausmaß auch der Rest der Welt, sind in Gefahr.

"Okay, wir haben genug Pause gemacht. Lass uns weiter laufen, denn es wird nicht mehr lange bis zum Sonnenuntergang dauern. Die Höhle sollte ungefähr eine Viertelmeile von hier entfernt sein.

Das Rumpeln der Schritte geht weiter. Eine Viertelmeile ist zwischen meinem Traum und seiner Realisation. Wir sind auf der Westseite der Bergspitze, wo die Winde noch stärker sind. Der Berg und seine Geheimnisse... Ich glaube, dass ich sie nie ganz enträtseln werde. Was motivierte mich ihn zu beklettern? Das Versprechen des Unmöglichen das möglich wird, sowie meine Abenteuerinstinkte. In echt, was möglich war und eine tägliche Routine haben mich fertig gemacht. Jetzt fühlte ich mich lebendig und bereit dazu, Aufgaben zu bewältigen. Die Höhle kommt näher. Ich kann den Eingang schon sehen. Es sieht achtungsgebietend aus, ich bin aber nicht entmutigt. Viele Gedanken invadieren mein ganzes Wesen. Ich muss meine Nerven kontrollieren. Sie könnten mich im Laufe der Zeit verraten. Die Beschützerin signalisiert, dass wir stoppen. Ich gehorche ihr.

"Das ist das nächste dass ich der Höhle kommen kann. Höre gut zu was ich dir sagen werde, denn ich werde es nicht wiederholen: Bevor du eintrittst, bete ein Vaterunser für deinen Schutzengel. Er wird dich von den Gefahren beschützen. Wenn du eintrittst, fahre mit Vorsicht fort, um nicht auf eine der Fallen reinzufallen. Nachdem du den Hauptgang der Höhle einige Male entlanggingst wirst du auf drei Optionen treffen: Freude, Misserfolg und Angst. Nimm Freude. Wenn du Misserfolg wählst, wirst du ein armer Verrückter bleiben, der einmal träumte. Wenn du dich für Angst entscheidest, dann wirst du dich selbst komplett verlieren. Freude wird dir Zugang zu zwei weiteren Szenarios geben die mir unbekannt sind. Erinnere dich: Nur das reine Herz kann die Höhle überleben. Sei weise und erfülle deine Träume.

"Ich verstehe. Der Moment, auf den ich seitdem ich den Berg hochging warte, ist hier. Danke, Beschützerin, für all deine Geduld und deine Hingabe. Ich werde dich oder die Zeit, die wir verbrachten, nie vergessen.

Kummer nahm mein Herz über als ich mich von ihr verabschiedete. Jetzt war es nur noch ich und die Höhle, ein Duell, das die Geschichte der Welt und die meine Verändern wird. Ich schaue direkt rein und hole meine Taschenlampe aus meinem Koffer, um den Weg zu erleuchten. Ich bin bereit einzutreten. Meine Beine scheinen wie angefroren vor diesem Giganten. Ich muss meine Kräfte sammeln um den Weg weiter zu laufen. Ich bin Brasilianer und ich gebe niemals auf. Ich mache meine ersten Schritte und habe das leichte Gefühl, dass jemand mich begleitet. Ich glaube, dass ich besonders für Gott bin. Er behandelt mich als ob ich sein Sohn wäre. Meine Schritte beschleunigen sich und ich betrete endlich die Höhle. Die anfängliche Faszination ist überwältigend, aber ich muss wegen den Fallen vorsichtig sein. Die Feuchtigkeit der Luft ist hoch und die Kälte intensiv. Stalaktiten und Stalagmiten füllen alles um mich aus. Ich ging ungefähr 45 Meter und die Kälte beginnt mir Gänsehaut an meinem ganzen Körper zu bereiten. Alles was ich vor dem beklettern des Berges durchmachte springt in meinen Kopf: Die Erniedrigungen, die Ungerechtigkeiten und der Neid anderer. Es kommt mir so vor als ob jeder meiner Feinde hier in dieser Höhle ist und auf den besten Zeitpunkt wartet, um mich zu attackieren. Mit einem spektakulären Sprung überwinde ich die erste Falle. Das Feuer der Höhle verschlang mich fast. Nadja war nicht so glücklich. Mich um einen von der Decke hängenden Stalaktit schlingend, der überraschend mein Gewicht hielt, schaffte ich es zu überleben. Ich muss runter und meine Reise in Richtung des Unbekannten fortführen. Meine Schritte nehmen an Vorsicht und an Geschwindigkeit zu. Die meiste Leute sind in einer Eile, in einer Eile zu Gewinnen oder ihre Ziele zu komplettieren. Fantastische Geschicklichkeit hat mich gerade vor der zweiten Falle gerettet. Gerade wurden unzählige Speere in meine Richtung gehievt. Einer davon kam so nah, dass er mein Gesicht streifte. Die Höhle will mich zerstören. Ich muss vorsichtiger sein. Es ist ungefähr eine Stunde seitdem ich die Höhle betrat und ich habe immer noch nicht den Ort erreicht, von dem die Beschützerin sprach. Ich muss nahe sein. Meine Schritte gehen weiter, beschleunigt, und mein Herz gibt mir ein Warnzeichen. Manchmal achten wir nicht auf die Zeichen, die uns unser Körper gibt. Das ist, wenn Versagen und Enttäuschung passieren. Zum Glück ist das nicht der der Fall bei mir. Ich höre laute Geräusche in meine Richtung kommen. Ich fange an zu rennen. Einige Momente später bemerke ich, dass ich von einem schnell rollenden, riesigen Stein verfolgt werde. Ich renne für eine Weile und plötzlich kann ich von dem Stein weg und Unterschlupf in einer Seite der Höhle finden. Als der Stein passiert, ist der vordere Teil der Höhle verschlossen und vor mir scheinen drei Türen auf. Sie repräsentieren Freude, Misserfolg und Angst. Wenn ich Misserfolg wähle werde ich nie besser wie ein verrückter sein, der einmal davon träumte, ein Autor zu werden. Leute werden mich bemitleiden. Wenn ich mich für Angst entscheide werde ich nie wachsen oder in der Welt bekannt sein. Ich könnte den Tiefpunkt erreichen und mich selbst für immer verlieren. Wenn ich Freude wähle kann ich meinen Traum weiterführen und in das zweite Szenario vortreten.

Es gibt drei Optionen: Eine Tür rechts, eine Tür links und eine in der Mitte. Jede Tür steht für eine der Optionen: Freude, Misserfolg oder Angst. Ich muss die richtige Entscheidung treffen. Mit der Zeit habe ich gelernt, meine Ängste zu überstehen: Angst vorm dunklen, Angst allein zu sein und Angst vor dem Unbekannten. Ich habe auch keine Angst vor Erfolg oder der Zukunft. Angst muss die rechte Tür sein. Misserfolg ist das Ergebnis schlechter Planung. Ich habe schon oft Misserfolg erlebt, aber er hat mich nicht meine Träume aufgeben lassen. Misserfolg sollte eine Lehre für spätere Erfolge sein. Misserfolg muss die linke Tür sein. Zu guter Letzt muss die mittlere Türe Freude sein, denn die Rechtschafft biegt weder nach links, noch nach rechts ab. Gerechtigkeit ist immer Freude. Ich sammle meine Stärke und entscheide mich für die mittlere

Türe. Nachdem öffnen habe ich reichlich Zugang zu einer Lounge, auf deren Decke Freude geschrieben steht. In der Mitte befindet sich ein Schlüssel, der Zugang zu einer weiteren Tür gibt. Ich war richtig. Ich habe den ersten Schritt erfüllt. Das lässt zwei Schritte noch über. Ich nehme den Schlüssel und stecke ihn in die Tür. Er passt wie angegossen. Er gibt mir Zutritt zu einer neuen Galerie. Ich starte damit, mich in den Raum anzutasten. Eine Vielzahl von Gedanken fluten meinen Verstand: Was werden die neuen Fallen sein, mit denen ich mich auseinandersetzen muss? Zu welchem Szenario wird mich diese Galerie leiten? Es gibt viele unbeantwortete Fragen. Ich laufe weiter und meine Atmung wird angestrengt, weil die Luft zunehmend knapper wird. Ich bin schon eine Zehntelmeile gelaufen und muss aufmerksam bleiben. Ich höre ein Geräusch und werfe mich auf den Boden um mich zu beschützen. Es sind die Geräusche von Fledermäusen, die um mich schießen. Werden sie mein Blut saugen? Sind sie Fleischfresser? Glücklicherweise verschwinden sie in die Weiten der Galerie. Ich sehe ein Gesicht und mein Körper zittert. Ist es ein Geist? Nein. Es hat Fleisch und Blut und kommt auf mich zu, bereit zu kämpfen. Es ist einer der Priester-Ninjas der Höhle. Der Kampf beginnt. Er ist sehr schnell und versucht mich an einer wesentlichen Stelle zu schlagen. Ich versuche seinen Angriffen zu entkommen. Ich kämpfe zurück, mit einigen Bewegungen, die ich durch Filme lernte. Die Strategie funktioniert. Es schreckt ihn und er bewegt sich ein kleines bisschen zurück. Er kommt mit seinen Kampfkünsten zurück aber ich bin darauf vorbereitet. Ich schlage ihm mit einem Stein auf den Kopf, den ich auf dem Boden fand. Er fällt bewusstlos nieder. Ich bin total abgeneigt von Gewalt, aber in diesem Fall war es unbedingt nötig. Ich würde gerne zum zweiten Szenario übergehen und die Geheimnisse der Höhle entdecken. Ich beginne damit weiter zu laufen und bleibe vorsichtig und beschütze mich selbst gegen etwaige neue Fallen. Mit der niedrigen Luftfeuchtigkeit weht ein kühler Wind und ich fühle mich komfortabel. Mir fallen die Strömungen der positiven Gedanken, die die Beschützerin sendet, auf. Die Höhle wird noch dunkler und formt sich selbst um. Der Eingang zu einem virtuellen Labyrinth scheint direkt vor mir auf. Eine weitere Falle der Höhle. Der Eingang des begehbaren Rätsels ist gut sichtbar. Aber wo ist der Ausgang? Wie soll ich reingehen und nicht verloren gehen? Ich habe nur eine Option: Durch das Labyrinth gehen und das Risiko akzeptieren. Ich baue meinen Mut auf und nehme die ersten Schritte in Richtung des Eingangs des Rätsels. Betet, Leser, dass ich den Ausgang finde. Ich habe keine Strategie in meinem Kopf. Ich denke, ich sollte meine Weisheit nützen, um aus diesem Durcheinander rauszukommen. Mit Mut und Glauben tauche ich in das Rätsel ein. Es scheint von innen komplizierter als von außen. Die Wände sind weit und verwandeln sich in Zick-Zack Formen. Ich fange an, mich an die Momente in meinem Leben zu erinnern, in denen ich mich so verloren wie in einem Labyrinth fühlte: Der Tot meines Vaters, so jung, war wirklich ein schwerer Schlag in meinem Leben. Die Zeit, die ich arbeitslos verbrachte und nichts lernte ließ mich wie in einem Irrgarten fühlen. Jetzt war ich in derselben Situation. Ich laufe weiter und es scheint keinen Ausgang aus dem Labyrinth zu geben. Hast du dich je so verzweifelt gefühlt? So fühlte ich mich, total verzweifelt. Deshalb heißt es die Höhle der Verzweiflung. Ich nehme meine letzten Überbleibsel an Stärke zusammen und stehe auf. Ich muss, zu egal welchem Preis, den Ausgang finden. Es schlägt mich eine Idee; ich schaue auf die Decke und sehe viele Fledermäuse. Ich werde einer von ihnen folgen. Ich nenne ihn „Zauberer." Ein Zauberer sollte immer ein Rätsel bezwingen können. Das brauche ich. Die Fledermäuse fliegen schnell und ich muss mit ihnen mithalten. Ich bin körperlich fit, fast ein Athlet. Ich sehe Licht am Ende des Tunnels, oder besser, am Ende des Labyrinths. Ich bin gerettet.

Das Ende des Labyrinths führte mich zu einer seltsamen Szene in der Galerie der Höhle. Ich laufe achtsam umher, um nichts zu zerstören. Ich sehe meine Reflektion in dem Spiegel. Wer bin ich jetzt? Ein armer, junger Träumer, der dabei war, sein Schicksal zu entdecken. Ich sehe besonders besorgt aus. Was bedeutet all das? Die Wände, die Decken, der Boden, sie alle bestehen aus Glas. Ich berühre die Oberfläche des Spiegels. Das Material ist sehr zerbrechlich aber reflektiert ehrlich die Ansicht des eigenen Ichs. Deutliche Sofortbilder entstehen in drei der Spiegel, in einem ein Kind, eine junge Person, die einen Sarg hält und ein alter Mann. Sie sind alle ich. Ist es eine Vision? Ehrlich gesagt habe ich schon kindliche

Aspekte wie Reinheit, Unschuld und der Glauben in Menschen. Ich glaube nicht, dass ich solche Eigenschaften verlieren möchte. Der junge Mann von 15 repräsentiert eine schmerzvolle Zeit in meinem Leben: Den Verlust meines Vaters. Trotz seiner strengen und distanzierten Art, war er mein Vater. Ich erinnere mich noch mit Nostalgie an ihn. Der alte Mann zeigt meine Zukunft. Wie wird sie sein? Wird sie erfolgreich sein? Verheiratet, Single oder sogar Verwitwet? Ich will kein abstoßender oder verletzter alter Mann sein. Genug mit diesen Bildern. Meine Gegenwart ist jetzt. Ich bin ein junger Mann mit 26, einem Diplom in Mathematik, ein Autor. Ich bin kein Kind mehr, noch der fünfzehnjährige der seinen Vater verlor. Ich bin auch kein alter Mann. Ich habe meine Zukunft vor mir und will Glücklich sein. Ich bin keines dieser drei Bilder. Ich bin ich. Mit einem Einschlag zerbrechen die drei Bilder, die individuell erschienen, und eine Tür zeigt sich. Es ist mein Eintritt in das dritte und letzte Szenario.

Ich öffne die Tür und stehe in einer neuen Galerie. Was erwartet mich in diesem Szenario. Lasst uns zusammen weitermachen, Leser. Ich fange an zu laufen und mein Herz beschleunigt sich, als ob ich noch in der ersten Szene wäre. Ich habe viele Aufgaben und Tücken überstanden und sehe mich selbst schon als Gewinner. In meinem Kopf suche ich nach den Erinnerungen in denen ich in kleinen Höhlen spielte. Die jetzige Situation ist total anders. Die Höhle ist riesig und voll von Fallen. Meine Taschenlampe ist fast tot. Ich laufe weiter und direkt vor mir zeigt sich eine neue Falle: zwei Türen. Die „Gegenkräfte" schreien in mir. Ich muss eine neue Entscheidung tätigen. Eine der Aufgaben springt in meine Gedanken und ich erinnere mich, wie ich den Mut hatte, sie zu überstehen. Ich nahm den rechten Weg. Die Situation ist aber anders, denn ich bin in einem dunklen und feuchten Käfig. Ich habe meine Entscheidung getroffen und ich gedenke an die Worte der Beschützerin, die über das Lernen sprach. Ich muss die zwei Kräfte kennenlernen, um sie kontrollieren zu können. Ich nehme die linke Tür. Ich öffne sie langsam; ängstlich vor dem, was sie verstecken könnte. Als ich sie öffne erwäge ich eine Vision: Ich bin in einem Schrein, voll mit Abbildungen von Heiligen und einem Kelch auf dem Altar. Könnte es der Heilige Gral sein, der verlorene Becher von Christus, der ewige Jugend an die gibt, die aus ihm trinken? Meine Beine zittern. Impulsiv renne ich zu dem Kelch und trinke davon. Der Wein schmeckt göttlich, wie von Göttern. Ich fühle mich benebelt, die Welt dreht sich, die Engel singen und der Boden der Höhle bebt. Ich habe meine erste Vision: Ich sehe einen Juden namens Jesus, zusammen mit seinen Aposteln, heilend, befreiend und seinen Leuten neue Perspektiven lehrend. Ich sehe die ganze Geschossbahn seiner Wunder und seiner Liebe. Ich sehe auch den Betrug Judas' und dem Teufel, der hinter seinem Rücken wirkt. Endlich sehe ich seine Wiederauferstehung und seine Herrlichkeit. Ich höre eine Stimme die sagt: Mach deine Bitte. Erfreut rufe ich lautstark: Ich möchte der Seher werden!

Das Wunder

Kurz nach meiner Bitte bebt der Schrein, füllt sich mit Rauch und ich kann veränderte Stimmen hören. Was sie offenbaren ist komplett geheim. Ein kleines Feuer steigt aus dem Kelch empor und landet in meiner Hand. Sein Licht durchdringt mich und erleuchtet die ganze Höhle. Die Wände der Höhle verändern sich und geben einen Weg zu einer kleinen Türe frei. Sie öffnet sich und ein starker Wind zieht mich zu ihr. All meine Bemühungen springen in meine Gedanken: Meine Hingabe zum Lernen, wie ich perfekt Gottes Gesetzen folgte, der Aufstieg auf den Berg, die Aufgaben und sogar genau dieser Durchgang in die Höhle. All das brachte mich zu außerordentlichem geistigem Wachstum. Ich war nun bereit dafür Glücklich zu sein und meine Träume zu erreichen. Die so gefürchtete Höhle der Verzweiflung zwang mich dazu, meine Bitte vorzutragen. In diesem großartigen Moment erinnere ich mich auch an alle, die direkt oder indirekt zu diesem Sieg beigetragen haben: Meine Grundschullehrerin, Frau Socorro, die mir Lesen und Schreiben lehrte, meine Lehrer des Lebens, meine Schule und Arbeitsfreunde, meine Familie und die Beschützerin, die mir half, die Aufgaben zu schaffen sowie genau diese Höhle. Der starke Wind zieht mich weiter zur die Tür und schon bald werde ich in der geheimen Kammer sein.

Schließlich endet die Kraft, die mich zog,. Die Tür schließt. Ich bin in einer extrem großen Kammer die hoch und dunkel ist. Rechts befinden sich eine Maske, eine Kerze sowie eine Bibel. Links ist ein Umhang, ein Ticket und ein Kruzifix. In der Mitte, hoch oben, hängt ein rundes Eisengerät. Ich gehe nach rechts: Ich ziehe die Maske an, nehme die Kerze und öffne die Bibel an einer zufälligen Stelle. Ich gehe nach links; Ich ziehe den Umhang um, schreibe meinen Namen und alias auf das Ticket und sichere das Kruzifix mit der anderen Hand. Ich begebe mich in die Mitte und positioniere mich direkt unter dem Gerät. Ich äußere die fünf magischen Buchstaben: S-e-h-e-r. Sofort wird ein Kreis aus Licht aus dem Gerät ausgesandt und umhüllt mich komplett. Ich rieche den Weihrauch der jeden Tag für einen großen Träumer entzündet wird: Martin Luther King, Nelson Mandela, Mutter Theresa, Franz von Assisi und Jesus Christus. Mein Körper vibriert und beginnt zu treiben. Meine Sinne erwachen und mit ihnen kann ich Gefühle und Absichten tiefgehender erkennen. Meine Gaben sind gestärkt und mit ihnen kann ich Wunder in Raum und Zeit vollführen. Der Kreis schließt sich zunehmend und jedes Gefühl von Schuld, Intoleranz und Angst in meinem Verstand ist gelöscht. Ich bin fast bereit: Eine Sequenz von Visionen fängt an und verwirrt mich. Endlich geht der Kreis aus. Sofort öffnet sich eine Reihe von Türen und mit meinen neuen Gaben kann ich perfekt sehen, fühlen und hören. Die Schreie von Charakteren die sich offenbaren wollen, deutliche Zeiten und Orte erscheinen und wichtige Fragen zersetzen mein Herz. Die Aufgabe, ein Hellseher zu sein, ist gestartet.

Die Höhle verlassen

Mit allem geschafft war alles, was übrig blieb, die Höhle zu verlassen und meine wahre Reise zu beginnen. Mein Traum wurde gewährt und er musste jetzt nur noch an die Arbeit. Ich fange an zu laufen und nach einer kurzen Zeit lasse ich die geheime Kammer hinter mir. Ich denke nicht, dass je wieder jemand die Freude haben wird in sie reinzugehen. Die Höhle der Verzweiflung wird nie wieder die gleiche sein nachdem in sie siegreich, selbstbewusst und glücklich verließ. Ich gehe zurück zum dritten Szenario: Die Bilder der Heiligen sind noch intakt und scheinen erfreut über meinen Sieg zu sein. Der Becher ist runtergefallen und ist trocken. Der Wein war lecker. Ich arbeite mich ruhig durch das dritte Szenario und nehme die Atmosphäre des Ortes. Er ist wirklich so heilig, wie die Höhle und der Berg. Ich rufe aus Freude und das Echo erstreckt sich durch die ganze Höhle. Die Welt nach dem Seher wird nicht mehr dieselbe sein. Ich stoppe, denke und betrachte mich selbst auf jede Weise. Mit einem finalen Abschiedskuss verlasse ich das dritte Szenarium und gehe durch die linke Tür für die ich mich entschied. Der Weg des Sehers wird kein einfacher sein, weil es schwer sein wird, die Gegenkräfte des Herzens komplett zu kontrollieren und sie dann anderen zu lehren. Der linke Weg, der meine Option war, repräsentiert Wissen und andauerndes Lernen, ob mit den Gegenkräften, Reue oder dem Tot selbst. Das gehen wird erschöpfend, da die Höhle ausgedehnt, dunkel und sehr feucht ist. Die Aufgabe eines Sehers ist womöglich größer als ich sie mir vorstellte: Die Aufgabe, Herzen zu versöhnen. Das ist aber nicht alles: ich muss noch weiter auf meinen eigenen Weg aufpassen. Die Galerie wird schmäler und mit ihr auch meine Gedanken. Meine Gefühle des Heimwehs, wie auch Nostalgie für Mathematik und mein eigenes persönliches Leben flutet. Zuletzt kommt die Nostalgie für mich selbst. Ich eile meine Schritte, bin bald schon im zweiten Szenario. Zerbrochene Spiegel zeigen jetzt Teile meines Verstandes die erhalten und erweitert wurden: die Glücksgefühle, die Tugenden, die Gaben und die Kapazität einzusehen, wenn ich mich geirrt habe. Die Szenarien in den Spiegeln sind Reflektionen meiner eigenen Seele. Diese Selbsterkenntnis werde ich mein ganzes Leben mit mir tragen. Die Erinnerungen an die Figuren des Kindes, des 15 jährigen Jungen und des alten Mannes sind in meinen Gedanken gespeichert. Sie sind drei meiner vielen Gesichter die erhalten wurden, weil sie meine eigene Geschichte sind. Ich verlasse das zweite Szenarium und mit ihm meine Erinnerungen. Ich bin in dem Korridor, der zum ersten Szenario führt. Meine Erwartungen über die Zukunft und meine Hoffnungen sind wie neu. Ich bin der Seher, ein entwickeltes und besonderes Wesen, dazu geschaffen, viele Seelen träumen zu lassen. Die Periode nach der Höhle wird als Training und Verbesserung von schon existierenden Fähigkeiten gelten. Ich gehe ein bisschen weiter und erhasche einen Blick auf das Labyrinths. Diese Aufgabe zerstörte mich fast. Meine Rettung war ein Zauberer, die Fledermaus half mir den Ausgang zu finden. Jetzt brauche ich ihn nicht mehr, da ich es mit meinen Hellseherischen Kräften einfach umgehen kann. Ich habe die Gabe der Anleitung in fünf Ebenen. Wie oft fühlen wir uns, als ob wir uns selbst in einem Rätsel verloren haben: Wenn wir unseren Beruf verlieren; wenn wir von unserer großen Liebe im Lebens enttäuscht werden; wenn wir der Autorität unseres Vorgesetzten trotzen; wenn wir Hoffnung und die Fähigkeit zu träumen verloren haben; wenn wir aufhören Auszubildende des Lebens zu sein und wir nicht in der Lage sind, unser eigenes Schicksal zu dirigieren. Vergiss nicht: Das Universum prädisponiert die Person, doch wir müssen dem nachgehen und beweisen, dass wir würdig sind. Das machte ich. Ich ging den Berg hoch, erledigte drei Aufgaben, trat in die Höhle ein, bezwang ihre Fallen und erreichte mein Ziel. Ich gehe durch das Labyrinth, doch es macht mich nicht so Glücklich, da ich die Aufgabe schon schaffte. Ich beabsichtige neue Horizonte zu finden. Ich ging geschätzt zwei Meilen zwischen der Geheimen Kammer, dem zweiten und dem dritten Szenario, und mit dieser Erkenntnis fühle ich mich müde. Ich merke, wie Schweiß runter tropft; ich bemerke auch den Luftdruck und die niedrige Luftfeuchtigkeit. Ich nähere mich dem Ninja, meinem großen Widersacher. Er scheint noch immer ohnmächtig zu sein. Ich entschuldige mich dafür, dass ich dich so behandelte, aber mein Traum, meine Hoffnung und mein Schicksal standen auf dem Spiel. In wichtigen Situationen muss man wichtige Entscheidungen treffen. Angst, Scham, und Moral stehen nur im Weg, anstatt zu helfen. Ich streichle sein Gesicht und versuche sein Leben wiederherzustellen. Ich handle so, da wir keine Gegner mehr sind, sondern in diesem Abschnitt Gefährten. Er steht auf und mit einer tiefen Verbeugung gratuliert er mir. Alles war zurückgelassen: Der Kampf, unsere „Gegenkräfte", unsere unterschiedlichen Sprachen, unsere unverwechselbaren Ziele. Wir leben in einer Situation anders wie unsere vorherige. Wir können sprechen, einander verstehen und wer weiß, vielleicht sogar Freunde sein. Deshalb das folgende Sprichwort: Mach deinen Feind einen begeisterten und treuen Freund. Schlussendlich umarmt er mich, sagt auf Wiedersehen und wünscht mir Glück. Ich erwidere. Er wird weiter ein Teil der Mysterien der Höhle sein und ich werde Teil der Mysterien des Lebens und der Welt sein. Wir sind „Gegenkräfte", die einander gefunden haben. Das ist mein Ziel in diesem Buch: die „Gegenkräfte" wiederzuvereinigen. Ich laufe weiter in der Galerie, die mir Zugang zum ersten Szenario gibt. Ich fühle mich selbstbewusst und ruhig, nicht wie als ich zum ersten Mal in die Höhle lief. Angst. Dunkelheit und das unvorhersehbare verängstigten mich alle. Die drei Türen, die für Freude, Angst und Misserfolg standen, halfen mir alle mich zu entwickeln und den Sinn der Sachen zu verstehen. Misserfolg repräsentiert alles von dem wir fortlaufen, ohne zu wissen wieso. Versagen muss immer ein Moment des Lernens sein. Das ist der Punkt im Leben, in dem jedem menschlichen Wesen klar wird, dass er nicht perfekt ist, dass der Weg noch nicht gezogen ist und es ist der Moment des Wiederaufbaues. Das ist, was wir immer machen sollten: Wiedergeboren sein. Nimm als Beispiel Bäume: Sie verlieren ihre Blätter, das ist aber nicht ihr Leben. Lasst uns wie sie sein: Laufende Metamorphosen. Leben benötigt das. Angst ist immer dann präsent, wenn wir uns bedroht oder unterdrückt fühlen. Es ist der Anfangspunkt für neue Misserfolge. Überkomme deine Ängste und entdecke, dass sie nur in deiner Vorstellung existieren. Ich habe einen guten Teil der Galerie bedeckt und in diesem genauen Moment gehe ich durch die Tür der Freude. Jeder kann durch diese Tür gehen und mich davon überzeugen, dass Freude existiert und erreicht werden kann, wenn wir in Einklang mit dem Universum sind. Es ist relativ einfach. Der Arbeiter, der Maurer, der Hausmeister sind froh, ihre Aufgaben zu erfüllen; der Bauer, der Zuckerrohrpflanzer, der Cowboy sind alle froh, ein Produkt ihrer Arbeit einsammeln zu können; der Lehrer in lehren und lernen; der Autor in Schreiben und lesen; der Priester, der die göttliche Nachricht ausruft, und bedürftige Kinder, Waisen und Bettler, sind froh, wenn sie Worte der Zuneigung und Pflege bekommen. Um wirklich Glücklich zu sein müssen wir Hass, Tratsch, Misserfolg, Angst und Scham vergessen. Ich laufe weiter und ich sehe all die Fallen die ich überstand und wundere mich, woraus Menschen ohne Glauben, Wege oder Ziele bestehen.

Keiner von ihnen hätte die Fallen überlebt, weil sie kein Sicherheitsnetz haben, ein Licht oder eine Kraft, die sie unterstützt. Ein Mann ist nichts wenn er alleine ist. Er macht nur etwas aus sich, wenn er verbunden mit der Kraft der Menschlichkeit ist. Er kann nur seinen Platz erhalten, wenn er in voller Harmonie mit dem Universum ist. So fühle ich mich nun: In voller Harmonie, weil ich den Berg erklomm, die drei Aufgaben erledigte und die Höhle besiegte, die Höhle, die Träume wahr macht. Mein Spaziergang nähert sich dem Ende weil ich Licht aus dem Eingang der Höhle sehen kann. Bald werde ich draußen sein.

Das Wiedersehen mit der Beschützerin

Ich bin aus der Höhle draußen. Der Himmel ist blau, die Sonne ist stark und der Wind zieht Richtung Nordwesten. Ich betrachte die ganze Außenwelt und verstehe erst jetzt wie schön und umfangreich das Universum wirklich ist. Ich fühle mich wie ein wichtiger Teil davon, weil ich den Berg hochging, die drei Aufgaben ausführte, von der Höhle getestet wurde und gewann. Ich fühle mich in jeder Weise wie umgeformt, denn heute bin ich nicht mehr ein Träumer, sondern ein Visionär, gesegnet mit Gaben. Die Höhle führte wirklich ein Wunder aus. Wunder geschehen jeden Tag, aber wir bemerken es nicht. Eine brüderliche Geste, der Regen, der Leben wiederauferstehen lässt, Almosen, Vertrauen, Geburt, wahre Liebe, ein Kompliment, das Unerwartete, Glaube, der Berge verschiebt, Glück und Schicksal; sie alle sind Wunder des Lebens. Das Leben ist wirklich großzügig.

Ich betrachte das Äußere weiter, komplett in Ehrfurcht. Ich bin mit dem Universum verbunden und es mit mir. Wir haben beide dieselben Ziele, Hoffnungen und Überzeugungen. Ich bin so konzentriert, dass ich es kaum bemerke als eine kleine Hand meinen Körper berührt. Ich verbleibe in meiner besonderen und einzigartigen geistigen Rückbesinnungen, bis ein kleines Ungleichgewicht, das von jemandem verursacht wurde, mich von meiner Achse schlägt. Ich drehe mich zur Ursache und sehe einen Jungen und die Beschützerin. Ich habe das Gefühl, dass sie schon eine Weile an meiner Seite waren und ich es nicht merkte.

"Du hast also die Höhle überlebt. Gratuliere! Ich hoffte, dass du es schaffst. Unter all den Kämpfern, die schon versuchten, in die Höhle zu gehen und ihre Träume zu realisieren, warst du der Begabteste. Trotz allem solltest du wissen, dass die Höhle nur der erste von vielen Schritten ist, denen du im Leben gegenüberstehen wirst. Wissen ist, was dir wahre Macht geben wird und es ist etwas, was dir nie jemand nehmen kann. Die Aufgabe ist gestartet. Ich bin hier um dir zu helfen. Schau, ich brachte dir dieses Kind um dich auf deiner wahren Reise zu begleiten. Er wird von großer Hilfe sein. Deine Mission ist es, die „Gegenkräfte" wiederzuvereinigen und sie irgendwann Früchte tragen zu lassen. Jemand benötigt deine Hilfe und daher soll ich dich schicken.

"Danke. Die Höhle macht meine Träume wirklich wahr. Jetzt bin ich der Seher und bereit für neue Aufgaben. Was ist diese wahre Reise? Wer ist dieser jemand, der meine Hilfe braucht? Was wird mir geschehen?

"Fragen, fragen, mein lieber. Ich werde eine davon beantworten. Mit deinen neuen Kräften wirst du eine Reise zurück in der Zeit machen, um Ungerechtigkeiten zu verzerren und jemanden zu helfen sich selbst zu finden. Den Rest wirst du selbst entdecken. Du hast genau 30 Tage um die Mission durchzuführen. Verschwende nicht deine Zeit.

"Ich verstehe. Wann kann ich gehen?

"Heute. Die Zeit drückt.

Damit reicht sie mir das Kind und sagt freundschaftlich auf Wiedersehen. Was erwartet mich auf diesem Ausflug? Könnte es sein, dass der Seher wirklich Ungerechtigkeiten beheben kann? Ich denke, dass all meine Kräfte auf dieser Reise benötigt werden.

Die Verabschiedung vom Berg

Der Berg atmet Luft aus Gelassenheit und Friede. Seitdem ich hier bin habe ich gelernt, das zu respektieren. Ich glaube das half mir den Berg zu erklettern, die Aufgaben zu überstehen und die Höhle zu betreten. Es war wirklich Heilig. Das wegen dem mystischen Schamanen, der einen komischen Pakt mit den Kräften des Universums abschloss. Er versprach, sein

Leben zu geben, im Austausch gegen die Wiederherstellung des Friedens seines Stammes. Für Jahrhunderte dominierten die Xukurus die Region. Zu dieser Zeit waren ihre Stämme in Krieg, wegen einer List eines Hexenmeisters des nördlichen Kualopu Stammes. Er begehrte Kraft und totale Kontrolle über die Stämme. Ihre Pläne beinhalteten die Weltherrschaft mit ihren dunklen Künsten. So begann der Krieg. Die südlichen Stämme vergolten die Angriffe und der Tod begann. Die gesamte Xukuru Nation war vor der Ausrottung bedroht. Dann vereinigten sich die Schamanen des Südens mit ihren Kräften wieder und machten den Pakt. Der südliche Stamm gewann den Disput, der Hexer wurde getötet, der Schamane zahlte den Preis seiner Vereinbarung und Friede wurde wieder hergestellt. Seitdem ist der Berg von Ororubá heilig.

Ich bin immer noch an der Kante der Höhle und analysiere die Situation. Ich habe eine Mission zu erfüllen und einen Jungen zu betreuen, obwohl ich noch nicht selbst Vater bin. Ich untersuche den Jungen von Kopf bis Fuß und sofort merke ich es. Er ist dasselbe Kind das ich von den Klauen dieses grausamen Mannes rettete. Es scheint mir als ob er stumm ist, denn ich hörte ihn bis jetzt noch nicht sprechen. Ich versuche, die Stille zu durchbrechen.

"Sohn, haben deine Eltern ihr Einverständnis gegeben, dass du mit mir reisen darfst? Schau, ich werde dich nur nehmen wenn es strengsten benötigt ist.

"Ich habe keine Familie. Meine Mutter starb vor drei Jahren. Danach schaute mein Vater nach mir. Jedoch wurde ich so oft missbraucht, dass ich mich entschied, zu fliehen. Die Beschützerin passt jetzt auf mich auf. Erinnere dich an das, was sie sagte: Du wirst mich auf dieser Reise brauchen.

"Das tut mir leid. Sag mir: wie hat dein Vater dich falsch behandelt?

"Er zwang mich zwölf Stunden am Tag zu arbeiten. Das Essen war rar. Ich durfte nicht spielen, lernen oder Freunde haben. Er schlug mich regelmäßig. Dazu gab er mir nie irgendeine Art von Zuneigung, die ein Vater geben sollte. Also entschied ich mich dazu davonzurennen.

"Ich verstehe deine Entscheidung. Abgesehen davon, dass du ein Kind bist, bist du sehr Weise. Du wirst nicht mehr unter diesem Monster eines Vaters leiden. Ich verspreche dir, mich auf dieser Reise gut um dich zu kümmern.

"Dich um mich kümmern? Das bezweifle ich.

"Wie heißt du?

"Renato. Das ist der Name, den die Beschützerin für mich auswählte. Davor hatte ich keinen Namen oder Rechte. Was ist deiner?

"Aldivan. Aber du kannst mich der Seher oder Kind Gottes nennen.

"Gut. Wann werden wir gehen, Seher?

"Bald. Jetzt muss mich vom Berg verabschieden.

Mit einer Geste gab ich in Renatos Richtung ein Signal, dass er mich begleiten soll. Ich würde Runden durch alle Wege und Ecken des Bergs drehen bevor ich an einen unbekannten Ort gehen würde.

Eine Reise zurück in der Zeit

Ich sagte gerade meinen Abschied vom Berg. Er war wichtig für mein geistiges Wachstum und trug zu meiner Weisheit bei. Ich werde gute Erinnerungen von ihm haben: Seine gemütliche Spitze, wo ich die Aufgaben bewältigte, die Beschützerin traf und auch die Höhle betrat. Ich kann den Geist, das junge Mädchen oder das Kind, welches mich jetzt begleitet, nicht vergessen. Sie waren wichtig für den ganzen Prozess, da sie mich selbst reflektieren und kritisieren ließen. Sie trugen zu meinem Wissen über die Welt bei. Jetzt war ich bereit für neue Aufgaben. Die Zeit des Berges ist vorüber, die der Höhle auch, und jetzt werde ich in der Zeit zurück reisen. Was erwartet mich? Werde ich viele Abenteuer haben? Nur die Zeit wird es zeigen. Ich bin dabei, den Berg zu verlassen. Ich nehme mit mir neue Erwartungen, den Koffer, meine Besitztümer und den Jungen der mich nicht los lassen will. Von oben sehe ich die Straßen und die Inhalte des Dorfes Mimoso. Es schaut klein aus, es ist mir aber wichtig, weil ich hier den Berg hochkletterte, die Aufgaben gewann, die Höhle betrat und die Beschützerin, den Geist, das junge Mädchen und den Jungen traf. All das war wichtig damit ich der Seher werde. Der Seher, die Person, die in der Lage ist, die verwirrtesten Herzen zu verstehen, Zeit und Distanz zu überschreiten um anderen zu helfen. Die Entscheidung war getroffen. Ich werde gehen.

Ich nehme sanft den Arm des Jungen und konzentriere mich. Ein kalter Wind weht, die Sonne erhitzt sich und die Stimmen des Berges treten in Aktion. Dann, auf dem Boden, höre ich eine schwache Stimme die um Hilfe ruft. Ich fokussiere mich auf die Stimme und nutze meine neuen Kräfte um sie zu finden. Es ist dieselbe Stimme die ich in der Höhle der Verzweiflung hörte. Die Stimme einer Frau. Ich bin in der Lage einen Kreis aus Licht um mich zu kreieren um uns vor den Stößen der Zeitreise zu beschützen. Ich beginne damit, unsere Geschwindigkeit zu erhöhen. Wir müssen die Lichtgeschwindigkeit erreichen um die Zeitgrenze zu durchbrechen. Der Luftdruck nimmt in kleinen Schritten zu. Ich fühle mich verwirrt, verloren und durcheinander. Für einen Moment übertrete ich die Welten und Ebenen Parallel zu der eigenen. Ich sehe ungerechte Gesellschaften und Tyrannen, wie in der unseren. Ich sehe die Welt der Geister und observiere ob sie in der perfekten Planung unserer Welt leben. Ich sehe Feuer, Licht, Dunkelheit und Vorhänge aus Rauch. Währenddessen beschleunigen wir immer mehr. Wir sind knapp davor die Lichtgeschwindigkeit zu überschreiten. Die Welt dreht sich und für einen kurzen Moment sehe ich mich in einem alten chinesischen Reich auf einem Bauernhof arbeiten. Eine Sekunde später bin ich in Japan und serviere Snacks an den Kaiser. Schnell ändere ich meine Position und ich befinde mich mitten in einem Ritual in Afrika, auf einer Gottesdienstähnlichen Versammlung für Gott. Ich lasse in meinem Kopf weiter Leben wiederaufleben. Die Geschwindigkeit wird noch höher und in einem kurzen Moment haben wir eine Ekstase. Die Welt stoppt sich zu drehen, die Kreise lösen sich auf und wir fallen auf den Boden. Die Reise zurück in der Zeit war vollendet.

Wo bin ich?

Ich wache auf und merke, dass ich alleine bin. Was passierte mit Renato? Könnte es sein, dass er die Zeitreise nicht überlebte? Das war der einzige gemeinsame Nenner den ich in diesem Moment ausrechnen konnte. Warte? Wo bin ich? Ich kenne diesen Ort nicht. Es gibt keinen Boden, es gibt keinen Himmel und es ist ein komplettes Vakuum. Ein bisschen entfernt von dem Ort, an dem ich mich befinde, nehme ich Leute in einer Prozession wahr die alle in schwarz gekleidet sind. Ich nähre mich ihnen um herauszufinden um was es sich handelt. Ich mag es nicht an unbekannten Orten allein zu sein. Als ich näher komme bemerke ich, dass es sich nicht genau eine Prozession, sondern eine Beerdigung ist. Der Sarg steht genau in der Mitte, getragen von drei Personen. Ich gehe zu einem der Anwesenden.

"Was passiert hier? Wessen Beerdigung ist das?

"Was Beerdigt wird ist der Glauben und die Hoffnung dieser Personen.

"Was? Wie?

Ohne es verstehen zu können laufe ich von der Beerdigung weg. Was machten diese verrückten Leute? Soviel ich weiß beerdigt man die Toten und keine Gefühle. Glauben und Hoffnung sollten nie von uns beerdigt werden, auch wenn es eine verzweifelte Situation ist. Das Begräbnis verschwindet im Horizont. Die Sonne erscheint und ein intensives Licht kann auf der Spitze der Ebene gesehen werden. Das Licht ist eindringend und verbraucht mein ganzes Wesen. Ich vergesse alle Probleme, Sorgen und Leiden. Es ist die Vision des Erzeugers und ich fühle mich komplett gelassen und selbstbewusst in seiner Gegenwart. In der unteren Ebene weitet sich ein Schatten aus und mit ihm ein Bösewicht. Die Vision der Dunkelheit verbittert mich. Die zwei separaten Ebenen repräsentieren die „Gegenkräfte" denen man ständig im Universum gegenübersteht. Ich bin auf der Seite Gottes und ich werde hart daran arbeiten, dass sie immer überwiegt. Die zwei Ebenen verschwinden aus meiner Sicht und nur der leere Platz und ich bleiben über. Der Boden erschient, der blaue Himmel scheint und sofort wache ich auf, so als ob alles nicht mehr als ein Traum war.

Erster Eindruck

Das echte Aufwachen hinterlässt mich in einer guten Stimmung. Die Reise in der Zeit scheint erfolgreich gewesen zu sein. An meiner Seite, noch immer schlafend, finde ich Renato, der aussah als ob ihm die Reise gefiel. Wo bin ich? In einigen Momenten werde ich es herausfinden. Vorsichtig betrachte ich den Ort und er sieht bekannt aus. Die Berge, die Vegetation, die Topographie, alles ist dasselbe. Warte. Etwas ist anders. Das Dorf ist nicht mehr dasselbe. Die Häuser, die hier existieren, die auf der einen und der anderen Seite verteilt sind, würden, wenn sie nebeneinander aufgestellt werden würden, nicht mehr als eine Straße reichen. Wir reisen in der Zeit, aber nicht in Ort. Ich muss runter vom Berg kommen um alles beobachten zu können. Ich nähere mich Renato und schüttle ihn. Wir können keine Zeit mit Verspätung verlieren, da wir genau 30 Tage haben um jemandem zu helfen, den wir selbst noch nicht trafen. Renato streckt sich und steigt den Berg widerwillig mit mir ab. Ich glaube nicht, dass er über den Kampf mit der Zeitreise schon zurechtgekommen ist. Er ist immer noch ein Kind und braucht meine Behütung.

Wir sind schon einen guten Teil des Weges hinabgestiegen und Mimoso kommt immer näher. Wir können schon Kinder sehen, die in der Straße spielen, Waschfrauen mit ihren Säcken an einem nahegelegenen Damm, junge Leute die sich in dem kleinen lokalen Eck sozialisieren. Was wartet auf uns? Ich frage mich wer Hilfe braucht. All diese Antworten sind in diesem Buch noch erhalten. Etwas sticht aus dem Mimoso Himmel heraus: Dunkle Wolken füllen die ganze Umgebung. Was heißt das? Ich werde es herausfinden müssen. Unsere Schritte werden immer schneller und wir sind ungefähr hundert Meter vom Dort entfernt. Oben im Norden ist ein gewaltiges, stilvolles und hübsches Zuhause. Es muss die Residenz einer sehr wichtigen Person sein. Im Westen steht ein schwarzes Schloss zwischen den Häusern. Es ist schon angsteinflößend wenn man es nur ansieht. Wir kommen endlich an. Wir sind in der zentralen Gegend, dort wo sich die meisten Häuser befinden. Ich muss ein Hotel finden um mich ausruhen zu können, denn der Ausflug war lange und ermüdend. Meine Koffer wiegen schwer an meinen Armen. Ich spreche mit einem der Einwohner der mir verrät wo ich eines finden kann. Es ist ein bisschen südlicher von dort wo wir jetzt sind. Wir gehen dorthin.

Das Hotel

Die Reise, von wo wir waren bis zum Hotel, war friedlich. Wir wurden nur von wenigen Leuten angesehen, deren Weg wir kreuzten. Unter diesen Leuten standen mache heraus: Eine Frau mit einem Hut im Style von Carmen Miranda, ein Junge mit Peitschennarben auf seinem Rücken und ein trauriges Mädchen, das von drei starken Männern begleitet wurde, die wohl ihre Bodyguards waren. Sie agierten komisch, so als ob dieses Dorf keine normale Gemeinde wäre. Wir sind vor dem Hotel. Von außen kann es folgendermaßen beschrieben werden: Eine einstöckige Ziegel Residenz mit ungefähr 1600 Quadratmeter mit einem heimischen, umgekehrten, V-förmigen Dach. Die Fenster und die Eingangstür sind aus Holz und mit hübschen Vorhängen bedeckt. Es gibt einen kleinen Garten wo verschiedene Blumen wachsen. Das war das einzige Hotel in Mimoso, wie man uns sagte. Nebenan, nur wenige Meter entfernt, war eine Tankstelle. Ich versuchte die Klingel zu finden, fand sie aber nicht. Ich erinnerte mich daran, dass wir wahrscheinlich in antikeren Zeiten und dazu auf dem Land waren, wo die Vorteile der Zivilisation noch nicht angekommen sind. Die Lösung, um bemerkt zu werden, war die alte Methode des Schreiens, das sogar die unverbesserlich Tauben weckte.

"Hallo! Ist jemand hier?

Kurz darauf knarrt die Türe auf und die Figur einer stattlichen Dame von circa 60 Jahren mit hellen Augen und roten Haaren erscheint. Sie war dünn, hatte errötete Backen und nach der Ansicht ihrer Miene war sie ein bisschen verärgert.

"Was ist das für ein Geschrei in meinem Betrieb? Hast du kein Benehmen?

"Ich entschuldige mich, aber es war der einzige Weg um Ihre Aufmerksamkeit zu bekommen. Sind Sie die Besitzerin dieses Hotels? Wir benötigen Unterkunft für die nächsten 30 Tage. Ich werde großzügig bezahlen.

"Ja, ich bin seit über 30 Jahren die Eigentümerin dieses Hotels. Ich heiße Carmen. Ich habe nur ein Zimmer frei. Bist du daran interessiert?

Das Hotel ist zwar nicht luxuriös, aber bietet gutes Essen, Freunde, regelmäßige Unterkunft sowie eine bestimmte familiäre Einstellung an.

"Ja, wir akzeptieren. Wir sind sehr Müde, da wir einen langen Ausflug hatten. Die Distanz von hier bis zur Hauptstadt ist ungefähr 140 Meilen.

"Na dann, das Zimmer ist euers. Die Vertragliche Basis können wir später ausmachen. Willkommen. Kommt rein und entspannt. Fühlt euch wie Zuhause.

Wir gehen durch den Garten, der Zugang zum Eingang gibt. Gute Rast und Essen könnten unsere Kräfte wirklich wiederzusammensetzen. Die Frau die antwortete und welcher wir jetzt folgten war sehr nett. Das Verweilen im Hotel würde nicht so monoton sein. Wenn sie ein bisschen Zeit hatte konnte man reden und sich gegenseitig besser kennen lernen. Dazu kam dass ich herausfinden musste wem ich helfen muss und welche Aufgaben ich überstehen muss, um die „Gegenkräften" wiederzuvereinigen. Das Repräsentiert einen weiteren Schritt in meiner Entwicklung als Hellseher.

Carmen öffnet die Tür und wir betreten einen kleinen Raum der mit Möbeln, die besonders in die momentane Zeit passen sowie mit Renaissance Bildern, ausgestattet ist. Die Atmosphäre fühlt sich bekannt an. Auf einer Bank auf der rechten Seite sitzen drei Leute. Ein junger Mann, ungefähr 20 Jahre alt, schlank, schwarze Augen und Haare sowie sehr gutaussehend; ein Mann von geschätzt 40 Jahren mit einem guten Körperbau, schwarze Haare und brauen Augen, eine jugendliche Aura um ihm und ein gewinnendes Lächeln; und ein älterer Mann, dunkelhäutig, lockige Haare, mit einer ernsten Attitüde und Miene in seinem Gesicht. Carmen gestikuliert, dass sie uns gegenseitig vorstellen will:

"Das ist mein Ehemann Gumercindo (auf den älteren Herr zeigend), und das sind meine anderen Gäste: Rivanio (40 Jahre alt), er ist bekannt als Vaninho, und ist ein Wärter beim Bahnhof und Gomes (der junge Mann), er ist Angestellter beim Agrikultur Laden.

"Mein Name ist Aldivan und das ist mein Neffe, Renato.

Mit der Vorstellung hinter uns führt uns Carmen zu unserem Zimmer. Es ist groß, leicht und luftig. Es gibt zwei Betten, was mich noch erholsamer stimmt. Wir legen unsere Taschen ab, bringen uns unter und währenddessen verlässt uns Carmen. Wir rasten ein bisschen und werden danach zu Abendessen.

Das Abendessen

Nach einem guten Schlaf wache ich mit neuer Stärke auf. Ich bin in dem Hotelzimmer mit Renato. Mein Bewusstsein wiegt schwer auf mir, da ich erst jetzt bemerke, dass ich Lügen erzählte. Ich bin weder aus Recife, noch ist Renato mein Neffe. Trotzdem, es war das Beste. Ich kenne noch immer nicht die Menschen denen ich mich vorstellte. Es ist besser, defensiv zu bleiben, denn Vertrauen ist etwas, das man sich verdienen muss. Bei näherem Nachdenken, wenn ich die Wahrheit gesagt hätte, hätten sie mich für verrückt erklärt. Die Wahrheit ist, dass ich auf den Berg kletterte, auf der Suche nach meinen Träumen; absolvierte drei Aufgaben und betrat die gefürchtete Höhle der Verzweiflung. Ich wich Fallen und Szenarien aus, wurde der Seher und machte eine Reise durch die Zeit, auf der Suche nach dem Unbekannten. Nun war ich dort um nach Antworten zu suchen. Ich steige aus dem Bett, wecke Renato auf und zusammen gehen wir ins Esszimmer. Wir waren hungrig weil wir seit ungefähr sechs Stunden nicht aßen.

Wir betraten das Esszimmer, grüßten einander und saßen uns nieder. Das servierte Essen ist variantenreich und typisch Nordöstlich: Maishaferbrei mit Milch oder Maisschrot-Eintopf mit Hühnchen sind die Optionen. Als Nachspeise gibt es Maniokteig Kuchen. Ein Gespräch beginnt und jeder nimmt daran teil.

"Also, Herr Aldivan, mit was verdienen Sie Ihre Brötchen und was bringt Sie an diesen kleinen Ort? Fragte Carmen.

"Ich bin ein Reporter und Journalist sowie Mathematiklehrer. Ich wurde von der Hauptstädtischen Zeitung hierhergeschickt um eine gute Geschichte zu finden. Ist es wahr, dass dieser Ort große Geheimnisse versteckt?

"Ich gehe davon aus. Trotzdem sind wir nicht erlaubt darüber zu sprechen. Im Fall, dass du es nicht weißt, wir leben unter den Gesetzen und der Ordnung der Kaiserin Clemilda. Sie ist eine mächtige Hexe die schwarze Magie verübt, um die zu betrafen, die ihr nicht gehorchen. Sei gewarnt: Sie hört alles.

Für eine Sekunde verschlucke ich fast mein Essen. Jetzt verstehe ich was die dunklen Wolken zu bedeuten haben. Das Gleichgewicht der „Gegenkräfte" war gebrochen. Diese böse Frau blockierte die Strahlen der Sonne, ihr pures Licht. Die Situation kann so nicht bleiben, denn sonst würde Mimoso, zusammen mit seinen Einwohnern, untergehen.

"Ist es wahr dass Journalisten oft lügen? Fragte Rivanio.

"Das passiert nicht, zumindest nicht bei mir. Ich versuche gläubig zu meinen Überzeugungen und den Nachrichten zu sein. Ein wahrer Journalist ist jemand, der seriös, ethisch und passioniert über seinen Beruf ist.

"Bist du verheiratet? Was sind deine Lebensziele? Fragte Carmen.

"Nein. Eines Tages, sagte man mir, dass Gott mir jemanden schicken würde. Ich bin momentan auf meine Studien und Träumen fokussiert. Liebe kommt eines Tages, wenn es mein Schicksal ist.

"Herr Gumercindo, erzählen Sie mir über Mimoso.

"Es ist wie meine Frau schon sagte, Herr, wir dürfen nicht darüber sprechen welche Tragödie hier vor einigen Jahren passierte. Seitdem Clemilda regiert sind unsere Leben nicht mehr dieselben.

Emotionen überkamen jeden, der sich im Raum befand. Tränen sickerten beharrlich Gumercindo Gesicht runter. Es war das Gesicht eines armen Mannes, der müde vor der schrecklichen Diktatur dieser Magierin war. Das Leben verlor seinen Sinn bei diesen Personen. Alles, was für sie überblieb, war wenig Hoffnung darauf, dass jemand ihnen dabei helfen würde, zu sterben.

"Beruhigt euch. Es ist nicht das Ende der Welt. Dieser Zustand kann nicht lange halten. Die Gegenkräfte dieser Erde sollten im Gleichgewicht verharren. Verzweifelt nicht. Ich werde euch helfen.

"Wie? Die Hexe hat die Macht über Menschen. Ihre Plagen haben viele Leben zerstört. (Gomes)

"Die Kräfte des Guten sind auch mächtig. Sie sind dazu in der Lage, Friede und Harmonie wiedereinzuführen. Glaubt mir.

Meine Worte scheinen nicht den gewünschten Effekt zu haben. Die

Konversation ändert sich, doch ich kann mich nicht darauf konzentrieren. An was denken diese Leute? Gott kümmert sich wirklich um sie. Wenn nicht, wäre ich nicht den Berg hoch, wäre den Aufgaben nie gegenübergestanden, die Höhle überkommen und hätte die Beschützerin nie getroffen. All das waren Zeichen dafür, dass sich Dinge ändern können. Trotzdem, sie wussten es nicht. Geduld war von Nöten, um sie davon zu überzeugen, mir die Wahrheit zu sagen oder mir wenigstens einen Weg dazu. Ich beende mein Abendessen zusammen mit Renato. Ich stehe vom Tisch auf, entschuldige mich und gehe schlafen. Der nächste Tag wird kritisch für meine Pläne.

Ein Spaziergang durch das Dorf

Ein neuer Tag erscheint. Die Sonne steigt empor, die Vögel singen und die Frische des Morgens umhüllt das gesamte Hotelzimmer, in dem wir uns befinden. Ich wache auf und fühle mich schrecklich. Renato ist schon wach. Ich strecke mich, bürste meine Zähne und nehme eine Dusche. Was ich in der Nacht zuvor hörte bereitete mir ein klein wenig Sorge. Wie konnte Mimoso von einer bösen Hexe dominiert werden? Unter welchen Umständen? Das Mysterium ist zu umfassend für mich. Das Christentum wurde in den Amerikas im 16. Jahrhundert eingeführt und ist seitdem das oberste, das den ganzen Kontinent regiert. Wieso ist dann, in der Mitte von nichts, das Böse regierend? Ich musste die Ursachen und Gründe dafür herausfinden.

Ich verlasse das Zimmer und gehe in die Küche zum Frühstück. Der Tisch ist vorbereitet und ich kann schon einige Annehmlichkeiten sehen: Maniok, Tapioka, und Kartoffeln. Ich schöpfe mir selbst, denn ich fühle mich wie Zuhause. Die anderen Gäste erscheinen und benehmen sich gleich. Niemand greift das Thema der letzten Nacht auf und es riskiert auch niemand. Carmen nähert sich mir und bietet mir eine Kanne Tee an. Ich nehme sie an. Tees sind gut, um Herzschmerz zu erleichtern und den Geist wachsen zu lassen. Ich rede mit ihr.

"Könntest du mir jemanden besorgen der mich durch Mimoso führt? Ich würde gerne ein paar Interviews durchführen.

"Das ist nicht nötig, mein lieber. Mimoso ist nicht mehr als ein Dorf.

"Ich fürchte, du hast mich falsch verstanden. Ich brauche jemanden, der vertraut mit den Leuten ist, jemand dem ich vertrauen kann.

"Also, ich kann das nicht machen da ich viele Aufgaben habe. All meine Gäste arbeiten. Ich habe eine Idee: Suche nach Felipe, dem Sohn des Eigentümers des Lagerhauses. Er hat freie Zeit.

"Danke für den Tipp. Ich weiß, wo sich das Lagerhaus in der Innenstadt befindet. Ich rufe Renato und wir gehen zusammen.

"Wundervoll. Ich wünsche dir viel Glück.

Ich rufe Renato der noch immer im Hotelzimmer ist. Ich hoffe er wird frühstücken gehen, sodass wir gehen können. Werde ich genaue Informationen über den Fall von Mimoso erhalten? Ich war begierig es herauszufinden. Renato isst sein Frühstück auf, wir verabschieden uns von Carmen und können endlich gehen. Der Platz gleich neben dem Hotel ist voll von jungen Leuten und Kindern. Ich beobachte all die Begeisterung während ich an ihnen vorbei laufe. Ich gehe um die Kurve, die in Richtung Innenstadt führt und bin kurz darauf beim Lagerhaus. Ein Mann mit ungefähr 50 Jahren ist anwesend. Ich signalisiere dem Mann, dass er zu uns kommen soll.

"Wie kann ich euch helfen?

"Ich suche nach Felipe. Bitte, wo ist er?

"Felipe ist mein Sohn. Einen Moment, ich hole ihn. Er ist in der Lagerhalle.

Der Mann läuft weg und kommt wenig später mit einem jungen rothaarigen zurück, der obwohl er dünn ist, wie ein 17-jähriger gebaut ist.

"Ich bin Felipe. Was braucht ihr?

"Carmen schlug dich mir vor. Ich brauche dich, um mich bei ein paar Interviews zu begleiten. Ich heiße Aldivan, schön dich kennenzulernen.

"Klar, mein Vergnügen, ich begleite dich. Ich habe ein bisschen Freizeit. Wir können mit der Apotheke nebenan beginnen. Der Besitzer ist ein Kenner des Ortes, da er hier seit der Gründung ist.

"Toll. Gehen wir.

Zusammen mit Renato und Felipe gehe ich zur Apotheke wo ich mein erstes Interview durchführen werde. Der Fakt, dass ich kein echter

Journalist bin, macht mich ein bisschen nervös und ängstlich. Ich hoffe ich mache es gut. Trotz allem habe ich den Berg erklommen, ich habe drei Aufgaben geschafft und den Test der Höhle bestanden. Ein einfaches Interview wird mich nicht niederreißen. Nach der Ankunft bei der Apotheke werden wir schnell besucht. Wir lernen den Eigentümer kennen. Ich frage ihn, ob er gern ein Interview geben würde und er akzeptiert. Wir ziehen uns an einen geeigneteren Ort zurück, an dem wir alleine sind und sprechen können. Ich beginne das Interview schüchtern.

"Ist es wahr, dass Sie einer der ältesten Einwohner sind, einer der Gründer dieses Ortes?

"Ja, und nenne mich nicht Herr. Ich heiße Fabio. Mimoso begann wirklich herauszustehen seitdem die Eisenbahn hier baute. Fortschritt und moderne Technologie kam hier im Jahre 1909 mit den großen, westlichen Zügen an. Die britischen Ingenieure Calander, Tolester und Thompson designten die Spuren der Eisenbahn, bauten den Bahnhof und Mimoso begann zu wachsen. Handel wurde umgesetzt und Mimoso wurde eines der größten Lagerhäuser der Region, zweit, nach Carabais. Mimoso ist dazu bestimmt zu wachsen und deshalb bin ich hier.

"War das Leben hier immer glatt oder gab es tragische Ereignisse?

"Ja, die gab es. Zumindest seit einem Jahr. Seit dann war es nicht mehr dasselbe. Leute sind traurig und haben all ihre Hoffnungen verloren. Wir leben unter einer Diktatur. Die Steuerbelastungen sind zu hoch, wir haben keine Meinungsfreiheit und wir müssen unsere Wählerstimmen an höhere Mächte erbringen. Religion wurde für uns zu einem Synonym für Unterdrückung. Unsere Götter sind schreckliche Götter die Blut und Vergeltung wollen. Wir verloren echten Kontakt zum Gottvater, dem einzig wahren.

"Erzähl mir was vor einem Jahr passierte.

"Ich will nicht und kann nicht mal über die Tragödie sprechen. Es ist sehr schmerzhaft.

"Bitte, ich brauche diese Information.

"Nein. Meine Familie würde Leiden, wenn ich es dir sagen würde. Die Geister können alles hören und Clemilda sagen. Ich könnte so ein großes Risiko nicht nehmen.

Gegenkräfte - 59

Ich bestehe darauf, wieder und wieder, doch er ist hartnäckig. Angst macht ihn feige und engstirnig. Er verlässt den Ort ohne weitere Erklärungen. Ich bin allein, unruhig und voller Fragen. Wieso fürchten sie diese Hexe so sehr? Von welcher Tragödie sprach er? Ich brauchte diese Information, um zu wissen, auf welchem Boden ich stehe. Ich war der Seher, beschenkt mit Gaben, das machte es aber nicht einfacher. Wenn diese Clemilda die dunklen Künste beherrscht, dann wäre sie eine furchteinflößende Gegnerin. Schwarze Magie ist in der Lage, jeden Menschen aufzunehmen, sogar die gutmütigsten. Der Kampf der „Gegenkräfte" könnte das Universum zerstören, doch das war das entfernteste in meinem Kopf. Vorsicht war jetzt benötigt. Was mir klar war ist, dass die Balance der „Gegenkräfte" kaputt war und es meine Aufgabe war, sie wiederherzustellen. Aber dafür war es nötig, die ganze Geschichte zu kennen. Ich laufe mit diesem Gedanken fort. Ich finde Renato und Felipe und wir begeben uns auf den Weg zu weiteren Interviews. Ich hoffe, dass ich erfolgreich werde.

Nach den Interviews bin ich total frustriert. Ich bekam nicht alle Infos die ich brauche. Was für ein Journalist bin ich denn? Ich denke, ich hätte einen Kurs über Journalismus belegen sollen. Alle Leute, die ich befragte, der Bäcker, der Schmied, wiederholten nur, was ich schon wusste. Renato und Felipe versuchten mich zu trösten, doch ich konnte mir selbst nicht verzeihen. Jetzt war ich verloren, am Ende der Welt, wo die Zivilisation noch nicht ankam. Die einzige Information, die ich hatte, war, dass Mimoso von der bösen Hexe beherrscht wurde. Der Schrei, den ich in der Höhle der Verzweiflung hörte machte mich noch immer verrückt. Wer war es, der meine Hilfe so dringend benötigte? Ich konzentrierte mich auf den Schrei und, unterstützt von meinen Kräften, kam ich durch Zeitreise nach Mimoso. Die Ziele dieses Ausflugs waren mir nicht klar. Die Beschützerin sprach von der Wiedervereinigung der „Gegenkräfte", doch ich weiß nicht wie. Was ich wusste war, dass ich immer noch nicht volle Kontrolle über die „Gegenkräfte" hatte, was mich noch verzweifelter machte. Jetzt war aber nicht die Zeit dazu entmutigt zu sein. Ich hatte noch 28 Tage um dieses Problem zu lösen. Das Beste wäre jetzt zurück zum Hotel zu gehen und meine Kräfte zu sammeln.

Renato und Felipe waren mit mir und auf dem Weg lernten wir uns besser kennen. Sie sind wirklich gute Leute. Ich fühle mich nicht allein an diesem Ort der von den unteren Kräften kontrolliert wird und voller Mysterien steckt.

Das schwarze Schloss

Wir sind am dritten Tag nach der Zeitreise angekommen. Die vergangenen Tage hinterließen keine guten Erinnerungen. Nach den Interviews entschied ich mich dazu, den Rest des Tages im Hotel zu verbringen um mich selbst zu finden. Das war mein Startpunkt: Mich selbst zu finden, um wichtige Probleme aufzulösen. Renato hat mir bis jetzt noch kein bisschen geholfen. Ich denke, dass die Beschützerin falsch lag ihn mit mir zu schicken. Trotz allem war er nur ein Kind und hatte daher nicht viel Verantwortung. Meine Situation war komplett anders. Ich war ein junger Mann von 26 Jahren, ein Verwaltungsassistent mit einem Diplom in Mathematik und vielen Zielen. Ich hatte keine Zeit um über Liebe oder mich selbst nachzudenken, weil ich auf einer Mission war, obwohl ich nicht wusste, auf was für einer. Die einzige Gewissheit die ich hatte war, dass ich den Berg bestieg, die Aufgaben realisierte, das junge Mädchen, den Geist, das Kind und die Beschützerin fand und den Test in der Höhle meisterte. Ich wurde der Seher, doch das war nicht alles. Ich musste durchgehend die Aufgaben des Lebens überstehen. Ein neuer Tag brach an und mit ihm neue Hoffnungen. Ich stehe auf, nehme eine Dusche und esse mein Frühstück, putze meine Zähne und verabschiede mich von Carmen. Der letzte Tag lies in mir eine neuen Idee erwachen: Jeden Feind aufs Engste zu kennen und ihnen Informationen zu stehlen. Es war der einzige Weg raus.

Ich gehe raus auf die Straße und sehe den Spielplatz und jeden auf Bänken sitzen. Sie tun normal, so als ob sie in einer normalen Gemeinde leben würden. Sie haben sich angepasst. Menschliche Wesen können an alles gewöhnt werden, auch in Zeiten der Verdammnis. Ich laufe weiter. Ich gehe um die Kurve, treffe ein Paar Leute und halte fest an meiner Lösung an. Die Aufgaben der Höhle halfen mir dabei, all meine Ängste unter allen Umständen zu verlieren. Ich fand drei Türen die Angst, Misserfolg und Freude repräsentierten. Ich nahm Freude und beseitigte den Rest. Ich war bereit für neue Aufgaben. Ich gehe um eine weitere Kurve und komme zur westlichen Seite des Dorfes. Ein großes Schloss erscheint. Es ist ein imposantes Gebäude, das aus zwei Haupttürmen und einem Sekundärturm komponiert ist. Die Residenz besteht aus schwarz angemaltem Mauerwerk. Schlechter Geschmack, typisch für einen Bösewicht. Mein Herz rast und das machen auch meine Schritte. Die Zukunft Mimosos hängt von meiner Attitüde ab. Unschuldige Leben waren der Einsatz und ich würde keine weiteren Ungerechtigkeiten akzeptieren. Ich klatsche meine Hände zusammen, in der Hoffnung die Aufmerksamkeit von jemandem im Haus zu bekommen. Ein robuster Junge, groß und dunkelhäutig, kommt aus dem inneren des Hauses.

"Was brauchen Sie?

"Ich bin hier um Clemilda zu sehen.

"Sie ist beschäftigt. Kommen Sie ein anderes Mal.

"Warte einen Moment. Es ist wichtig. Ich bin ein Reporter für die Tageszeitung und ich kam um einen speziellen Bericht über sie zu verfassen. Gib mir nur fünf Minuten.

"Reporter? Gut, ich glaube das wird ihr gefallen. Ich kündige Ihr ankommen an.

"Das brauchst du nicht. Erlaube mir mit dir zu kommen.

Der Mann signalisiert „Ja" und ich starte die vielen Stufen zu erklimmen, die Zugang zu ihrer Vordertüre geben. Ein Schaudern rennt durch meinen Körper und beharrliche Stimmen warnen mich davor hineinzugehen. Eine Katze läuft vorbei und stellt ihre wilden Klauen zur Schau. Innerlich bete ich zu Gott, damit er mir Kraft gibt um jede Situation zu überstehen. Der Junge begleitet mich und wir gehen hinein. Die Tür gibt Zugang zu einem riesigen und kunstvollen Foyer voller Farben und Leben. Auf der rechten Seite geht es zu mehr als drei weiteren Kammern. Im Zentrum sind Bilder von Heiligen mit Hörnern, Totenschädeln und anderen sündigen Objekten. Links befinden sich seltsame Malereien. Das Szenario ist entsetzlich und ich kann es mir nicht ganz erklären. Negative Kräfte dominieren den Ort und verwirren mich, da das ein Kampf der

„Gegenkräfte" ist. Der Mann stoppt vor einem der Abteile und klopft. Die Türe öffnet sich, Rauch steigt auf und eine dicke, schwarze Frau mit starken Charakterzügen, ungefähr 40 Jahre alt, erscheint.

"Mit was verdiene ich die Ehre, dass der Seher persönlich mich besucht?

Sie gibt dem Mann ein Signal, dass er verschwinden soll. Ich bin fassungslos von ihrer Einstellung. Woher kannte sie mich? Kann es sein, dass sie über den Berg und die Höhle Bescheid weiß? Welche komischen Kräfte besaß diese Frau? Diese und viele andere Gedanken schossen in diesem Moment durch meinen Kopf.

"Ich sehe du kennst mich. Dann solltest du wissen wieso ich hierher kam. Ich will über die Tragödie Bescheid wissen und wie du so einen ruhigen Ort dominierst.

"Tragödie? Welche Tragödie? Nichts passierte hier. Ich habe den Ort nur ein wenig verändert, sodass er angenehmer wird. Leute mit ihrer falschen Fröhlichkeit... sie gingen mir auf die Nerven und ich entschied mich dazu das zu ändern. Mimoso wurde mein Eigentum und nicht mal du kannst etwas daran tun. Deine geistigen Kräfte sind nichts verglichen mit meinen.

"Jeder Bösewicht ist eingebildet und Stolz. Wir wissen beide, dass diese Situation nicht länger weitergehen kann. Die „Gegenkräfte" müssen im gesamten Universum im Gleichgewicht bleiben. Gut und Böse können sich nicht bekämpfen weil so das Risiko bestünde, dass das Universum verschwindet.

"Ich kümmere mich nicht um das Universum oder seine Leute! Sie sind nichts außer Insekten. Mimoso ist mein Herrschaftsbereich und du musst das akzeptieren. Wenn du mich bekämpfst, wirst du leiden. Ich muss nur ein Wort zum Bürgermeister sagen und du wirst verhaftet.

"Bedrohst du mich? Ich habe keine Angst vor Drohungen. Ich bin der Seher der den Berg bestieg, die drei Aufgaben erfüllte und die Höhle besiegte.

"Verschwinde hier bevor ich dich in meinem Kessel koche. Deine Tugend macht mich krank. Es ekelt mich.

"Ich werde gehen, aber wir werden uns wieder treffen. Das Gute überwiegt immer am Ende.

Schnell verlasse ich sie und laufe zur Tür. Während ich gehe höre ich immer noch ihre Scherze. Sie ist wirklich wütend. Meine Fragen bleiben unbeantwortet und ich bleibe ziellos und ohne Zeichen. Das Treffen mit Clemilda hat meine Ziele nicht erfüllt.

Die Ruinen der Kapelle

Beim Verlassen der schwarzen Burg entschied ich mich einen anderen Weg zu nehmen. Ich will mehr von der Stadt und den Leuten sehen. Nach Osten laufend treffe ich einige Leute und versuche, Gespräche aufzubauen. Jedoch gehen sie mir aus dem Weg. Ihr Misstrauen ist noch größer da ich ein unbekannter, junger Reporter bin. Sie kennen meine wahren Absichten nicht. Ich will Mimoso retten, die Person finden, nach der ich suche und die „Gegenkräfte" wiedervereinigen, wie es mir die Beschützerin sagte. Doch dafür ist es nötig einen Teil der Geschichte des Ortes auszuleihen und alle Feinde genau zu kennen. Ich muss all das so schnell wie möglich herausfinden da ich einen Stichtag hatte. Der Aufstieg auf den Berg, die Aufgaben, die Höhle, all das war brauchbares Wissen für mich um zu erkennen, um was sich das Leben dreht und wie Leute es leben. Es ist Zeit dieses Wissen in der Praxis umzusetzen. Ich gehe um die Kurve und ein paar Meter vor mir liegt ein Haufen Schutt. Ich denke an die fehlende Organisation des Ortes und der Menschen hier. Müll schwebt frei in der Gemeinde herum und kann Krankheiten übermitteln sowie als Tier- und Insektenkindertagesstätte wirken; das ist schädlich für Menschen. Ich komme näher um einen besseren Blick auf das Unheil des Ortes zu bekommen. Warte. Etwas ist anders an diesem Müll. Halbeingegraben sehe ich ein Hölzernes Kruzifix, wie von einer Kapelle. Ich bewege den Müll umher und kann es klar sehen: Es ist ein Kruzifix. Nach dem Berühren des Kreuzes geht eine Welle der Hitze durch meinen ganzen Körper und ich beginne Visionen zu haben. Ich sehe Blut, Leiden und Schmerz. Für einen Moment finde ich mich an einem vergangenen Ereignis teilnehmen. Ich nehme meine Hand vom Kreuz weg. Ich bin noch nicht bereit. Ich brauche Zeit, alles was ich in weniger als drei Sekunden erlebte, aufzunehmen. Das Kruzifix erweitert irgendwie meine Kräfte und ich fühle, wie eine Macht sich meiner entgegensetzt.

Der Befehl

Mein Besuch bei der Gefürchteten, dunklen Zauberin namens Clemilda hinterließ sie nicht glücklich. Ihr wurde noch nie widersprochen. Ihre Herrschaft über die Gemeinschaft von Mimoso war komplett uneingeschränkt. Trotz allem zählte sie nicht auf die Stärken des Guten, die mich in der Zeit an diesen Ort zurücksandten. Sofort nach meinem Verlassen vom Schloss wiedervereinigte sie sich mit ihren Lakaien (Totonho und Cleide), und sie konsultierten über die geheimen Kräfte. Sie gingen in die linke Abteilung, die sich im Flur befand, und nahmen, als Opfer, ein Schwein. Die Hexe nahm ein Buch und begann damit satanische Gebete in einer anderen Sprache zu rezitieren und sie und ihren Kumpanen begannen damit, das arme Tier zu opfern. Ein Weg aus Blut füllte das Abteil und die negativen Kräfte konzentrierten sich. Das natürliche Licht der Gegend war gedimmt und die Hexenmeisterin beginnt verrückt zu schreien. In einer kurzen Zeit nahm Dunkelheit die Anlage über und eine Tür der Kommunikation zwischen zwei Welten öffnete sich durch einen Spiegel. Clemilda führte eine Verehrung zu ihrem Herrn durch und gab ihm etwas weiter. Sie war die Einzige aus diesem Verbund die dazu in der Lage war. Das sündhafte Orakel und ihr Empfänger waren für einige Zeit in vollem Verkehr. Die anderen beobachteten nur die Situation. Nach dem Treffen löste sich die Dunkelheit auf und das Gelände kehrte zu seinem Ausgangsstadium zurück. Clemilda gewann sich selbst vom Einschlag des Gesprächs wieder, rief ihre Helfer und sagte ihnen:

"Verbreitet den folgenden Befehl überall in der Gemeinde: Jeder, Mann oder Frau, der jegliche Information an jemanden namens Seher gibt, wird ernsthaft bestraft. Sein oder ihr Tod wird tragisch sein und den Durchgang in das Reich der Dunkelheit markieren. Das ist der Befehl der Königin Clemilda für alle aus Mimoso.

Schnell gingen Clemilda Lakaien um ihren Befehl den Einwohner des Dorfes, den benachbarten Orten und den Leuten auf dem Ackerland mitzuteilen.

Treffen von Bewohnern

Mit dem Befehl, der von Clemilda herausgegeben wurde, waren die Bewohner sogar noch zugeknöpfter über das Thema. Fabio, der Apothekenbesitzer und der Präsident des Hausbesitzerverbandes riefen ein wichtiges Treffen mit den Hauptanführern des Ortes aus. Das Treffen war für zehn Uhr morgens im Verbandsgebäude in der Innenstadt geplant. Sie würden meinen Fall bedenken.

Zur festgelegten Uhrzeit war die Haupthalle des Gebäudes vollgefüllt. Gegenwärtig waren unter anderem Major Quintino, der Delegierte Pompeu, Osmar (Bauer), Sheco (Eigentümer des Lagerhauses), und Otavio (der Agrikulturladen Besitzer). Fabio, der Präsident, begann die Sitzung:

"Nun gut, meine Freunde, wie ihr alle wisst hat Clemilda gestern Nachmittag einen Befehl herausgegeben. Niemand soll jegliche Informationen an jemanden namens „der Seher" weitergeben, der im Hotel verweilt. Ich stellte fest, dass dieses Individuum sehr gefährlich ist und enthalten sein muss. Er versuchte sogar Informationen aus mit kitzeln, hat es aber nicht geschafft. Er wollte über die Tragödie Bescheid wissen.

"Der Seher? Ich habe noch nicht von ihm gehört. Woher kommt er? Wer ist er? Was will er in unserem kleinen Dorf? (Fragt den Major)

"Entspannt, Major. Das wissen wir immer noch nicht. Die einzige Information, die wir haben ist, dass er ein mysteriöser außenstehender ist. Wir müssen uns entscheiden, was wir mit ihm machen. (Fabio)

"Wartet eine Minute, Leute. Von dem, was ich weiß, ist er kein Krimineller. Mein Sohn Felipe begleitete ihn auf einem Spaziergang durch die Stadt und erzählte mir, dass er eine gute, ehrliche Person ist. (Sheco)

"Der Anschein kann täuschen, Sohn. Wenn Clemilda diesen Befehl auf uns erlegte, dann ist dieser Mann zur Gefahr für uns geworden. Wir werden ihn so schnell wie möglich verbannen müssen. (Otavio)

"Wenn Ihr meinen Dienst benötigt, stehe ich zur Verfügung. (Pompeu, der Delegierte)

Eine kleine Unruhe geht durch die Vereinigung. Einige beginnen zu protestieren. Pompeu steht auf, berät den Major und sagt:

"Lasst uns diesen Mann einsperren. Im Gefängnis werden wir ihm alle benötigten Fragen stellen.

Die Gruppe löst sich mit dem Befehl, mich zu verhaften, auf. Kann es sein, dass ich ein Krimineller bin?

Entscheidende Gespräche

Ich verlasse die Kapellen Ruine und gehe in Richtung des Hotels. Mein sechster Sinn sagt mir, dass ich mich in Gefahr befinde. Eigentlich warnte er mich seitdem ich in Mimoso bin, darüber, wo ich hingehe. Ein Dorf, das von dunklen Kräften dominiert ist, war kein gutes Reiseziel. Trotzdem muss ich das Versprechen, das ich der Beschützerin gab, erfüllen: Die „Gegenkräfte" wiederzuvereinigen und dem Eigentümer des Schreies, den ich in der Höhle der Verzweiflung hörte, zu helfen. Diese Mission könnte ich nie abbrechen. Meine Schritte beschleunigen und ich erreiche bald das Hotel. Ich öffne die Türe, gehe in die Küche und finde Carmen, meine letzte Hoffnung. Ich fühlte mich mutig genug und zählte auf Güte, um mir zu helfen.

"Carmen, ich muss mit Ihnen sprechen, Liebe Frau.

"Sag mir, Aldivan, was willst du?

"Ich will alles über die Tragödie und Geschichte von Mimoso wissen.

"Mein Sohn, ich kann nicht. Weißt du nicht das neueste? Clemilda drohte damit, jeden zu töten, der dir Informationen gibt.

"Ich weiß. Sie ist eine Schlange. Trotzdem, wenn du mir nicht hilft wird Mimoso noch tiefer sinken und droht zu verschwinden.

"Das glaube ich nicht. Das Böse wird nie untergehen. Das ist, was ich seitdem sie regiert, lernte.

Schweigen überwiegt für einige Momente und ich merke, dass wenn ich nicht die Wahrheit sage, ich nie Antworten haben würde. Meine Geiselnehmer bereiten sich vor anzugreifen.

"Carmen, hör gut zu was ich jetzt sagen werde. Ich bin weder ein Journalist noch ein Reporter. Eigentlich bin ich ein Zeitreisender, dessen Mission es ist, das Gleichgewicht, wie es Mimoso so dringend braucht, wieder herzustellen. Bevor ich hierherkam, bestieg ich den Berg von Ororubá; ich führte drei Aufgaben durch, fand einen jungen Mann, die Beschützerin, den Geist und Renato. Diese Aufgaben bestehend bekam ich die Erlaubnis, die Höhle der Verzweiflung zu betreten, die Höhle, die sogar die tiefsten Träume wahr machen kann. In der Höhle wich ich den Fallen und drang durch Szenarien durch, die kein anderer Mensch je übertraf. Die Höhle machte mich zum Seher, einem Wesen, das Zeit und Raum überschreiten kann, um Missstände aufzulösen. Mit meinen neuen Kräften war ich in der Lage, in der Zeit zurückzureisen und hier anzukommen. Ich will die „Gegenkräfte" wiedervereinigen, jemandem, den ich nicht kenne helfen und die Tyrannei dieser bösen Hexe stürzen. Am Ende muss ich alles wissen, auch das, zu was du fähig bist zu enthüllen. Du bist eine gute Person und wie alle anderen hier verdienst du frei zu sein, sowie Gott uns kreierte.

Carmen saß sich auf einen Stuhl und wurde emotional. Reichlich Tränen glitten ihr Gesicht runter, welches schon von ihrem Leiden gereift ist. Ich hielt ihre Hände und unsere Augen trafen sich sofort. Für einen Moment fühlte ich mich wie in der Präsenz meiner Mutter. Sie stand auf und winkte mir, sie zu begleiten. Wir blieben vor einer Tür stehen.

"Du wirst die Antworten, die du so dringend brauchst, in diesem Lager finden. Es ist alles, was ich für dich tun kann: dir den Weg zeigen. Viel Glück!

Ich danke ihr und gebe ihr ein gesegnetes Kreuz. Sie lächelt. Ich betrete den Lagerraum, schließe die Tür und begegne einer Vielzahl von gedruckten Zeitungen. Wo würde sich das Ding, nach dem ich suche, befinden?

Vision

Ich sitze auf dem einzigen verfügbaren Stuhl, lass mich von dem kleinen Tisch unterstützen und gehe durch die Zeitungen, die ich finde. Alle sind aus dem Zeitraum von 1909-1910. Ich lese nur die Überschriften, aber sie scheinen nicht viel mit dem zu tun haben, nach dem ich suche. Manche handeln von Pesqueira und anderen Stadtbezirken in der Region, aber die behandelten Themen sind Gesundheit, Bildung und Politik. Nach was suche ich wirklich? Eine Tragödie, die in der Lage war, diesen kleinen Ort zu schütteln und in ein Feld von Dunkelheit zu verwandeln. Ich blättere weiter durch die Zeitungen und es scheint eine ermüdende und monotone Aufgabe zu werden. Wieso sagte Carmen es mir nicht direkt? War ich nicht vertrauenswürdig? Es wäre viel einfacher. Ich erinnere mich wieder an den Berg, die Aufgaben und die Höhle. Nicht immer war der einfachste Weg leichter, klarer oder greifbarer. Ich beginne es ein wenig zu verstehen. Nach allem war sie unter der Macht einer abscheulichen, schrecklichen und arroganten Hexe. Sie zeigte mir den Weg, genau wie sie es sagte und ich glaube, dass das genug für mich sein wird, um zu gewinnen, meine Ziele zu erreichen und fröhlich zu sein. Ich blättere weiter durch das Papier und nehme einen Sack mit Exemplaren von 1910 auf. Wenn ich mich richtig erinnere, war das das Jahr der Tragödie, wie Fabio mich informierte. Ich fange damit an, die Überschriften und die Nachrichten zu lesen. Ich musste alle Möglichkeiten wahrnehmen.

Nach einer Stunde des Lesens und wieder Lesens fand ich nichts, das meine Aufmerksamkeit auf sich zog. Ländliche Nachrichten, Sport und andere Sektionen waren alles was ich finden konnte. Die Hoffnung, dass ich die Nachrichten finde, waren in diesem Zeitungssack aus 1910 den ich nahm. Warte. Wenn diese Tragödie wirklich stattfand, dann wäre sie sicher in einer Nachrichtenzeitung, die besonders getrennt wurde, da das so große Nachrichten sind. Ich suche in den Schubladen des Schrankes neben dem Tisch. Ich finde verschiedene Zeitungen mit verschiedenen Daten. Eines sticht für mich hervor: Es ist vom Tag des zehnten Januars 1910 und hat die folgende Überschrift: Christine, das junge Monster. Ich glaube, dass ich fand, nachdem ich suchte. Nach dem ich das Blatt berühre schlägt mich ein kalter Wind, mein Herz rast und wie bei einer Reise durch die Zeit erlebe ich die Vision dieser Geschichte.

Der Anfang

Das zwanzigste Jahrhundert begann und mit ihm das Aufkommen der ersten Pioniere des Landes westlich von Pesqueira. Die ersten die dort hin gingen waren Major Quintino und sein Freund Osmar, die beide aus dem Staat von Alagoas stammen und die sich Land aneigneten, das Eigentum der Ureinwohner war. Die Ureinwohner wurden hinausgeworfen, niedergemacht und ermordet. Die beiden entschieden sich nicht permanent in die Region zu ziehen, da es keine für sie geeignete Struktur hatte.

Im Laufe der Zeit kamen Leute dorthin, die im Bürgermeisterbüro Anteile bezahlten. Das Land wurde gespendet und die ersten Häuser gebaut. Folglich entstand ein Siedlungsgebiet. Die Siedlung zog Händler in die Region, die daran interessiert waren, ihre Unternehmen zu vergrößern. Ein Lagerhaus, eine Tankstelle, ein Lebensmittelladen, eine Apotheke, ein Hotel und ein Agrikulturladen wurden eröffnet. Eine Volksschule wurde gebaut um als die intellektuelle Basis für die Allgemeinbevölkerung zu dienen. Mimoso bewegte sich dann in die Kategorie von Dorf, das Thema in Pesqueira Hauptsitz wurde.

Die Eisenbahn

Von 1909 erreichten große westliche Züge Mimoso, der Fortschritt und Technologie an den friedlichen Ort brachten. Die britischen Ingenieure Calander, Tolester und Thompson waren dafür zuständig, die Schienen zu legen und den Bahnhof zu bauen. Der europäische Einfluss kann auch in anderem Gemäuer von Gebäuden gesehen werden sowie in den städtischen Gegenden Mimoso.

Mit der Umsetzung der Eisenbahn wurde Mimoso (der Name Mimoso kommt vom Mimoso Gras, sehr üblich in der Region) ein Zentrum der kommerziellen Wichtigkeit und regionalen politischer Relevanz.

Strategisch befindlich auf der Grenze des Hinterlandes zu der Wildnis wurde das Dorf als ein Punkt von Ankunft und Abreise der Produkte für viele Stadtbezirke Pernambucos, Paraíba und Alagoas. Zur Eisenbahn kommt auch noch, dass eine Schotterstraße, die Recife mit der Wildnis verbindet, genau durch seine Mitte läuft, die zum Fortschritt des Ortes beiträgt.

Die Bevölkerung von Mimoso bestand grundsätzlich aus den Nachkommen von Familien Lusitanischer Herkunft. Der am wenigsten beliebte Teil der Einwohnerschaft bestand aus den Nachkommen von Leuten mit Indischer und Afrikanischer Herkunft. Die Leute von Mimoso können als freundlich und gastfreundlich charakterisiert werden.

Der Umzug

Mit der Festigung der Durchführung der Eisenbahn und dem konsequenten Fortschritt Mimoso entschieden die Pfadfinder der Region (die Bauern, Major Quintino und Osmar) die Residenz vor Ort mit all ihren jeweiligen Familien aufzunehmen.

Es war der zehnte Tag des Februars 1909. Das Wetter war schön, der Wind blies nordöstlich und der Anblick des Dorfes war so normal wie möglich. Ein Zug erschien am Horizont, der von Ingenieur Roberto gelenkt wurde und die neuen Einwohner von Recife bringt: Major Quintino, seine Frau, Helena, seine einzige Tochter Christine und ihr Dienstmädchen, Gerusa, eine schwarze Frau aus Bahia. Im Zug, im Passagierabteil, zeigt sich eine ruhelose Christine.

"Mutter, es scheint, als ob wir ankommen. Wie wird Mimoso sein? Werde ich es mögen?

-Still mein Kind. Sei nicht so ängstlich. Du wirst es bald herausfinden. Das Wichtige ist, dass wir zusammen als Familie sind. Bald werden wir einziehen und Freunde machen.

Der Major schaut den beiden zu und entscheidet sich die Konversation zu betreten.

"Du musst dich nicht sorgen. Dir wird es an nichts fehlen. Ich baute ein wunderschönes Haus, das sich auf dem Land befindet, das ich besitze. Es ist neben dem Dorf. Erinnere dich: Du wirst immer völlige Freiheit dazu haben, dich mit den Leuten unseres sozialen Standes zu verbinden, ich will aber nicht, dass du Kontakt mit den Unreinen oder den ganz Armen hast.

"Das sind Vorurteile, Vater! Im Nonnenkloster, das ich für drei Jahre besuchte, wurde mir beigebracht, jeden Menschen abgesehen von sozialem Status, Ethnie oder Rasse, Glauben oder Religion zu respektieren. Wir sind das Wert, was wir in unserem Herzen tragen.

"Diese Nonnen sind von der Realität getrennt, weil sie abgeschieden leben. Ich hätte dir nicht erlauben sollen dorthin zu gehen, weil du mit einem Kopf voll nichts zurückkamst. Ideen deiner Mutter, auf die nicht mehr höre.

"Ich träumte immer davon, dass sie eine Nonne wird. Christine war für mich ein Geschenk Gottes. Ich brachte ihr alle Regeln der Religion bei die ich kannte. Als sie 15 wurde, schickte ich sie ins Nonnenkloster, weil ich sicher über ihre Berufung war. Trotz allem, drei Jahre später gab sie auf und es schmerzt immer noch. Es war eine der größten Enttäuschungen, die sie mir je erbrachte.

"Es war dein Traum, Mutter, und nicht meiner. Es gibt unendlich Wege Gott zu dienen. Es ist nicht von Nöten für mich eine Nonne zu sein, um Ihn und seinen Willen zu verstehen.

"Natürlich nicht! –Ich werde eine gute Hochzeit für sie arrangieren. Ich habe schon ein paar Ideen. Aber gut, jetzt ist nicht meine Zeit das zu offenbaren.

Der Zug pfeift, anzeigend, dass er stoppen wird. Das Dorf erscheint; Christine sieht alle ländlichen Aspekte des Ortes durch eines der Fenster. Ihr Herz strafft und sie fühlt, wie ein kleines Schaudern durch ihren Körper geht. Ihre Gedanken füllen sich mit Zweifel dieser Vorahnung. Was erwartet sie in Mimoso? Bleibt bei uns, Leser.

Christine und Helena zwängen mit ihren Reifröcken durch die Ausgangstüre des Zuges. Dem Bürgermeister gefällt es nicht. Die vier gehen und verursachen einen gewissen Funken Neugier bei den anderen einheimischen Bewohnern. Sie treten mit Eleganz und Überfluss auf. Der Bürgermeister begrüßt Rivanio als eine Höflichkeit. Von dann an reisen sie zu ihrem Zuhause ab, das sich im Norden des Dorfes befindet.

Ankunft am Bungalow

Christine, der Major, Helena und Gerusa kommen in ihrem neuen Zuhause an. Es ist ein Ziegel- und Mörtelhaus im Bungalow Stil, ungefähr 1600 Quadratmeter bebaute Fläche, die von einem Garten aus Fruchtbäumen umgeben sind. Innen sind zwei Wohnbereiche, vier Schlafzimmer, eine Küche, eine Waschküche und ein Bad. Außen ist das Zimmer für das Zimmermädchen mit einem Zimmer und einem Bad. Die vier laufen stillschweigend bis der Major den Mund aufmacht.

"Gut, hier ist es, unser Haus, das ich hier vor einigen Monaten baute. Ich hoffe es gefällt euch. Es ist geräumig und komfortabel.

"Es schaut sehr schön aus. Ich glaube, dass wir hier glücklich sein werden. (Helena)

"Das hoffe ich auch, trotz der Vorahnung, die ich gerade hatte. (Christine)

"Vorahnungen sind Unsinn. Du wirst glücklich sein, meine Tochter. Dieser Ort ist nett, gefüllt mit netten und gastfreundlichen Leuten. (Major)

Die vier betreten das Haus. Sie packen ihre Taschen aus und machen eine Pause. Die Reise war lang und ermüdend. An einem anderen Tag beginnend, würden sie den Ort völlig erkunden.

Treffen mit dem Bürgermeister

Ein neuer Tag erwacht und Mimoso präsentiert sich mit den Aspekten jeder ländlichen Gemeinde. Bauern kommen aus ihren Häusern und bereiten sich für einen neuen Tag voll harter Arbeit vor, Handelsoffizielle tun dasselbe. Kinder passieren ihre Mütter auf dem Weg zur neu gegründeten Schule. Die Esel zirkulieren normal umher, ihre Lasten und

Leute tragend. Währenddessen, im schönen Bungalow, bereitet sich der Bürgermeister zum Gehen vor. Er war auf dem Weg zu einem Treffen in Pesqueira mit dem Bürgermeister. Helena streift seine Jacke gerade.

"Dieses Treffen ist sehr wichtig für mich, Frau. Wichtige Gebieter des Landes werden dort sein, so wie der Oberst von Carabais. Ich muss meinen Platz über Mimoso wieder bestätigen.

"Du wirst es gut machen, da du der Einzige in diesem Ort bist, der mit dem Rang des Majors in der Nationalen Garde ist. Es war eine gute Idee diese Position zu kaufen.

"Natürlich war es das. Ich bin ein Mann von Vision und Strategie. Seit dem ich Alagoas verließ hatte ich nur Siege.

"Vergiss nicht nach der Position für unsere Tochter Christine zu fragen. Sie macht fast nichts. Die Ausbildung, die sie im Kloster genoss, ist genug, um jede Art von Pflichten zu erfüllen.

"Du musst dir keine Sorgen machen. Ich weiß, wie ich ihn überzeugen kann. Unsere Tochter ist intelligent und verdient einen guten Beruf. Gut, ich muss gehen. Ich will nicht zu spät zum Treffen kommen.

Mit einem Kuss sagt der Bürgermeister auf Wiedersehen zu seiner Frau, Helena. Er läuft zur Tür, öffnet sie und geht. Seine Gedanken konzentrieren sich auf die Argumente, die er bei der Anhörung verwenden wird. Er denkt über die Macht, Ruhm und soziale Prahlerei nach die der Rang als Major ihm geben wird. Er träumt von großem. Er träumt davon der Freund des Gouverneurs zu werden und dadurch Begünstigungen zu bekommen. Nach allem ist alles was ihn kümmerte Macht, und natürlich auch die Zukunft seiner Tochter. Andere waren nur Schachfiguren in seinem Spiel. Er wird immer schneller, da in fünf Minuten der Zug nach Pesqueira abfährt. Für einen Moment gibt er seine Aufmerksamkeit den Armen Leuten, die er auf dem Weg sieht. Er bereut es und dreht seinen Kopf auf die andere Seite. Ein Major kann sich nicht mit jedem befassen, denkt er. Die Armen und Exkludierten zählen für ihn nur während den Wahlzeiten. Wenn der Moment vorüber ist, verlieren sie all ihren Wert und danach schenkt er ihren Ansprüchen und Bedürfnisse keine Aufmerksamkeit mehr. Die Armen sind, unter der Kontrolle des Obersts, ungebildet und resigniert. Der Bürgermeister läuft weiter und nähert sich dem Bahnhof. Bei seiner Ankunft kauft er eine Karte und entert schnell.

Im Zug hält er nach dem besten Platz Ausschau und erinnert sich an seine Kindheit. Er war ein armer Junge aus einem Vorort von Maceió der als Süßigkeiten Verkäufer arbeitete. Er erinnert sich an die Erniedrigungen und Bestrafungen seines Vaters und die Kämpfe mit seinem älteren Bruder. Das waren die Momente, die er vergessen wollte, doch sein Verstand weigert sich hartnäckig ihn nicht daran zu erinnern. Seine stärkste Erinnerung ist der Kampf mit seiner Stiefmutter und das Messer, das er handhatte, um sie zu töten. Strömendes Blut, Schreie, Weinen und er, wie er nach dem Akt von Zuhause ausbricht kommen in seinen Kopf. Er wird ein Bettler und macht kurzdarauf die Bekanntschaft mit Drogen, Alkoholismus und Kriminalität. Er sinkt für ungefähr fünf Jahre in diese Welt ein, bis eines Tages eine fromme Frau kommt und ihn adoptiert. Er wächst, wird ein Mann und trifft Helena, die Tochter eines Bauern, die er heiratet. Einige Zeit später haben sie ihre erste und einzige Tochter, Christine. Sie zogen nach Recife. Er kaufte den Rang des Majors der Nationalen Garde und reiste tief in das Innere, um nach Land Ausschau zu halten. Er erobert alles auf der westlichen Seite von Pesqueira. Er reißt das Land an sich und wird ein mächtiger Mann der bekannt ist und respektiert wird. Er fühlt sich auf jeder Weise wie ein großer Mann. Das Leben brachte ihm bei, ein starker, kalkulierender und erobernder Mann zu sein. Er würde jede Waffe benützen, um seine Ziele zu erreichen. Immer noch im Zug bemerkt er rechts hinter sich eine Frau mit einem Kind auf ihrem Schoß. Er erinnert sich an Christine und ihre Unschuld und Anmut als sie noch klein war. Er erinnert sich auch an das Geburtstagsgeschenk, das er Christine gab, eine Stoffpuppe. Er gibt ihr das Geschenk; sie umarmt ihn und nennt ihn lieben Vater. Er wird emotional, kann aber nicht weinen, weil Männer das nicht in der Öffentlichkeit machen. Seine kleine Christine war jetzt eine hübsche und attraktive junge Dame. Er muss eine gute Ehe und ein paar Pflichten für sie arrangieren. Darüber nachdenkend fällt er in ein Erholungs-Nickerchen. Der Zug schwankt; er wacht auf und holt seine Sackuhr heraus, um zu sehen, wie spät es ist. Er bemerkt, dass es schon nah an der Zeit des Treffens ist. Der Zug beschleunigt; Pesqueira kommt in Sicht und sein Herz beruhigt sich. Seine Gedanken sind jetzt auf das Treffen fokussiert und er denkt an die Begegnung mit seinen Bauernfreunden. Der Zug signalisiert stehen zu bleiben und der Major steht, um seinen Weg nach draußen voranzutreiben. Das Leben benötigt Opfer und er wusste das besser als jeder andere. Die Zeit während seiner Jugend und seine Lebenserfahrung qualifizierten ihn sogar noch mehr. Der Zug bleibt endlich stehen und er rauscht runter in Richtung zu dem Städtischen politischen Hauptquartier.

Es ist acht Uhr morgens und das gigantische Gebäude ist komplett gefüllt. Der Bürgermeister tritt ein, begrüßt die Leute, die er kennt und setzt sich in einen der vorderen Sitze, die für ihn reserviert sind. Die Sitzung hat noch nicht begonnen. Ein Lärm tönt durch das ganze Generalkommando. Einige beschweren sich über die Verspätung, andere über ihre Verwandten, die nicht alle in das Büro des Bürgermeisters passen. Der Gebäudemanager versucht, umsonst, die Situation zu kontrollieren. Endliche kommt der Sekretär des Mayors, bittet um Stille und alle gehorchen ihm. Er kündigt an:

"Seine Exzellenz, Bürgermeister Horacio Barbosa, wird nun zu Ihnen sprechen.

Der Bürgermeister tritt ein, glättet seine Kleider und bereitet sich vor eine Rede zu geben.

"Guten Morgen, meine Lieben Landsleute. Mit großer Zufriedenheit heiße ich euch alle zu dieser Sitzung, die Macht und Stärke unserer Gemeinde repräsentiert, willkommen. Mit großer Freude rief ich euch alle hierher, um ein wenig über unsere Gemeinden zu sprechen und die politischen Vertreter von Mimoso und Carabais zu ermutigen. Unsere Gemeinde wuchs viel im Kommerziellen, sowie im Agrikultur Sektor. Auf der Grenze zur Wildnis mit dem Hinterland haben wir Mimoso als unseren Haupthandelsposten. Wir haben euren politischen Vertreter, Major Quintino, präsent hier. Im Hinterland haben wir Carabais und mit ihrer bekannten Landwirtschaft haben sie es geschafft die Dividenden für die Stadt zu erbringen. Der Oberst von Carabais, Herr Soares, ist auch hier. Der Tourismus unserer Gemeinde entwickelt sich ebenfalls nach der

Errichtung der Eisenbahn. Wie ihr sehen könnt, unsere Gemeine wächst.
....
....
....
....
..........Letztendlich würde ich euch gerne Herrn Soares und Herrn Quintino vorstellen. Lasst uns ihnen applaudieren.
Die Versammlung steht auf und applaudiert den beiden.
"Mit meiner Autorität als Bürgermeister, möchte ich sie als Kommandanten Ihrer jeweiligen Orte ernennen. Eure Funktion ist, mit einer eisernen Faust die Interessen der Öffentlichkeit zu regeln, die Einsammlung der Steuern zu überschauen, das Gesetz aufrechtzuerhalten und in euren Interessen zu richten. Ich verspreche euch in jeder Weise zu helfen.
Schärpen werden an jeden vergeben und alle klatschen. Quintino gibt dem Bürgermeister Signale und beide verziehen sich von der Bühne zurück. Sie würden ein privates Gespräch haben. Die beiden betreten einen abgesperrten Raum.
"Gut, Ihre Exzellenz, ich fragte nach einem Moment Ihrer Zeit, da ich zwei Fragen mit Ihnen zu überlegen habe. Erstens, ich möchte einen höheren Prozentsatz an den Steuereinsammlungen. Zweitens, ein Beruf für meine Tochter, Christine. Wie Sie wissen, Mimoso erhielt als Handelsposten eine große Wichtigkeit nach der Eisenbahn und damit stiegen auch die Profite des Verwaltungsbezirks proportional. Ich möchte so stärker und mächtiger werden und wer weiß, vielleicht sogar Ihr Nachfolger. Dazu kommt, dass ich einen guten Beruf und ein gutes Gehalt für meine Tochter, Christine, will. Sie war eher... stillstehend letztlich.
"Mit Respekt für Profite, Ihre Frage ist unmöglich. Die Stadt hat viele Ausgaben und meine Administration ist transparent und seriös. Persönlich kann ich nichts tun. Was den Beruf betrifft, wer weiß, ich kann ihr eine Lehrposition geben.
"Wie das? Ihre Administration ist transparent und seriös? Die Korruption hier ist berüchtigt! Erinnern Sie sich gut daran, dass ich Ihren Gouverneur unterstützte und ihm einen beachtlichen Prozentsatz der

Stimmen einbrachte. Wenn Sie mir nicht geben, was ich will, ist die Unterstützung zu Ende.

Der Bürgermeister war still und dachte und wiederdachte in seinem Büro. Er setzte seine Augen auf Quintino und kommentierte.

"Du bist wirklich schlimm. Ich will keiner deiner Feinde sein. Also gut. Ich werde deinen Prozentsatz erhöhen und den Posten der Steuereintreiberin an deine Tochter geben. Wie ist das?

Ein kleines Lächeln erfüllte das Gesicht von Major Quintino. Seine Argumente waren genug den Bürgermeister zu überzeugen. Er war wirklich ein Gewinner und ein Krieger.

"Sehr gut. Ich akzeptiere. Danke für das Verständnis, Ihre Exzellenz.

Quintino verabschiedete sich und zog sich aus dem Raum zurück. Das Treffen wurde vertagt und alle verließen die Halle.

Treffen der Bauern

Nach dem Verhör trafen sich das Haupt „Herren" der Stadt Pesqueira in einer Bar nahe dem Ort, an dem sie waren. Unter ihnen waren der Oberst von Sanharó (Herr Goncalves), der Oberst von Carabais (Herr Soares) und Major Quintino von Mimoso. Sie sprechen fröhlich über Macht, Stärke und Ansehen.

"Die Umsetzung der Eisenbahn ein Trumpf der Regierung. Es förderte die Produktion und die Vermarktung unseres Vermögens. Pesqueira hebt sich schon auf Landesebene hervor. Auf seine Distrikte wurde schon in verschiedene Weisen hingewiesen. Mimoso, beispielsweise, wurde ein wichtiger kommerziell strategischer Punkt. Ich kann schon alle Unterstützungen sehen, aus denen ich in dieser Situation einen Vorteil nutzen kann. Vermögen, Soziale Prahlerei, politische Macht und uneingeschränkte Kontrolle. Meine Feinde werden nicht verschieben, da ich sie mit Eisen und Feuer behandeln werde. Meine Gruppe ist schon für die Rebellen vorbereitet. (Major Quintino)

"Was Carabais betrifft, die Eisenbahn hatte keinen Einfluss auf unsere Finanzen, einfach weil sie nicht durch unseren Distrikt führt. Die

Techniker der Regierung sahen es als passend, sie genau vor dem Eingang zu unserem Dorf abbiegen zu lassen. Der Boden passte nicht für die Stationierung einer Eisenbahn. Trotzdem ist unser Distrikt ein wichtiger Agrikultur Knotenpunkt. Unsere Produkte werden in Nachbarstaaten exportiert. Als Oberst dominiere ich die Region und werde respektiert. Die, die meine Feinde sind, werden nicht lange überleben.

"Die Einführung einer Eisenbahn in Sanharó war wichtig, aber nicht die einzige Quelle von Einkommen. Die Agrikultur ist stark und wir überbieten sie auf Landesebene. Unsere Milch und unser Fleisch sind von erster Klasse und bringen uns gute Gewinne ein. Ich behandle meine Feinde wie dich. Wir müssen die Macht des Oberstsystems aufrechterhalten.

"Das ist wahr. Das System sollte von uns für unser eigenes Wohl erhalten werden. Stimmen manipulieren, Betrug, das Netzwerk der Gefallen...all das beschafft uns Vorteile. Unsere Macht und Stärke kommen von Folter, Druck und Einschüchterung. Brasil ist das: Eine große Machtstruktur, wo nur die stärksten überleben. Vom Südosten, wo die reichen Kaffee Anbauer dominieren, in die nordöstlichen Teile, die von Obersten geleitet werden, das System ist dasselbe. Nur die Namen und Situationen ändern sich. Wir müssen die Leute still und gleichgültig halten, da das das Beste für unsere Ambitionen und Ziele sind. (Major)

"Ich stimme dir voll zu und um die Leute schweigend und angenehm zu halten, ist es nötig, unsere Akte der Grausamkeit, Unterdrückung und Autoritarismus beizubehalten. Die Leute sollen uns fürchten. Sonst verlieren wir Respekt und unsere Vorteile. Die Welt ist unfair und wir sollten Teil des kleinen Teiles der Bevölkerung sein, die zu den Gewinnern zählen. Um zu gewinnen ist es nötig zu morden, zu erniedrigen sowie Regeln und Werte abzuschaffen, und das ist, was wir tun werden. (Oberst von Carabais)

Das Gespräch geht aufgeregt weiter über Frauen, Hobbies und andere Themen. Sie verbringen ungefähr zwei Stunden mitreden. Major Quintino erhebt sich, verabschiedet sich von den anderen und geht. Der Zug, der nach Pesqueira-Mimoso ging, fuhr bald ab.

Zurück zuhause

Der Major saust zurück zum Bahnhof in Pesqueira. Der Zug wartet stationär auf den exakten Moment, um loszufahren. Er geht zum Kartenschalter, kauft das Ticket, lässt ein Trinkgeld zurück und nähert sich dem Zug. Er steigt ein, regt sich über die Verzögerung des Sammlers, um ihn zu bedienen auf und setzt sich nieder. Der Zug signalisiert das Losfahren und der Major fokussiert sich auf seine Pläne. Er sieht sich als Bürgermeister von Pesqueira, rechte Hand des Gouverneurs und Großvater von mindestens fünf Kindern. Christines Kinder mit einem Schwiegersohn, den aussuchen würde. Nach allem ist ein Mann erst dann erfüllt, wenn er seine Kinder verheiraten kann. Der Zug fährt los und nimmt den träumenden Major mit sich.

Der Rhythmus des Zuges ist ziemlich regelmäßig. Die Passagiere sitzen ruhig und komfortabel. Ein Angestellter bietet Säfte und Snacks den Mitfahrenden an. Der Major nimmt sich einen Snack, kaut und stellt sich vor, wie gut der Geschmack von Erfolg und Sieg ist. Er ging in ein Meeting und kam mit seinen durchgeführten Plänen zurück. Er wurde zu einem höheren Prozentsatz der Steuern, sowie einem guten Beruf für seine Tochter berechtigt. Was könnte er mehr wollen? Er war ein gemachter Mann, glücklich in seiner Ehe und hatte eine wunderschöne Tochter. Er hielt den Rang als Major der Nationalen Garde, den er kaufte und ihm das Recht gab, Mimoso politisch zu regieren. Das Einzige was ihn noch Glücklicher machen würde wäre, wenn er Oberst wäre, des Gouverneurs rechte Hand und seine Tochter an einen idealen Schwiegersohn verheiratet hätte. Das würde definitiv passieren. Zeit vergeht und der Zug kommt näher an das kleine Dorf Mimoso, sein Wahlgehege. Er war bemüht die Nachricht seinen zwei Frauen zu sagen. Sein Herz beschleunigt und ein kalter Wind trifft seinen Körper als der Zug plötzlich seine Geschwindigkeit ändert. Es ist wahrscheinlich nichts, denkt er sich. Der Rhythmus des Zuges geht zurück zur Normalität und er beruhigt sich. Mimoso kommt näher und näher. Für einen Moment dachte er, dass die Welt ein bisschen fairer sein könnte und dass jeder ein Gewinner sein sollte, wie er es ist. Er versucht von dem Gedanken abzukommen. Er lernte seit seiner Kindheit wie das Leben spielt und wusste, dass es sich nicht von einer Minute zur nächsten ändert. Er trug immer noch die Zeichen seines Leidens: Die Strafen seines Vaters, der Kampf mit seinem Bruder, den Mord, den er durchführte. Sein Gehirn hielt die Erinnerungen dieser Ära intakt. Wenn er könnte, würde er all diese Erinnerungen in einen weit, weit entfernten Müll werfen. Der Zug pfeift und signalisiert damit, dass er stehen bleibt. Passagiere fixieren ihre Haare und Klamotten. Der Zug fährt ein und jeder, inklusive dem Major, steigt aus. Die Ankunft ist ruhig und jeder freut sich. Immerhin kam er siegreich aus Pesqueira zurück.

Die Ankündigung

Nach dem Verlassen des Zuges bewegt sich der Major zur Station, sagt hallo zu Rivanio und frägt, ob alles okay ist. Er antwortet mit Ja und der Major verabschiedet sich und geht zu seinem Haus. Auf dem Weg trifft er Leute, die über Bildung sprechen. Er beschleunigt seine Schritte und ist in einigen Minuten nahe seiner Residenz. Er kommt an, tritt ohne Feierlichkeiten ein und findet Gerusa die das Haus aufräumt und schickt sie, um die zwei Frauen in seinem Leben zu rufen. Sie kommen und umarmen und küssen ihn. Der Major bittet sie sich hinzusetzen und sie folgen ihm prompt.

"Ich kam gerade von dem Treffen, das ich in Pesqueira hatte und die Nachrichten könnten nicht besser sein. Erstens werde ich einen höheren Prozentsatz der von mir eingesammelten Steuern erhalten. Zweitens, ich bekam den Beruf der Steuereintreiberin für meine geliebte Tochter, Christine. Was denkst du?

"Sensationell. Ich bin stolz, die Frau eines Mannes mit einem echten Charakter wie dir zu sein. Wir werden mit der Zeit nur reicher und mächtiger.

"Ich freue mich für dich, Vater. Denkst du nicht, dass der Beruf der Steuereintreiberin ein wenig zu maskulin für mich ist?

"Freust du dich nicht, Tochter? Es ist ein toller Beruf mit einer angemessenen Bezahlung. Ich glaube nicht, dass es ein Männerberuf ist. Es ist eine Position von hohem Vertrauen die nur du ausführen kannst.

"Natürlich ist es ein toller Job. Als ihre Mutter stimme ich vorbehaltslos zu.

"Gut. Du hast mich überzeugt. Wann beginne ich?

"Morgen. Deine Funktion ist es, den offiziellen Steuereintreiber, Claudio, Sohn des Paulo Pereira, Besitzer der Tankstelle, zu überwachen und zu verstärken. Er ist zuständig und ehrlich, aber es ist wie es die Geschichte sagt, Möglichkeiten machen den Mann.

"Ich denke es wird gut für mich sein. Es ist eine tolle Möglichkeit Leute zu treffen und Freunde zu finden.

Der Major zieht sich zurück und nimmt ein Bad. Christine kehrt zum Stricken zurück, das sie vor der Ankunft ihres Vaters machte und Helena geht, um dem Hausmädchen Befehle zu geben. Der nächste Tag würde der erste Tag ihres neuen Berufs sein.

Der erste Arbeitstag

Ein neuer Tag bricht an. Die Sonne scheint, die Vögel singen und die Morgenbriese umhüllt den Bungalow. Christine wachte gerade von einem tiefen und wiederbelebenden Schlaf auf. Der Traum, den sie in der Nacht zuvor hatte, hinterließ sie tief fasziniert. Sie träumte von dem Kloster und den Nonnen, die sie in den drei Jahren ihres Lebens, die sie der Religion widmete, zu bewundern lernte. Sie nahmen an ihrer Hochzeit teil. Was bedeutete das? Es war nicht in ihren Plänen zu dieser Zeit zu heiraten. Sie war jung, frei und voller Pläne. Ihr Sinn für Selbstverteidigung schrie in ihr auf. Nein, sie war wirklich noch nicht bereit für eine Hochzeit. Sie streckt sich still in ihrem Bett und schaut auf die Zeit. Es war fast sechs Uhr dreißig morgens. Sie steht auf, gähnt und geht in ihr eigenes Badezimmer. Sie geht rein, dreht den Wasserhahn auf und kaltes Wasser trägt sie in ihre Klosterzeit. Sie erinnert sich an den Gärtner, der dort arbeitete und seinen Sohn, der sie völlig bezauberte. Sie begannen romantische Spiele und spazierten zusammen und in null

Komma nichts bemerkte sie, dass sie verliebt war. Ihr Kontakt mit dem Sohn des Gärtners ging weiter, doch eines Tages fand sie eine der Nonnen küssend. Die Obermutter wurde konsultiert, Christines Taschen wurden gepackt und sie wurde aus dem Kloster verwiesen. An diesem Tag empfand sie eine große Erleichterung. Erleichtert, dass sie sich selbst oder das Leben nicht mehr belügen müsse. Der Kontakt mit dem Gärtnerssohn wurde aufgelöst; sie vergisst ihn und geht nach Hause. Ihre Mutter und Vater begrüßten überrascht sie Zuhause. Sie enttäuschte ihre Mutter und gab ihrem Vater, der sie verheiratet und mit Kindern sehen wollte, neue Hoffnungen. Zeit verging und sie verliebte sich seitdem nicht mehr. Sie erlernte das Stricken und das Sticken, um die Zeit besser verstreichen zu lassen. Jetzt war sie wegen dem Einfluss ihres Vaters als Steuereintreiberin angestellt. Sie ist ängstlich und nervös wegen der neuen Situation. Sie schaltet das kalte Wasser aus, seift sich ein und beginnt sich ihren neuen Mitarbeiter vorzustellen, Claudio. Sie stellt sich einen großen, blonden jungen vor, voller Tattoos. Ihr gefällt was sie sieht und badet weiter. Sie säubert ihren Körper grob, da sie die Unreinheiten aus ihrer Seele nahm. Sie schaltet den Wasserhahn aus und legt zwei Handtücher an: Ein größeres für ihren Körper und ein kleineres für ihren Kopf. Sie verlässt das Zimmer, um zu frühstücken. Sie setzt sich, bedient sich selbst mit Kuchen und grüßt ihren Vater und ihre Mutter. Der Major beginnt das Gespräch.

"Bist du aufgeregt, meine Tochter? Ich hoffe du machst es gut an deinem ersten Arbeitstag. Du wirst viel von Claudio lernen. Er ist ein toller Steuereintreiber.

"Ja, bin ich. Ich kann nicht darauf warten zur Arbeit zu kommen, denn Stricken und sticken sind nicht mehr so spaßig wie sie es mal waren. Die Arbeit wird mir guttun, obwohl ich denke, dass sie ein wenig maskulin ist.

"Schonwieder mit dem? Siehst du nicht, dass du deinen Vater mit solchen Andeutungen verletzt? Er macht alles für dich.

"Entschuldigt mich, beide von euch. Ich bin ein wenig eigensinnig mit ein paar Ideen.

Christine beendet ihr Frühstück, verabschiedet sich mit einem Kuss auf die Stirn ihrer Eltern und läuft aus der Tür. Sie öffnet und geht zur Tankstelle. Auf dem Weg überfallen sie Zweifel: Wird sich dieser Claudio wie ein Steinzeitmensch aufführen? Wird er sie bei der Arbeit respektieren? Sie wusste nichts über ihn, außer, dass er der Sohn von Pereira war und zwei Schwestern hatte: Fabiana und Patricia. Sie läuft weiter und je näher sie der Tankstelle kommt je ängstlicher und nervöser wird sie. Sie bleibt stehen und atmet ein wenig. Sie sucht Inspiration im Universum, in der Natur und in ihrem aufgewühlten Herz. Sie erinnert sich an die Lehren, die sie im Kloster lernte, die Nonnen und ihr eindeutiger Weg wie sie die Welt sehen. Es war eine drei Jahre lange Periode von spirituellen Ansammlungen, die jetzt keine Bedeutung mehr zu haben scheinen. Sie war an dem Punkt, an dem sie neue Leute kennenlernen will, ein neues Handwerk starten will und wer weiß, ob das nicht den Weg ändern wird, wie sie die Leute und das Leben sieht. Das würde sie mit der Zeit herausfinden. Sie läuft weiter. Eine neue Kraft erfrischt sie und füllt ihr Wesen auf und gibt ihr einen extra Schub. Sie musste mutig sein, wie zu der Zeit, zu der sie der Oberstmutter in ihrem Kloster gegenüberstand und die Wahrheit zugab: Dass sie völlig verliebt war. Sie packten ihre Taschen, sie wurde rausgeschmissen und an diesem Punkt fühlte es sich an, als ob sie ein riesiges Gewicht von ihrem Rücken nahmen. Sie zog aus der Hauptstadt und lebte jetzt in der Mitte von Nichts ohne Freunde oder irgendwelchen Annehmlichkeiten. Sie musste daran gewöhnt werden. Ein paar Minuten vergehen und sie nähert sich der Tankstelle. Sie ist nur wenige Meter davon entfernt. Sie fixiert ihre Haare und ihre Kleidung, um einen guten Eindruck zu machen. Sie atmet ein letztes Mal ein, tritt ein und stellt sich vor.

"Ich bin Christine Matias, Tochter von Major Quintino. Ich suche nach Claudio, dem Steuereintreiber. Ist er Zuhause?

"Mein Sohn ging zu einem Restaurant in der Nähe einen kleinen Bissen essen. Ich schicke ihn dir. Das sind meine Töchter, Fabiana und Patricia, und ich bin Herr Pereira.

Christine begrüßt sie mit Küssen auf die Backe.

"Du bist also die berühmte Christine. Ich kann nicht glauben, dass ich dich noch nicht gesehen habe. Du bleibst zu viel drinnen und das ist nicht gut. Gut, von nun an können wir Freunde sein und zusammen abhängen. (Fabiana)

"Es ist ein Vergnügen dich zu treffen. Du, Fabiana und ich werden tolle Freunde sein, da kannst du darauf zählen

"Danke. Ich freue mich auch euch zu treffen. Ich gehe nicht viel nach draußen, weil meine Eltern mich kontrollieren. Sie sind der Meinung, dass die Tochter eines Majors ein wenig zurückhaltend sein sollte. Sie sind überfürsorglich.

"Naja, das wird sich ändern. Sieh dich als Teil unserer Bande. Wir sind die verrücktesten Kinder am Block. (Fabiana)

"Unsere Bande ist toll. Du wirst es lieben Teil davon zu sein. (Patricia)

"Danke für die Einladung Teil eurer Bande zu sein. Ich schätze, ein paar Beziehungen und Freunde werden mir nicht schaden.

Das Gespräch setzte sich für einige Zeit lebendig weiter. Claudio nähert sich Christine leise und steht ihr gegenüber. Ihre Augen treffen sich und jetzt, wie aus Magie, scheint es, als ob nur noch sie im gesamten Universum beide existieren. Das Herz von beiden rast nach dem Treffen und eine innere Hitze reist durch beide Körper.

"Mein Vater holte mich her. Du meinst, dass du das Mädchen bist, das mich überwachen wird? Gut, ich schätze ich werde mich nicht so unbequem fühlen.

Das Kompliment hinterließ Christine ein wenig geschockt. Sie fand noch nie so direkte Männer.

"Mein Name ist Christine; ich bin die Tochter des Majors. Ich bin dein neuer Arbeitspartner. Können wir anfangen? Ich freue mich schon.

"Ja, natürlich. Ich heiße Claudio. Wir sind genau in der Zeit, um arbeiten zu gehen. Der erste kommerzielle Betrieb, den wir heute besuchen werden, ist die Metzgerei. Der Eigentümer hat seit drei Monaten keine Steuern mehr bezahlt und wir müssen ihn dazu drängen. Ich denke deine Gegenwart wird helfen.

"Lass uns gehen. Es war eine Ehre euch zu treffen, Fabiana und Patricia. Ich sehe euch später.

Die beiden winken ihre Hände, um sich zu verabschieden. Claudio und Christine gehen zusammen in Richtung der Metzgerei. Christines

Gedanken steigen und sie fühlt sich blöd, weil sie Claudio so vergötterte. Er war nicht, was sie erwartete, aber trotzdem rührte er etwas in ihr um. Das Gefühl, das sie beim Kennenlernen hatte, war mit nichts was sie je erfuhr vergleichbar. Was war es? Sie konnte es nicht definieren, aber es war etwas Starkes und Nachhaltiges. Die zwei gingen Seite an Seite und Claudio versucht, die Konversation zum Laufen zu bringen.

"Christine, erzähl mir etwas über dich. Du bist aus Recife, richtig?

"Nein, ich lebte in Recife für ungefähr zehn Jahre. Eigentlich bin ich aus Alagoana. Meine Kindheit verbrachte ich eigentlich nur dort.

"Hattest du je einen Freund?

"Ich hatte einen, das war vor einiger Zeit. Ich wäre Nonne geworden. Ich verbrachte drei Jahre meines Lebens in einem abgeschiedenen Kloster, um den Sinn des Lebens zu finden. Als ich bemerkte, dass ich keine Berufung mehr hatte, ging ich zurück zu meinen Eltern.

"Mit Verlaub, es wäre eine große Vergeudung, wenn du eine Nonne wärst. Nichts gegen Religion, aber sich selbst Gott zu geben verlangt zu viel von einer Person.

"Naja, das ist alles in der Vergangenheit. Ich muss mich auf mein neues Leben und meine Pflichten konzentrieren.

Das Gespräch stoppt plötzlich und die beiden laufen weiter. Das Kommen und Gehen sind üblich in der Innenstadt. Mimoso wurde nach der Einführung der Eisenbahn zu einem regionalen Handelszentrum. Leute kamen aus der ganzen Region, um die Läden zu besuchen und darin einzukaufen. Die Metzgerei ist nebenan und Christine kann sich fast nicht kontrollieren. Sie wusste nicht was sie tun soll. Nach allem, sie war die Tochter des Majors und hatte ein Zeichen zu setzen. Der Beruf als Schuldeneintreiberin würde viel von ihr preisgeben. Endlich kommen sie an und Claudio spricht Herrn Helio an, den Besitzer des Ladens.

"Herr Helio, wir sind hier, um die Steuern der letzten drei Monate einzusammeln, die sie schulden. Die Stadt benötigt ihre Beiträge um in Bildung, Gesundheit und Sanierungen zu investieren. Machen sie Ihre bürgerliche Pflicht.

"Habe ich dir nicht gesagt, dass ich pleite bin? Das Geschäft hier läuft nicht gut. Ich brauche eine Verlängerung, um dich zu bezahlen.

"Ich werde keine Entschuldigungen mehr akzeptieren und wenn Sie nicht zahlen, werden Sie Probleme haben. Sehen Sie dieses Mädchen neben mir? Sie ist die Tochter des Majors. Er ist nicht zufrieden mit Ihren Zahlungsausfällen. Das Beste wäre, Herr, wenn Sie Ihre Schulden zahlen würden.

Helio denkt für einen Moment darüber nach, was er tun wird. Mit einem Blick sieht er zu Christine und überzeugt sich davon, dass sie die Tochter des Majors ist. Er öffnet eine Schublade, nimmt einen Batzen Geld heraus und zahlt. Beide danken ihm und verlassen den Betrieb.

Der Morgen wird arbeitend verbracht. Die beiden besuchen Wohnhäuser und Geschäfte. Einige Steuerzahler weigern sich wegen zu wenig Geld zu zahlen. Christine beginnt Claudio wegen seinem Professionalismus und Selbstvertrauen zu verhimmeln. Der Morgen vergeht und der Tag ist vorüber. Die beiden verabschieden sich und machen ab, dass sie in 15 Tagen wieder zusammenarbeiten werden.

Das Picknick

Die Sonne schreitet im Horizont fort und heizt sogar noch mehr, da es schon nach Mittag ist. Bewegungen vermindern sich, Bauern kommen von den Bauernhöfen, die Waschfrauen kommen mit ihren Ladungen, die sie im Mimoso Fluss spülten, an, die Beamten sind freigegeben, die Spitzenklöpplerinnen bekommen Pause von der Arbeit und jeder kann zu Mittag essen. Christine ist nicht anders als die anderen und kommt auch zu dieser Zeit nachhause. Sie kommt an, öffnet die Tür und geht in die Hauptküche. Ihre Eltern sind schon da und Gerusa serviert das Mittagessen.

"Entschuldige uns, dass wir nicht auf dich warteten, um das Essen zu servieren, meine Tochter, aber ich kam müde und hungrig zurück, weil ich bei einem geschäftlichen Treffen war. Um das Thema zu ändern, wie war dein erster Arbeitstag? (Major)

"Nichts zu entschuldigen. Mein erster Arbeitstag war lang und ermüdend. Claudio und ich kämpften, um die Steuerzahler davon zu überzeugen zu zahlen. Trotzdem wurden einige weich in ihrer Position. Alles in allem war es ein guter Arbeitstag, weil ich viel lernte. Ich bin nur noch nicht sicher, ob ich das für den Rest meines Lebens machen will.

"Sag Claudio, dass ich die Details von denen, die nicht gezahlt haben, will. Ich bin der Major und werde keine Verspätungen mehr tolerieren.

"Hast du irgendwen getroffen, Tochter? Hast du dir Freunde gemacht? (Helena)

"Ja, ein paar Leute. Claudios Schwestern sind ziemlich nett.

Gerusa bedient Christine und sie fängt an zu essen. Sie blieb ruhig während dieser Zeit, weil sie so erzogen wurde. Gerusa verzog sich aus der Küche und ging in ihre Unterkunft außerhalb des Hauses. Die drei Köpfe des Haushaltes blieben und aßen ihr Essen. Christine isst ihr Essen auf, steht vom Tisch auf und verabschiedet sich von ihren Eltern mit Küssen auf ihre Backen. Sie geht auf den Balkon des Hauses, wo es gut belüftet und kühl ist, sodass sie stricken kann. Sie hebt ihre Fäden und beginnt zu stricken. Die Bewegungen ihrer agilen Hände bringen sie in eine mystische Welt, die nur die Vorstellungskraft erreichen kann. Sie sieht sich einen Mann mit starken, muskulösen Schultern und einer weichen Haltung treffen. Sie stellt sich ihre Verlobung und die anschließende Hochzeit vor. In diesem Moment peinigt sie eine Innere Qual und sucht sie heim. Der Moment zieht vorbei und sie sieht sich als die Mutter dreier wunderschöner Kinder. In ihrer Vorstellung vergeht die Zeit schnell und sie sieht sich als Großmutter und Urgroßmutter. Der Tod kommt und sie sieht sich in einem Paradies, umgeben von Engeln und von unserem Herrn, Jesus Christus. Ihre flinken Hände arbeiten und für einen kurzen Augenblick sieht sie in der Kleidung, die sie stricke, ein bekanntes Männergesicht. Sie schüttelt ihren Kopf und die Illusion ist vorüber. Was passierte ihr? War sie verrückt, oder vielleicht sogar verliebt? Sie wollte diese Möglichkeit nicht wahrhaben. Sie arbeitet weiter, bis sie ihren Namen mit unglaublicher Intensität hörte. Sie geht zurück zum Eingang des Gartens ihres Hauses, wo sie die Stimme hörte. Sie erkennt Fabiana, Patricia und Claudio, begleitet von anderen jungen Leuten.

"Dürfen wir reinkommen, Christine?

"Ja, dürft ihr. Fühlt euch wie zu Hause.

Genau sechs junge Leute betreten den Garten des Hauses. Sie gingen die Stufenleitern, die Zugang zum Balkon gaben, hoch und trafen Christine. Fabiana übernahm die Vorstellung der unbekannten Freunde.

"Das ist mein Cousin, Rafael und das sind meine Freunde Talita und Marcela.

Christine begrüßte sie mit küssen auf die Backe.

"Schön dich kennenzulernen. Wenn du Fabianas Freundin bist, dann bist du auch meine Freundin.

"Es ist mir ein Vergnügen. Claudio sprach in höchsten Tönen von dir. (Rafael)

"Also, Christine, wir kamen hierher, um dich auf einen schönen Spaziergang auf die Spitze des Ororubá Berges einzuladen. Wir werden draußen ein Picknick haben. Kontakt mit der Natur ist wichtig für Menschen, um sich zu entfalten und sich vom Karma zu befreien. (Claudio)

"Würdest du gern gehen, Christine? Du bist viel drinnen und das ist nicht gut. (Fabiana)

"Wir bestehen darauf. (Sie wiederholen es alle)

Christine geht für einen Moment ins Haus, kommt aber bald zurück. Sie trifft sich wieder mit der Gruppe und zusammen stimmen sie zu, den Ausflug auf den mysteriösen Berg von Ororubá, den Heiligen Berg, zu machen. Die sieben laufen los. Christine beobachtet Claudio und kommt zum Fazit, dass er der typische ländliche Mann ist: Stark, Selbstbewusst und voller Charme. Der erste Tag, an dem sie zusammen arbeiteten, machte einen guten Eindruck, aber sie wusste noch immer nicht wie sie sich über ihn fühlte. Sie wusste nur, dass es ein starkes und bleibendes Gefühl war. Sie denkt, dass das Picknick eine gute Chance ist, ihn besser kennenzulernen. Sie sieben werden schneller und sind schon bald am Fuße des Berges. Claudio, der Anführer der Gruppe, stoppt und bittet alle anderen dasselbe zu machen.

"Es ist wichtig, dass wir jetzt alle hydriert sind, damit wir später keine Probleme haben. Der Weg ist lang und erschöpfend. (Claudio)

"Ich hörte, dass der Berg heilig ist und magische Eigenschaften hat. (Talita)

"Es ist wahr. Eine Legende besagt, dass ein seltsamer Schamane sein eigenes Leben gab, um seine Leute zu retten. Seitdem ist der Berg von Ororubá heilig. Sie besagt auch, dass ein geistlicher Ahne namens Beschützerin des Berges all seine Geheimnisse beschützt. (Fabiana)

"Das ist nicht alles. Auf der Spitze ist eine majestätische Höhle, die die Fähigkeit hat, jeden Wunsch zu erfüllen. Träumer von überall auf der Welt suchen sie, um seine Wunder zu erhalten. Trotzdem, soweit wir wissen, hat es bis jetzt noch niemand geschafft. (Patricia)

"Diese Geschichten machen mich nervös. Wäre es nicht besser, wenn wir zurückgehen? (Christine)

"Keine Sorge, Christine. –Es sind nur Geschichten. Auch wenn sie wahr wären, ich wäre hier, um dich zu beschützen. (Claudio)

"Claudio ist nicht der einzige. Ich bin auch ein Mann und dazu bereit dir zu helfen, wenn du es brauchst. (Rafael)

"Was ist mit mir? Niemand beschützt mich? Ich bin auch eine Jungfer in Nöten. Ich bin verletzt. (Marcela)

Rafael nähert sich Marcela und umarmt sie als Zeichen, dass sie nichts zu fürchten hatte. Alle trinken Wasser und beginnen zu laufen. Christine geht weiter vorn und geht neben Claudio. Sie fühlt sich unsicher, nachdem sie die Informationen über den Berg hörte. Sie denkt über den Berg nach, die Beschützerin und die Höhle. Innerlich sieht sie sich selbst wie sie die Höhle betritt und ihr momentan größter Wunsch erfüllt wird. Sie war auch eine Träumerin, wie so viele, die ihr Leben in der Höhle auf der Suche nach ihren Träumen verloren. Es war aber wichtig, dass sie ihre Beine auf dem Boden ließ, in der harten Realität war sie nämlich die Tochter des Majors und das schränkte ihre Bewegungsfreiheit in Zusammenhang mit Freunden, Liebe und Wünsche ein. Vergleichend fühlte sie sich im Kloster freier als jetzt. Claudio gibt Christine eine Hand, um ihr auf dem Weg nach oben zu helfen, da er sieht, dass sie Probleme hat. Christines Verstand rast und sie denkt, dass es gut wäre einen Freund zu haben der sie unterstützt und loyal und ehrlich zu ihr ist, einen Freund wie Claudio. Sie schüttelt ihren Kopf und versucht von dem Gedanken abzukommen. Es war unmöglich, weil ihr Vater diese Art von Bund nicht erlauben würde. Er war ein einfacher Steuereintreiber und sie die Tochter eines Majors. Sie lebten in komplett verschiedenen Welten. Die Gruppe bleibt wieder stehen, um sich zu erfrischen.

"Von hier kann man einen guten Teil von Mimoso sehen. Siehst du, Christine? Da ist dein Haus. (Claudio)

"Die Aussicht von hier ist wirklich gut. Ich denke die Spitze wird noch atemberaubender sein. Die Sierra von Mimoso schaut nicht mal so groß von hier aus. (Christine)

"Ich denke es ist das beste, wenn wir weiter gehen. Es macht keinen Sinn hier längere Zeit zu bleiben. (Fabiana)

"Ich stimme zu. So können wir länger auf der Spitze brauchen, der ja der wichtigste Teil des Berges ist. (Rafael)

Die meisten stimmen zu und gehen. Trotz allem war es nach ein Uhr Nachmittag und Christine war schon ein bisschen müde. Einen Berg zu erklettern ist für jeden extrem anstrengend der es nicht gewohnt ist. Sie erinnert sich an die ständigen Aufgaben, die ihr im Kloster zugeteilt wurden, aber keine davon war damit gleichzusetzen einen Berg zu besteigen von dem jeder sagte, dass er heilig wäre. Sie sammelt ihre Stärke in den tiefen ihrer Seele und versucht hart, dass niemand ihre Schwierigkeiten sieht. Claudio lächelt sie an und es füllt sie mit Kraft, weil sie für ihn jedes Hindernis übersteigen würde. Liebe, diese komische Macht, hat die beiden verbunden, auch ohne physischen Kontakt. Für ihn, wenn sie die Chance hätte, würde sie der Beschützerin gegenüberstehen und die Höhle betreten um ihren Traum davon, ihn für alle Zeiten, die sie zusammen hätten, begleiten zu können. Sogar wenn es ihr Leben kosten würde. Denn was für eine Bedeutung hat das Leben, wenn wir es nicht mit denen verbringen, die wir wirklich lieben. Ein leeres Leben ist gleich mit keinem Leben. Die Gruppe schreitet fort und nähert sich der Spitze. Claudio versucht es zu verschleiern, doch er ist völlig angezogen von der Schönheit und die Anmut von Christine. Von dem Momentan, in dem sie sich trafen, änderte sich etwas in seinem Wesen. Er konnte nicht mehr richtig Essen oder irgendetwas anderes, ohne an sie zu denken. Er denkt darüber nach, wie förderlich der Umzug der Familie aus Pesqueira in die blühende Stadt Mimoso war. Er denkt darüber nach, wie das Schicksal großzügig warum die beiden praktisch im selben Beruf zu vereinigen. Das Picknick wäre eine tolle Gelegenheit, um das Mädchen vielleicht zu umwerben. Er hatte Hoffnungen, akzeptiert zu werden, trotz den

Ungleichheiten zwischen ihnen. Die Schwierigkeiten, hauptsächlich ihre vorurteiligen Eltern, waren Hindernisse, die bezwungen werden konnten. Schließlich erreicht die Gruppe die Spitze und alle feiern. Jetzt mussten sie nur noch einen guten Platz finden um zu Picknicken. Die Mitglieder der Gruppe teilen sich in drei kleinere Gruppen auf, um den geeignetsten Platz zu finden. Ein paar Minuten vergehen und einer der Gruppen gibt ein Signal, ein Pfeifen. Der Platz war ausgesucht. Die ganze Gruppe versammelt sich wieder und das Picknick wird aufgebaut. Jedes Mitglied der Gruppe trägt etwas zum Festessen bei.

"Fühlst du es, Christine? Das Singen der Vögel, das leise Flüstern des Windes, die ländliche Atmosphäre, das Summen der Insekten, all das führt uns an Orte und Ebenen, die noch nie besucht wurden. Jedes Mal, wenn ich hierher komme fühle ich mich wie ein wichtiger Teil der Natur und nicht, dass ich sie mir gehört, wie manche denken. (Claudio)

"Es ist sehr schön. Hier, in der Natur, fühle ich mich wie ein normales menschliches Wesen und nicht wie die Tochter eines Majors und du kannst dir nicht vorstellen, wie gut sich das anfühlt. (Christine)

"Genieße es, Christine. Das kannst du nicht jeden Tag machen. Vorurteil, Angst, Scham, all das zerstört unseren Alltag. Hier können wir das vergessen, wenigstens für einen Moment. (Fabiana)

"In dieser wilden grünen Ferne können wir das Universum fühlen, sehen und völlig verstehen. Dieses Wunder geschieht, wenn der Berg heilig ist und magische Eigenschaften hat. (Talita)

"Ich möchte auch meine Meinung bekanntgeben. Wir sind sieben junge Leute auf der Suche nach was? Ich werde mir selbst antworten. Wir suchen Abenteuer, neue Erfahrungen, Freundschaft und sogar Liebe. Trotzdem, das ist nur möglich, wenn wir mit uns selbst, mit anderen und dem Universum in Friede stehen. Es ist dieser ersehnte Frieden, den wir hier gefunden haben. (Rafael)

"Hier ist alles eine Lernerfahrung. Der Rhythmus der Natur, die Gesellschaft von euch allen und diese frische Luft sind Lektionen, die wir alle für unsere Kinder und Kindeskinder besuchen sollten. (Marcela)

"Das ist eine tolle Gemeinschaft für mich. Eine Gemeinschaft des Geistes die uns viele Ebenen unseres Lebens übersteigen lässt. (Patricia)

Nachdem alle ihre Meinung dazu abgaben, wie sich in diesem magischen Moment fühlten, begann sich jeder selbst zu bedienen. Die gemütliche Umgebung hinterließ sie während dem Essen schweigend. Nach dem alle aufgegessen hatten kündigte Claudio an:
"Eigentlich, Christine, sind wir nicht hierhergekommen, um nur ein einfaches Picknick zu halten. Wir werden ein Zelt aufstellen und die Nacht hier verbringen.

Christine verfärbt sich für einen Moment und jeder lacht. Sie war die Einzige in der Gruppe die nicht Bescheid wusste.

"Was? Und was ist mit den Gefahren des Berges? Mein Vater wird mich umbringen, wenn ich hier die Nacht hier verbringe. Ich denke ich werde gehen.

"Ich empfehle dir nicht zu gehen. Die Beschützerin muss hier lauern und auf den besten Moment warten, um anzugreifen. (Fabiana)

"Keine Sorge Christine. Habe ich nicht gesagt, dass ich dich beschützen werde? Was deinen Vater betrifft musst du dir keine Sorgen machen, er weiß, dass wir die Nacht hier verbringen werden (Claudio)

Christine beruhigt sich. Es wäre besser, wenn sie mit der Gruppe bleiben würde weil sie den Berg und seine Mysterien nicht kannte. Es wäre wirklich angsterregend, wenn sie alleine da draußen wäre. Wer weiß was passieren könnte? Es war besser es nicht zu riskieren. Der Nachmittag schreitet weiter und alle helfen sich die zwei Zelte aufzuschlagen. Sie sind im Nu fertig. Claudio und Rafael gehen raus, um nach Holz zu suchen um ein Feuer anzuzünden, mit dem Ziel, wilde Tiere, die in der Gegend leben, wegzuscheuchen. Die Frauen sind allein im Lager und räumen den Boden um die Zelte.

"Es ist toll hierherzukommen, Christine. Am Abend ist dieser ganze Ort noch schöner. Nach dem Abendessen wirst du es sehen: Es ist der absolute Wahnsinn. Sag mir, ist das nicht besser als zuhause zu sein? (Fabiana)

"Es freut mich auch, aber ihr hättet mich wissen lassen sollen, dass wir hier übernachten werden. Ich war ziemlich überrascht.

"Ist dir aufgefallen, wie Claudio sie ansieht und umgekehrt? Ich glaube die beiden sind verliebt.

"Deine Augen spielen dir Streiche, Talita. Da läuft nichts zwischen Claudio und mir.

"Ich, für meinen Teil, wäre sehr glücklich deine Schwägerin zu sein. (Patricia)

"Da stimme ich dir zu. (Fabiana)

"Danke Leute. Aber leider ist das unmöglich.

Für einen Moment sieht Christine ernst aus und sie stoppen mit den Anspielungen. Claudio und Rafael kommen mit dem benötigten Holz zurück um das Lagerfeuer die ganze Nacht brennend zu halten. Claudio schaut auf Christine und sie scheint zu korrespondieren. Der Nachmittag schreitet fort und es wird dunkel. Das Lagerfeuer erleuchtet die Umgebung während die Nacht anbricht. Alle versammeln sich darum und das Abendessen wird von Fabiana und Patricia serviert. Jeder isst und spricht ein wenig. Claudio entfernt sich von der Gruppe und gibt Christine ein Zeichen, dass sie ihn begleiten soll als er eine bestimmte Distanz erreicht hat. Sie nimmt das Signal auf und bewegt sich auch weg von der Gruppe.

"Was werden wir jetzt machen, Christine? Du und ich, zusammen, die Sterne betrachtend. Sie scheinen die Zeugen unsere beiden Gefühle zu sein. Ich glaube, dass nicht nur sie, sondern das ganze Universum es spürt.

"Du weißt, dass das unmöglich ist. Meine Eltern würden es nicht erlauben. –Sie sind ein wenig voreingenommen.

"Unmöglich? Das sagst du mir hier, auf diesem heiligen Berg? Hier ist nichts unmöglich.

"Aber, aber. . . . .

"Sag kein weiteres Wort. Lass dein Herz laut schreien, wie meines.

Claudio schreitet vor und umschlingt Christine. Sanft schleicht er mit seiner Hand um ihr Gesicht und berührt geduldig Christines Lippen mit seinen eigenen. Der Kuss schüttelt Christine und für einen Moment fühlt sie sich so als ob sie in der Luft läuft. Eine Vielzahl von Gedanken durchdringen ihren Verstand und stören den Kuss. Als er endet zieht sie weg und sagt:

"Ich bin noch nicht bereit. Vergib mir Claudio.

Christine rennt weg und geht zurück zu der Gruppe. Claudio geht mit ihr. Das Lagefeuer knistert und alle versammeln sich wegen der intensiven Kälte darum. Rafael steht neben dem Feuer, bereit dazu Horrorgeschichten über den Berg zu erzählen.

"Es war einmal ein Träumer aus einer kleinen Stadt namens Triumph, im Umland von Pajeú. Sein Name war Eulalio. Sein Traum war es ein Bandit zu werden und seine eigene Bande zusammenzustellen die Verbrechen begehen, Reichtümer anhäufen, Soziale Stärke und Prahlereien haben und damit auch viele Frauen faszinieren und verführen. Er hatte aber nicht den Mut und die Entschlossenheit, die dafür benötigt ist. Er konnte kaum ein Schwert schwingen. In seinem Land hörte er von dem heiligen Berg von Ororubá und seine übernatürliche Höhle, die jegliche Sehnsüchte erfüllen kann. Nach dem er das hörte dachte er nicht zweimal und packte für seinen begehrten Ausflug. Er kam auf dem Berg an, traf die Beschützerin, beendete die Aufgaben und betrat schließlich die Höhle. Trotzdem, sein Herz war nicht komplett rein und seine Begehren waren nicht recht. Die Höhle vergab ihm nicht und zerstörte sein Leben sowie seine Träume. Von dann an begann seine Seele voller Schmerz auf dem Berg herumzuwandern. Man sagt, dass er einmal von Jägern genau um Mitternacht gesehen wurde. Er war als Bandit verkleidet und trug eine große Pistole mit sich die Geist-Kugeln abfeuerte.

"Du meinst, dass er nach seinem Tod mutig wurde? Dann hat die Höhle teilweise seinen Traum ausgeführt. (Talita)

"Nicht wirklich, Talita. Die Höhle zerstörte des Träumers Leben und hinterließ nur seine Seele mit den Sachen, die er begehrte. Außerdem ist er eine verlorene Seele die leidend strandete. (Fabiana)

"Es ist nur eine Geschichte. Es gibt zahllose Träumer, die ihr Glück in der Höhle versuchten und keiner von ihnen schaffte es zu überleben. Deshalb heißt sie die Höhle der Verzweiflung. (Rafael)

"Ich würde für Garnichts in diese Höhle gehen. Meine Träume werde ich mit Planung, Ausdauer, Hingabe und Glauben wahrmachen. (Marcela)

"Ich würde für Liebe gehen. Trotz allem kann man ohne Risiken nicht leben. (Christine)

"Immer die Romantische. Christine ist verliebt, Leute. (Patricia)

Jeder lacht, außer Claudio. Er war immer noch nachtragend und verletzt, weil er auf eine Weise von Christine zurückgewiesen wurde. Er öffnete ihr sein Herz und seine Gefühle; trotzdem war es nicht genug, sie von seiner Liebe zu überzeugen. Sie sprach von Vorurteilen ihrer Eltern, wobei sie die voreingenommene war. Die Qual, die er in der tiefe seiner Brust fühlte ließ ihn in der Zeit zurückreisen um sich an einen Vorfall zu erinnern, der vor ungefähr zwei Jahren passierte als er noch in Pesqueira lebte und eine hübsche Blondine traf die die Tochter des Bürgermeisters war. Sie trafen sich für drei Monate versteckt, weil sie Angst vor der Reaktion ihrer Eltern hatte. Eines Tages fand es ihr Vater raus und war nicht erfreut. Er stellte zwei Lakaien an, um ihn zu schlagen und zu peitschen. Es war ein Schlagen, das er niemals vergessen wird. So fühlte er sich jetzt: Geschlagen, gepeitscht aber nicht von ihren Eltern, sondern von ihr und ihren eigenen Vorurteilen. Trotzdem würde er nicht so einfach sein Leben und seine eigene Fröhlichkeit aufgeben. Er würde Christine seinen Wert zeigen und sie würde verstehen, wie viele dumm waren, um wertvolle Zeit zu vergeuden.

Die Nacht fällt ein und alle bereiten sich vor in ihren Zelten zu schlafen. Das Feuer bleibt entzündet, um sie von den wilden Tieren des Berges zu schützen. Trotz allem kann man heulen aus einer bestimmten Distanz hören. Christine wälzt sich von einer Seite auf die andere, um zu versuchen ihre Angst zu kontrollieren. Es war das erste Mal, dass sie an einem heiligen Ort schlief. Der harte Boden störte sie mehr als sie dachte, dass er es wird. Das Heulen geht weiter und im selben Moment ist das Geräusch von Schritten zu hören. Christine hält ihren Atem in Verzweiflung an. Könnte es der Banditengeist sein? Oder vielleicht eine wilde Bestie, das bereit ist, sie zu verschlingen. Die Geräusche von Fußschritten kommen in ihre Richtung. Ein starker Wind schlägt an ihr Zelt und eine mysteriöse Hand erscheint an der Tür. Sie ist bereit zu schreien, doch der Mann, der erscheint, sagt:

"Ruhig, ich bin es.

Christine beruhigt sich und erholt sich von dem Schreck. Sie erkennt die Stimme. Es war Claudio. Aber was suchte er in ihrem Zelt zu so einer Stunde? Ihre Miene, überschattet von der Dunkelheit der Nacht, spiegelt diesen Zweifel wider. Claudio setzt sich hin und fragt:

"Ich kam, um dich zu fragen, ob du deinen Wunsch getan hast.

"Wunsch? Was für ein Wunsch?

"Der Berg ist heilig und an Mitternacht gewährt er ein Begehren von verliebten Herzen. Ich machte meinen und weißt du was? Ich fragte den Berg uns beide in Liebe für immer zusammenzubringen.

"Glaubst du daran? Ich denke nicht, dass irgendein Berg die Pläne meines Vaters ändern wird.

"Ich sagte dir schon, der Berg ist heilig. Glaub mir. Er kann unseren Traum Wirklichkeit machen.

Angesichts dessen hält Claudio Christines Hände und beide schließen ihre Augen. Genau dann stürzen die zwei Herzen in Parallelleben, wo sie beide glücklich und frei sind. Christine sah sich selbst mit ihm verheiratet und als Mutter von mindestens sieben Kindern. Der Moment war genug für sie beide um sich als eins zu fühlen, verbunden mit dem Universum. Der Augenblick war zerbrochen; Claudio verabschiedet sich und Christine versucht, auf dem harten, trockenen Boden zu schlafen.

Der Abstieg des Berges

Ein neuer Tag bricht an, Claudio steht auf und beginnt damit die anderen aufzuwecken. Christine ist die letzte die aufsteht. Claudio und Rafael gehen tief in den Wald, um Fische aus dem nahegelegenen Teich zu fangen. Es würde ihr Frühstück werden. Währenddessen versuchen die Frauen das Feuer mit den Resten des Holzes anzuzünden. Fabiana bricht das Schweigen.

"Hast du gut geschlafen, Christine?

"Nicht wirklich. Dieser harte, trockene Untergrund hat meinen Rücken verletzt. Es tut immer noch weh.

"Das ist das Pfadfinder leben. Sei bereit, denn wir haben noch viele Abenteuer. (Talita)

"Hast du Spaziergang generell gemocht? (Patricia)

"Ja, ich mochte ihn. Der Berg atmet eine Luft aus Gelassenheit und Friede. Ich liebte den Kontakt mit Natur und eure Gesellschaft.

"Uns gefiel es auch, obwohl es nicht unser erstes Mal war. Jetzt bist du Teil unseres Teams. (Patricia)

"Hast du die Sachen mit Claudio letzte Nacht geklärt? (Talita)

"Wir entschieden uns keine Beziehung einzugehen, weil wir in komplett verschiedenen Welten leben.

"Im Laufe der Zeit werdet ihr es ausarbeiten. Liebe ist stärker als die Unterschiede und wie ich sagte wäre ich froh deine Schwägerin zu sein. (Fabiana)

"Ich auch. (Patricia)

"Ich beneide dich. Claudio ist so süß. Schade, dass er nicht an mit interessiert ist. (Talita)

Das Gespräch unter den Frauen geht lebendig weiter, doch Christine bevorzugt es kein Teil davon zu sein. Über ihre Liebe, Claudio, zu sprechen schmerzte ihre Seele, weil es sich anfühlte, als ob es eine unmöglich Liebe wäre. Sie kannte ihre Eltern gut und wusste, dass sie völlig gegen so eine Beziehung wären. Ihre Mutter hatte noch immer die Hoffnung, dass sie zurück ins Kloster gehen würde und ihr Vater wollte sie mit einem Mann auf ihrer sozialen Stufe verheiratet sehen. Beide Optionen schlossen Claudio aus ihrem Leben aus, doch zur selben Zeit sehnte sich ihr Herz nach ihm; sie wollte nur ihn. Das waren die zwei „Gegenkräfte", die sie wieder zusammenführen muss, oder sogar zwischen ihnen entscheiden.

Die „Gegenkräfte" nahmen ihr Herz über und hinterließen sie mit Zweifel. Ungefähr dreißig Minuten nach dem sie aufbrachen kamen Claudio und Rafael mit einer anständigen Menge Fisch. Das Feuer war schon entzündet und die Fische wurden auf den Grill gelegt. Der Fisch ist fertig gebraten und wird unter den Mitgliedern der Gruppe aufgeteilt. Claudio sagt:

"Wir fischten und plötzlich kam eine alte Dame und fragte uns nach ein Paar Fischen für ihr Essen. Ich gab sie ihr und in ihrer Dankbarkeit segnete sie mich und sagte, dass ich sehr glücklich sein werde. Ich kannte die Frau nicht. Ich habe sie noch nie in dieser Gegend gesehen. Sie hatte diesen Blick in den Augen der mich faszinierte, so als ob sie meine Zukunft kannte.

"Vielleicht ist sie die Beschützerin? Sagt die Legende nicht, dass sie auf dem Berg lebt? (Fabiana)

"Könnte sein. Dasselbe dachte ich auch als ich sie sah. (Rafael)

"Du bist sehr glücklich, mein Bruder. Es gibt nur wenige Leute das Glück erreichen können. (Patricia)

"Sie war sehr komisch. Ich fühlte ein Frösteln als ich ihr die Fische gab. (Claudio)

"Ich bin praktisch. Ich glaube sogar, dass der Berg wegen den Erfahrungen, die ich hier durchlebte, heilig ist. Aber dann in Beschützerinnen und in Höhlen, die Wunder ausüben, zu glauben ist viel Boden zu bedecken. Bald werdet ihr versuchen mich von Geistern und Goblins zu überzeugen. (Talita)

"Wenn ich du wäre, würde ich es nicht bezweifeln. Claudio ist ein ernster Mann und kein Lügner. (Marcela)

"Ich glaube ihm auch. Im Kloster brachte man mir bei, Leute an ihren Augen zu beurteilen und Claudio war total ehrlich als er über die Beschützerin sprach. Er ist wirklich privilegiert sie getroffen zu haben. (Christine)

Schweigen regierte in den folgenden Momenten um das Lager und die Mitglieder der Gruppe aßen ihren Fisch auf. Claudio und Rafael bauten die Zelte auseinander und die Frauen sammelten die Sachen, die sie mitbrachten, zusammen. Die Gruppe traf sich, um zu beten, dankbar für die Momente die sie auf dem Berg verbrachten und begannen zurück in das Dorf, in dem sie lebten, zu laufen. Claudio bot Christine sanft seine Hand an und sie akzeptierte. Der Abstieg vom Berg war gefährlich für Anfänger. Physischer Kontakt mit Claudio brachte Christines Herz zum Rasen. Dieser Mann machte sie so verrückt, dass sie fast die gesellschaftlichen Konventionen vergaß als sie mit ihm auf dem Berg war. Es waren Momente, die die Macht hatten, sie in eine Parallelebene zu bringen die niemand sonst erreichen konnte. Sie fühlte sich sehr glücklich in diesen Momenten. Trotzdem musste sie auf dem Weg nach unten ihre Träume stehenlassen und die harte Realität ansehen. Eine Realität, in der sie die Tochter eines korrupten, autoritären und hartnäckigen Majors war. Abgesehen davon lebte sie für die Momente in denen Claudio sie hielt und küsste. Christine drückt Claudios Hand sehr, um sicherzugehen, dass er auch wirklich gegenwärtig war, an ihrer Seite. Sie verlor schon ihre Großeltern und könnte keinen weiteren Verlust verkraften. Die Gruppe steigt von der Spitze ab und ging schon die Hälfte des Weges des steilen Bergweges runter. Claudio, der Anführer der Gruppe, bleibt stehen und bittet alle anderen dasselbe zu machen. Alle trinken Wasser und gehen weiter. Christine denkt an ihre Mutter und das Geschimpfe, das sie bekommen würde weil sie den ganzen Tag nicht Zuhause war. Sie behandelte sie wie ein Kind, nicht in der Lage ihren eigenen Weg zu gehen. Unter ihrem Einfluss ging sie in ein Kloster und verbrachte dort weltabgeschieden drei Jahre ihres Lebens. Sie durfte nur zu begleiteten Spaziergängen hinaus und auch nur mit der Erlaubnis der Obermutter. Zu dieser Zeit lernte sie Latein und über die Grundlagen der Christlichen Religion. Kultur und Wissen waren die einzigen positiven Sachen, die sie aus ihrem Bleiben dort mitbrachte. Zum größten Teil war es aber ein verlorener Teil ihres Lebens, weil sie keinen Wunsch hatte eine Nonne zu sein. Sie war müde davon das gute und gehorsame Mädchen zu sein, da das nur Einbußen mit sich brachte. Die „Gegenkräfte" die in sich trug mussten aufgelöst werden. Die Gruppe beschleunigt und in einer kurzen Zeit reisten sie den ganzen Weg nach Hause. Sie sagten sich gegenseitig auf Wiedersehen und alle gingen zurück zu ihren Häusern.

Der Missbrauch des Majors

Christines empfang verlief glatt. Keiner ihrer Eltern beschwerte sich darüber, dass sie die Nacht auf dem heiligen Berg verbrachte. Trotz allem war sie nicht allein. Nachdem sie mit ihren Eltern redete nahm sie ein Bad, begab sich in ihr Zimmer und schlief ein weil sie sich erschöpft fühlte. Der Major und seine Frau sind im Wohnzimmer, sie sprechen. Ein klatsch Geräusch kann gehört werden und Gerusa geht schnell zur Tür, um sie zu öffnen. Lenice, eine Bäuerin, wartete, um beigewohnt zu werden.

"Wie kann ich dir helfen?

"Ich muss mit dem Major sprechen. Es ist sehr wichtig.

"Komm rein. Er ist im Wohnzimmer.

Lenice tritt ein und geht ins Wohnzimmer.

"Herr Major, ich muss mit Ihnen sprechen. Es geht um meinen neugeborenen Sohn, Jose.

"Was ist mit ihm? Will der Vater keine Verantwortung tragen? Benötigst du Hilfe ihn großzuziehen?

"Nein, nichts dergleichen. Ich wünsche mir, dass Sie, Herr, der Pate bei seiner Taufe sind.

"Was? Pate? Zu welcher wichtigen Familie gehörst du?

"Ich bin eine Silva und wir arbeiten in der Agrikultur.

"Das ist unmöglich. Ich würde nicht mit einem einfachen Mitglied der Silva Familie befreundet sein, auch wenn ich der letzte Mensch auf der Welt wäre. Du solltest dich selbst untersuchen, bevor du mit so einer Bitte hierher kommst.

"Herr Major, Sie haben kein Herz.

Die arme Frau, in Tränen, entfernt sich selbst aus dem Zimmer und geht. Sie träumte davon wie so viele im Dorf mit dem Major befreundet zu sein. Ihr Sohn würde viel mehr Chancen zu wachsen haben, wenn der Major sein Pate wäre. Er hätte Zugang zu Bildung, Gesundheitspflege und einem würdevollen Beruf, weil alles in diesem Dorf von dem Einfluss des Majors abhängt. Alle, ohne Ausnahme, wollten irgendeine Verbindung mit ihm, um eines dieser Privilegien zu haben. Die, die das nicht hatten, wurden in eine Welt voll Kummer und Leiden verbannt.

Nachdem die Bäuerin draußen war, bereitete sich der Major darauf vor zur Polizeistation zu gehen. Seine Frau, Helena, glättet ihre Kleidung.

"Hast du das gesehen, Frau? Was für eine Unverschämtheit! Ein Major meines Wertes könnte nie mit einer einfachen Silva befreundet sein.

"Diese Leute hier wollen unbedingt deine Freunde sein. Sind nur auf Geld aus!

"Wenn sie wenigstens Händler wären, würde ich es annehmen. Hast du je so etwas gesehen? Ein Major, befreundet mit Bauern.

"Ich bin froh, dass du sie in ihre Schranken gewiesen hast. Ich denke nicht, dass weitere Bauern sich wagen werden hierher zu kommen.

Der Major verabschiedet sich von seiner Frau mit einem Kuss. Er beginnt zu laufen, öffnet die Tür und geht. Er konzentriert darauf, auf was er im Begriff ist zu tun. Seitdem er offiziell als Major als die Hauptpolitische Autorität der Region eingeschworen wurde machte er noch keine aktiven Entscheidungen. Die Figur als der „nette" Major nervte ihn schon. Er musste hinaufsteigen, um von den anderen Autoritäten respektiert zu werden. Der Major und der Oberst hatten Schlüsselrollen in der Festigung einer ungerechten Struktur namens „Gruppe der Obersten", die zu dieser Zeit regierten. Von dieser unfairen Struktur genossen sie Macht und Prunk. Der Major läuft weiter und nähert sich schon bald der Station. Er ist völlig überzeugt von dem, was er machen wird. Er lernte, in seiner tragischen Kindheit in Maceió, wie man Entscheidungen auf der rechtzeitigsten Weise trifft und er merkt, dass jetzt die beste Zeit ist. Er wird schneller, um Reue und Schuld auszuweichen. Er kommt an der Polizeistation an, öffnet die Vordertür und verkündet:

"Abgeordneter Pompeu, wir haben ein wichtiges Thema zu besprechen.

Der Major liefert eine Liste an den Abgeordneten in seinem Büro.

"Was ist das?

"Das ist die komplette Liste aller straffälligen Steuerzahler. Ich werde keine weiteren Verspätungen tolerieren und verlange von Ihnen, Herr, dass sie sich darum kümmern.

"Haben Sie ihnen eine Zahlungsverlängerung gegeben?

"Ja, ich machte alles was in meiner Macht liegt. Der Steuereintreiber, Claudio, sagte mir, dass sie faule Ausreden gaben, um nicht zahlen zu müssen.

"Ich erkenne nicht was ich machen kann. Das Gesetz erlaubt mir nicht jegliche Tätigkeit durchzuführen.

"Ich muss Sie daran erinnern, Herr Pompeu, dass Ihr lieber Posten als Abgeordneter in Gefahr schwebt, wenn sie nichts machen. Das Gesetz weiß, dass ich als stärkster diene und als Major sage ich Ihnen, dass Sie sofort all diese Schurken einsperren sollen und nicht wieder freilassen sollen, bis sie ihre Schulden zahlten.

Der Abgeordnete Pompeu schüttelte seinen Kopf und rief zwei Beamte, um die Opfer festzunehmen. Der Major ist befriedigt, weil seine Forderungen getroffen wurden. Das würde die erste von vielen beliebigen Taten sein die er als größte politisch autoritäre Figur in der Region durchführen würde.

Messe

Es war ein wunderschöner Sonntagmorgen. Die Kirchenglocken klingelten und kündigten die Sonntagsmesse an. In der Sakristei bereitet sich Vater Chiavaretto eine weitere Feier vor. Chiavaretto war der offizielle Priester von Mimoso. Ursprünglich aus Venedig, Italien als der Sohn einer Mittelklassefamilie, wurde 1890 zum Priester geweiht. Seine priesterliche Aktivität begann in seinem Ursprungsland im selben Jahr wie seine Weihe und hielt bis 1908. In diesem Jahr, auf Bestimmung des Bischofs von Venedig, wurde er offiziell nach Brasilien überwiesen. Seine Mission war es, das Evangelium zu verbreiten und die zu befragen, die noch immer im Heidentum verharrten. In zwei Jahren harter Arbeit schaffte er Fortschritt in dem kleinen Dorf. Trotzdem war eines der Ziele, die er erreichen wollte eine höhere Anzahl von Leuten in der Messe. Am Anfang, als er im Dorf ankam, war die Gegenwart der Einwohner bei der Messe größer. Über die Zeit verloren die Leute einfach den Enthusiasmus, weil die Messe von Chiavaretto komplett in Latein gehalten wurde. Das war eine Bestimmung der Kirche zu dieser Zeit.

Vor der Feier nimmt der Priester einen kurzen Moment der Reflektion. Die Zeit in Venedig kam in seinen Verstand und er erinnerte sich an das Schicksal jedes einzelnen seiner Brüder und Schwestern. Einer von ihnen entschied sich Soldat in der Armee zu werden und ging, um eine ganzheitliche Front des Friedens in einem anderen Land zu kreieren. Er hatte immer eine Tendenz dazu andere Kinder zu beschützen. Eine Schwester ging um Nonne zu werden und eine andere heiratete und bekam vier Kinder. Die zwei folgten verschiedenen Wegen in ihren Leben, aber keine vergaß die andere oder beendete die Freundschaft. Beide lebten in Venedig, Italien. Er wurde Priester, das aber nicht absichtlich, sondern wegen einem Zeichen des Schicksals. Er wurde von Jesus gerufen. Das Geschehen, das ihn entscheiden lies Priester zu werden, war wie folgt: Als er noch ein Kind war spielte er still mit einem seiner Freunde auf einer Brücke, die genau über einem Fluss steht. Das Spiel, das sie spielten, war fangen. Aufgeregt über das Spiel kletterte er durch das Geländer der Brücke, um von seinem Gegner wegzukommen. Seine Beine zitterten, ihm wurde schwindelig und als er einen falschen Schritt nahm fiel er direkt in den Fluss. Die Strömung war stark und der Fluss war überflutet. Chiavaretto versuchte zu schwimmen, hatte aber keine Erfahrung im Wasser. Schrittweise versank er und sein Freund schaute ihm nur zu, weil er ebenfalls nicht schwimmen konnte. In diesem Moment waren auch keine Erwachsenen in der Umgebung. Schritt für Schritt verlor er Stärke und Bewusstsein. Als er fühlte, dass er nah an seinem Ende ist, rief er den Heiligen Namen Jesus hinaus. Schnell merkte er wie eine starke Hand ihn hielt und eine Stimme sagte:

"Pedro, ich habe keine Angst!

Das war sein Name: Pedro Chiavaretto. Die kräftige Hand zog ihn hoch und aus dem Wasser. Als er gerettet war und auf dem Flussufer lag verschwand der mysteriöse Mann. Von diesem Tag an widmete sich Pedro Chiavaretto lediglich der Religion und wurde Priester. Diese Erfahrung war sein Geheimnis, er erzählte niemandem davon.

Der kurze Moment der Reflektion war vorüber und der Priester machte sich auf den Weg zum Altar. Er sieht in die Kirchengemeinde und bestätigt, dass es die exakt selbe Aufstellung von Personen wie immer ist: Der reiche und mächtige, in den besten Bankreihen sitzend und die weniger wohlhabenden in den anderen. Diese Sorte von Teilung bekümmerte ihn, weil es das genaue Gegenteil dessen ist, was er im Priesterseminar gelernt hatte. Menschen sind gleich vor Gott und haben dieselbe Wichtigkeit. Was menschliche Wesen unterscheidet und sie besonders macht sind Talente, Charisma und andere Qualitäten. Allerdings konnte er nichts machen. Mit der Ankündigung der Republik und der Verfassung von 1891 bestand eine offizielle Teilung von Kirche und

Staat. Brasilien wurde von diesem Moment an ein Teilstaat ohne offizielle Religion. Die Kirche verlor viel ihrer Macht und auch ihrer Privilegien. Damit konnte die Gruppe der Obersten (regierend im Nordosten) in ihren Entscheidungen herrschen, Entscheidungen der Kirche konnten nicht dagegen kommen.

Der Priester startet die Feier und die einzigen die seinen Worten wirklich Aufmerksamkeit schenken sind die gläubigen Christine und Helena, da beides Latein können. Die anderen gingen in die Kirche nur um auf die Kleidung und Stile der anderen zu schauen und darüber zu lästern. Sie hatten keine Ahnung von der wahren Bedeutung der Messe. Der Priester spricht von Vergebung und über den Fakt, dass wir den Zeichen, die aus unserem Herz kommen, Aufmerksamkeit schenken müssen. Er sagt, dass das der beste Kompass für verlorene Wanderer ist. Die Messe geht weiter und erreicht den Punkt der Kommunion. Als der Priester Brot und Wein in den Körper und das Blut von Jesus Christus verwandelt scheint es Christine, als ob sie Claudio am Altar sieht, neben dem Vater. Sie schüttelt den Kopf und die Vision vergeht. Es war das zweite Mal, dass so etwas geschieht. Das erste Mal passierte es als sie auf der Veranda ihres Zuhauses strickte. Was geschah mit ihr? Ihre Gedanken würden nicht mal die Messe respektieren. Christine kommt zum Schluss nicht zur Kommunion zugehen, weil sie sich nicht bereit und auch nicht rein genug um daran teilzunehmen fühlt. Helena nimmt teil. Die Feier geht weiter und Christine versucht sich auf die Predigt des Priesters zu konzentrieren. Sie schenkt jedem seiner geäußerten Worte Aufmerksamkeit. In diesem Moment kann sie endlich Claudio sowie das wundervolle Picknick für ein wenig vergessen. Sie gab sich auf dem Berg fast selbst an ihn. Eine Angst der Beurteilung und ihr Vater hielten sie zurück. Der Priester gibt seinen letzten Segen und Christine fühlt sich erleichtert. Sie würde nicht mehr zu befürchten haben, dass sie ihre Gedanken weiter zurückhält.

Reflektion

Christine, zusammen mit ihren Eltern, verlässt das Gebiet der kleinen Kapelle von Sankt Sebastian. Der Major verabschiedete sich von ihnen und geht um sich um sein Unternehmer im Gebäude der Bewohnergesellschaft zu kümmern. Die beiden gehen nach Hause. Auf dem Weg beginnt Christine die predigt, die sie gerade vom Priester hörte, zu reflektieren. Erhielt sie von ihrer Mutter Vergeben, nachdem sie das Kloster verließ? Wurde ihr vergeben? Die Antwort auf beide Fragen war nein. Ihre Mutter, enttäuscht von ihrem Verlassen des Klosters, war nie wieder dieselbe Mutter die sie zu lieben und respektieren lernte. Sie war nicht mehr liebend oder zeigte ihr ihre Art sich um Emotionen zu kümmern. Ihre Mutter war nicht mehr ihre Freundin, sondern nur eine Kameradin. Immer wieder sprach sie über das Kloster und kommentierte, wie glücklich sie wäre wenn sie eine Tochter hätte, die eine Nonne wäre. Sie fütterte ihre Hoffnungen damit, dass Christine wieder zurückgehen würde. Für ihr eigenes Schicksal beherbergte Christine immer noch Zweifel. Sie war sicher über die Gefühle, die sie für Claudio hatte, doch sie hatte Angst davor an dieser Leidenschaft verzweifelt und verletzt zu endigen.

Christine lernte im Kloster, dass Männer viele Seiten an sich hatten und man ihnen nicht vertrauen kann. In Wirklichkeit verweigerte sie in den wichtigsten Momenten ihres Lebens darauf zu hören. Sie hörte nicht als man sagte, dass sie sich nicht mit dem Sohn des Gärtners im Kloster verwickeln soll. Als sie dann verwiesen wurde verließ er sie ohne Begründung. Sie hörte auch nicht als man ihr sagte, dass sie sich auf dem Berg auf Claudio einlassen solle. Stattdessen bevorzugte sie sozialen Vereinbarungen und Angst zu folgen. Beide Male wollte sie nicht auf ihr Herz hören, sie wurde behindert. Christine vereinbarte einen Pakt mit sich selbst und akzeptierte bei der nächsten Möglichkeit auf es zu hören. Vater Chiavaretto Messe bewies hilfreich zu sein.

Sucavão

Es war ein ruhiger Donnerstagmorgen. Am Tag zuvor füllte ein sintflutartiger Regen die Flüsse und Bäche. Der Ort war voll von Badegästen aus der ganzen Region den Spaß im Mimoso Fluss hatten. Währenddessen ging die Gruppe junger Freunde, die von Claudio geführt wurden, zu Christines Haus. Sie würden sie fragen, ob sie mit ihnen auf einen weiteren besonderen Ausflug gehen möchte. Sie kamen am Haus an und klatschten ihre Hände zusammen, um gehört zu werden. Gerusa, das Dienstmädchen, öffnete die Tür.

"Was wollt ihr?

"Wir sind hier, um zu Christine zu sprechen. Ist sie Zuhause?

"Ist sie. Wartet einen Moment. Ich rufe sie.

Einige Momente später erscheint eine lächelnde Christine und ist bereit mit ihnen zu reden.

"Gerusa sagte mir, dass ihr mit mir sprechen wollt. Über was?

Claudio, der Anführer der Gruppe, macht den Mund auf.

"Wir sind hier, um dich auf einen interessanten Ausflug mit uns einzuladen. Mit dem Regen von gestern sind die Flüsse und Bäche der Region überflutet. Das ganze Dorf freut sich darüber. Bei dem Freixeira Velha Bauernhof ist ein spezieller Ort, den wir dir zeigen wollen. Was sagst du?

"Wenn ihr mir versprecht, dass es keine Überraschungen wie beim Picknick geben wird, gehe ich mit.

"Es wird keine geben. Du wirst begeistert von dem Ort sein. (Fabiana)

"Wir versprechen dir einen ganz besonderen Morgen zu bereiten. (Rafael)

Die anderen Mitglieder der Gruppe ermutigen Christine auch zu akzeptieren und sie stimmt schließlich zu. Trotz allem tat sie nichts Wichtiges zurzeit. Ein bisschen hinauszugehen würde ihr helfen besser einige Ideen zu reflektieren. Mit Christines Zustimmung begann die Gruppe in eine Richtung zu laufen die sie bisher ignoriert hatte. Claudio bot ihr seinen Arm an und sie nahm an, dem Instinkt ihres Herzens folgend. Sie lernte das vom Priester. Körperlicher Kontakt lies Christine in andere Paralleluniversen eintauchen die weit hinter der Vorstellung eines normalen menschlichen Wesens lagen. In diesen Plätzen war kein Platz für irgendwen außer für sie und ihren Liebhaber. Sie war verheiratet mit mindestens sieben Kindern, alle von Claudio. Ihren vorurteilenden und moralisch instabilen Eltern fehlte es an Stärke, sie zu in ihrer eigenen Vorstellung zu beeinflussen. Wenn der Berg von Ororubá wirklich heilig wäre, würde er mit ihrer Bitte fortschreiten und diese Pläne eine Realität machen. Obwohl das aus zwei Gründen fast unmöglich ist. Erstens, weil sie die Tochter einer Mutter ist, die noch immer Hoffnungen beherbergt, dass sie eine Nonne wird. Zweitens, weil sie einen Vater hat, der für sie eine Zukunft plante (in seiner Vorstellung eine Glückliche), durch das Heiraten von jemandem auf ihrem sozialen Level. Dazu kam, dass beide extrem vorurteilend sind.

Die Gruppe bleibt stehen damit jeder etwas trinken kann. Claudio würde Christines Hand nicht für einen Moment loslassen. In seiner Vorstellung wäre Christine die einzige, er sah wie, sie verbunden sind. In dem Moment, in dem er sie traf änderte sich sein Leben. Er begann weniger Aufmerksamkeit dem Trinken und dem Rauchen zu schenken. Er hörte praktisch damit auf. Seine Freunde bemerkten auch Veränderungen. Er wurde ein Charismatischerer und heitererer Mann. Er beschwerte sich nicht mehr über die Arbeit oder Rechnungen. Er wurde von Gottes Liebe erleuchtet. Für Christine war er willig alles zu tun: Dem gefürchteten Major und seiner Frau gegenüberzutreten; der öffentlichen Meinung gegenüberzutreten; wenn nötig Gott und der Welt gegenüberzutreten. Er lernte wahre Liebe kennen, nicht wie zu den anderen Malen als er jemanden traf.

Die Gruppe beschleunigte und nach ungefähr zehn Minuten erreichten sie den Frexeira Velha Bauernhof. Sie gehen nach rechts und laufen einige weitere Meter, bis eine Abkürzung sie zum Rand einer Bahnlinie führt. Sie erreichen endlich ihr Ziel und Christine ist begeistert. Sie steht einem in Stein gemeißelten natürlichen Schwimmbecken gegenüber, das einen kleinen Bach übersieht.

"Das ist also was ihr mir zeigen wolltet. Es ist sensationell!

"Wir wussten, dass es dir gefallen wird. Es ist ein toller Ort, um sich ein wenig auszuruhen. Es heißt Sucavão. (Claudio)

Sie rennen alle zu diesem Wunder der Natur. Claudio entfernt sich ein wenig von Christine und beginnt wie verrückt im Wasser herumzuspringen. Er taucht und bleibt für einige Sekunden untergetaucht. Christine sorgt sich und sucht nach ihm im Becken. Als sie es am wenigsten erwartet halten sie zwei feste Arme fest und Claudio taucht wieder auf und umarmt sie.

"Hast du nach mir gesucht?

Christine sagt nichts und ruht ihren Kopf auf Claudios Schulter aus. Er fühlt den Moment und bewegt sich näher an sie. Seine hartnäckigen Lippen suchen nach den ihren. Die zwei finden sich und bescheren sich einen Sturm aus Applaus. Christine und Claudio drehen sich zu den anderen und lachen. Ihre Beziehung war bestätigt. Jeder erfreut sich weiter am Schwimmbecken. Claudio und Christine bewegen sich nicht von dem jeweils anderen weg. Die Gruppe verbringt den ganzen Morgen in Sucavão und geht dann später wieder nachhause.

Der Markt

Ein sehr sonniger Mittwochmorgen erscheint und Christine wachte gerade auf. Sie steht auf und nimmt ein Bad. Sie geht ins Badezimmer, schaltet den Wasserhahn ein und das kalte Wasser überflutet ihren ganzen Körper. In diesem Moment reist ihr Verstand und landet genau am Ereignis des vergangenen Tages. Sie denkt an Claudios Umarmung und den Kuss. Der anfängliche körperliche Kontakt macht ihr noch klarer was sie für ihn empfand. Es war etwas wirklich Dauerhaftes. Sie schaltet das Wasser aus, seift sich ein und Angst beginnt sich in ihren intimen Gedanken breitzumachen. Was würde aus ihnen werden, wenn ihre Eltern es herausfinden würden? Würde Liebe stärker als Vorurteile und gesellschaftliche Konventionen sein? Hat der Berg echt auf ihre Bitte geantwortet? Die Antwort auf all diese Fragen wusste sie nicht. Das Einzige, was die beiden machen konnten, war den Moment zu genießen und zu hoffen, dass er für immer hielt.

Sie schaltet das Wasser wieder ein und die vorherige Angst verschwindet. Sie war bereit für diese Liebe zu kämpfen, auch wenn es ihr teuer zu stehen käme. Das Wasser des Hahnes ließ sie sich an das Sucavão erinnern und wie magisch der Ort war. Sie denkt, dass jeder wie der fließende Fluss sein soll, der sich selbst komplett seinem Ziel hingibt. So würde sie in Bezug auf ihre Liebe, Claudio, handeln. Das kalte Wasser beginnt sie zu stören und sie entscheidet sich es auszuschalten. Sie nimmt zwei Handtücher und trocknet sich ab. Nach dem sie sich völlig abtrocknete zieht sie sich an und geht in die Küche um zu Frühstücken. Nach dem sie dort ankommt findet sie Gerusa auf, die ihre Eltern bedient.

"Schon auf? Du siehst toll aus. Was ist passiert?

"Nichts Mutter. Ich hatte nur eine gute Nacht.

"Meine Tochter ist ein braves Mädchen, Frau. Sie würde nichts tun, das gegen unsere Prinzipien verstößt. (Major)

Ein eisiges Kältegefühl reist durch Christines Körper und in diesem Moment scheint es, als ob ihre Eltern ihre Gedanken gelesen hätten. Sie entscheidet sich zu Schweigen um keinen Verdacht zu wecken.

"Was meinst du, sollen wir heute auf den Markt gehen? Ich brauche Früchte, Gemüse und Bohnen. (Helena)

"Ich würde gern mit dir gehen, Mutter.

"Ich kann nicht mitkommen. Ich muss mich um das Unternehmen kümmern. (Major)

Die beiden essen ihr Frühstück auf und gehen auf den Markt. Der Mimoso Markt wurde ein großes Ereignis, das Besucher aus der ganzen Region köderte. An diesem Tag war er äußerst belebt und der Handel erblühte. Christine und Helena näherten sich Olivias Fruchtstand und in diesem Moment scheint es, als ob sich die Himmel in Austausch für den Blick zwischen Christine und Claudio kreuzen würden.

"Du, hier in der Gegend? Das habe ich nicht erwartet. (Christine)

"Meine Mutter ließ mich für ihr Zelt zuständig sein. Was würde ein Kind nicht für seine Mutter tun? Wie geht es dir?

"Ganz gut.

"Ich wusste nicht, dass ihr so gute Freunde seid.

Christine umschleiert ihre Gefühle für Claudio ein wenig und antwortet:

"Er ist Teil der Gruppe mit denen ich rausgehen und abgesehen davon, er ist mein Arbeitskollege, hast du das schon vergessen?

"Ach ja. Der Steuereintreiber.

Claudio zwinkert Christine zu, als ein Zeichen der Komplizenschaft. Die beiden mussten es vortäuschen, bis der richtige Zeitpunkt da ist. Claudio fragt:

"Was wollen Sie haben?
"Ich will zwei Dutzend Bananen, drei Papayas und sechs Mangos. (Helena)

Christine schenkt jedem Detail der Männlichkeit ihres Liebhabers Aufmerksamkeit und ist beeindruckt. Sie hatte keine Zweifel: Er war der Mann, den sie wollte, ganz gleich wie viele Hindernisse sie zu überkommen hatte. Sie hat gelernt, im Kloster, dass ein Gewinner jemand war, der den Mut hatte sich zu trauen. Claudio gibt ihnen die Früchte und Christine und Helena gehen zu einem anderen Stand. Der Markt wird bis zwei Uhr nachmittags geöffnet sein.

Der Fall der Kuh

Major Quintino, als einer der Pioniere der Region, wurde ein reicher Plantagen Eigentümer und folglich einer der größten Viehzüchter der Region. Eines Tages kreuzten seine Mitarbeiter mit dem Vieh die Bahngleise, um auf einen anderen Teil des Grundes Zutritt zu haben. Zufälligerweise erschien ein schneller Zug zum gleichen Zeitpunkt am Horizont. Die Arbeiter hetzten die Kreuzung und der Zugschaffner versuchte stehen zu bleiben, aber ohne Erfolg. Eine der Kühe wurde von Zug erwischt und starb in der Folge. Der Fahrer setzte seine Fahrt weiter und die Arbeiter waren entsetzt. Sie kamen zusammen und entschieden sich, alles dem Major zu erzählen.

Als der Major die Geschichte hörte, befahl er seinen Mitarbeitern einen riesigen Stein auf die Gleise der Eisenbahn zu legen. Zur selben Zeit blieb der Major sitzen und wartete auf den Zug. Er erschien zum richtigen Zeitpunkt am Horizont und als der Lokführer den Stein bemerkte versuchte er stehen zu bleiben und keinen Unfall zu verursachen. Zum Glück war er erfolgreich darin und niemand wurde verletzt. Der Fahrer war verärgert, stieg aus dem Zug aus und fragte:

"Wer hat diesen Stein in die Mitte der Eisenbahnschienen gelegt?
In diesem Moment nähert sich ihm der Major und erkundigt sich:
"Wie heißen Sie, Herr?

"Mein Name ist Roberto. Sagen Sie mir, wer lag diesen Stein in meinen Weg?

"Es waren meine Männer, die ihn dort hin bewegten. Ich sehe, dass Sie heute dazu in der Lage waren, den Zug zum Stoppen zu bringen. Trotzdem, gerade erst gestern, Herr, waren Sie nicht erfolgreich und fuhren eine meiner Kühe an.

"Das war nicht meine Schuld. Der Zug kam mit voller Geschwindigkeit und als ich die Kuh bemerkte war es zu spät.

"Ihre Entschuldigungen helfen mir nicht. Keine Sorge: Ich werde Sie vor ihren Autoritären nicht bloßstellen oder sie dazu zwingen für die Kuh aufzukommen. Stattdessen, morgen beginnend, werden sie jedes Mal, wenn sie durch dieses Dorf fahren, verpflichtet sein vor meinem Haus stehen zu bleiben und zu fragen, ob jemand aus meiner Familie reisen möchte. Wenn das der Fall ist, werden Sie so lange warten bis wir bereit sind. Wenn nicht können Sie Ihre Reise fortsetzen. Sind wir uns einig?

"Ich schätze ich habe keine Wahl. Gut.

Der Major befällt seinen Arbeitern den Stein zu entfernen, so dass der Zug weiter seines Weges fahren kann.

Die Presse

Major Quintino war in der ganzen Region bekannt für seine Foltermethoden. Die bekannteste davon war ohne Zweifel die gefürchtete Presse. Es war ein Eisen Instrument mit fünf Ringen, einer davon für den Hals, zwei für jede Hand und zwei für jedes Bein. Die Feinde des Major wurden in der Presse ausgepeitscht, oft bis zum Tot.

Einmal wurden dem Major drei Pferde gestohlen und der Dieb wurde von einem seiner Arbeiter gesehen. Der Dieb verschwand für einige Zeit und der Major missglückte dabei, ihn zu Orten. Als der Fall geschlossen war entschied sich der Dieb zurückzukommen und wurde gesehen, wie der um Mimoso spazierte. Der Major wusste sofort, dass es er war und schickte seine Arbeitnehmer ihn festzunehmen. Der Dieb wurde gefasst und in die Presse gesteckt. Gefoltert und niedergemacht gestand der Dieb die kriminelle Tat und sagte, dass er die Pferde verkaufte, um Geld zu bekommen. Der Dieb erlag seinen Verletzungen und starb. Die Arbeiter des Majors nahmen den Körper und begruben ihn. Er war eines der Opfer dieses altertümlichen Systems der Gesellschaft; einem System, das schon vor dem Urteil tötet.

Nachricht

Schon seit einigen Wochen trafen sich Christine und Claudio geheim. Die beiden sahen sich gegenseitig alle fünfzehn Tage bei der Arbeit oder in anderen Situationen mit ihrer Gruppe von Freunden. Diese Treffen wurden von den beiden gut genutzt, um Liebkosungen und Küsse auszutauschen als niemand zusah. Trotz allem war diese Situation nicht bequem für Claudio. Er fühlte sich noch immer unwohl mit Christines Beschluss, niemandem von ihrer Beziehung zu erzählen. Er wollte es entlüften und der ganzen Welt erzählen wie froh und erfüllt er sich fühlte. Dazu rief er Guilherme (ein Straßenkind) und gab ihm einen Zettel, an Christine adressiert. Der Junge führte es schnell aus.

Guilherme erreichte Christines Haus, klatscht in seine Hände und schreit, um gehört zu werden. Gerusa kommt zu Tür.

"Was willst du, Junge?

"Diese Nachricht ist für Frau Christine. Können Sie sie bitte rufen?

"Du kannst sie mir geben. Ich bin vertrauenswürdig.

"Nein. Diese Nachricht muss eigenhändig zugestellt werden.

Widerwillig ruft Gerusa Christine. Eine riesige Neugierigkeit baute sich in ihrem Verstand auf. Sie war seit zehn Jahren die Haushälterin der Familie und ihrer Meinung nach passierte noch nie etwas in diesem Haus, das an ihr vorbeiging. Seitdem Christine ein Kind war, kümmerte sie sich um sie und ihre Interessen mehr als ihre Mutter. Sie würde daraus nicht ausgelassen werden. Christine ist in ihrem Zimmer und als sie die Nachricht hört geht sie schnell zum Jungen. Sie nimmt die Nachricht und Gerusa begleitet sie. Sofort schließt sich Christine in ihrem Zimmer ein und lässt eine beklommene Gerusa zurück. Sie fühlt sich ungewürdigt von Christine Attitüde. Die Jahre der Gemeinschaft und Komplizenschaft zerfielen in diesem Moment in Staub. Nach allem, was könnte so wichtig sein, dass Christine es verstecken wollen würde?

Sitzung

Mit ihrem rasenden Herzen begann Christine die von Claudio geschriebene Nachricht zu lesen. In ihr lädt er sie zu einem Treffen ein, das in seinem Zuhause gehalten wird, ein. Christine zweifelt und denkt, dass es risikovoll sein könnte dorthin zu gehen. Die bösen Zungen des Dorfes könnten Verdacht über die beiden schöpfen und diese Nachricht könnte direkt bei ihren Eltern landen. Sie wollte die Beziehung erhalten. Auf der anderen Seite wollte sie Claudio nicht wehtun und keine Entfremdung zwischen ihnen provozieren. Die Gefühle, die sie für ihren Liebhaber hatte, waren wichtiger. Sie denkt ein wenig nach und entscheidet sich zu gehen. Sicherlich war es Wert es für ihre wahre Liebe zu riskieren. Die Konsequenzen, sofern es welche geben würde, würden sie zusammen ausbaden.

Christine macht sich bereit und geht ohne Erklärung an Gerusa oder irgendjemanden anders. Ihr Verstand wandert an Orte die unbekannt für jeden sind, der nicht ihre Geschichte kannte. Sie denkt an das Kloster, den Sohn des Gärtners und ihren Liebhaber, Claudio. Das Kloster erschien als ein altes Bild, welches sie vergessen will. Dort, wo sie Latein lernte sowie die Grundsteine der Religion, den Respekt für Leute und die wahre Bedeutung des Wortes Liebe. Noch immer im Kloster erinnert sie sich an den Gärtnerssohn und die Wichtigkeit, die diese Entscheidung auf ihre Reife hatte und wie sie ihr Leben veränderte. Sie gab auf eine Nonne zu sein und nahm alle Konsequenzen daraus sowie die Enttäuschung und Missachtung ihrer Mutter. Sie denkt an Claudio und mit diesem Gedanken füllt ein Lichtstrahl ihren ganzen Körper. Ihre Hoffnung ist, dass sie für immer zusammenbleiben, von ewiger Liebe unterstützt, auch wenn sie unüberwindbare Barrieren überwinden müssen. Das Picknick auf der Spitze des Berges schießt in ihren Kopf und wie glücklich sie waren, obwohl sie nicht zusammen waren. Sie erinnert sich an die Umarmung, den Kuss und den Wunsch, den sie auf dem Heiligen

Berg machte. Auf einer Weise begann ihre Bitte schon beantwortet zu werden, da sie und Claudio sich schon treffen. In die Kirche zu gehen und zu lernen was sie hatte half ihr, ihre Beziehung in Sucavão anzufangen. Der Magische Ort hatte die Macht zu verzaubern und zwei Herzen zusammen zu bringen. Sie lernte wie der fließende Fluss zu sein, sich selbst völlig dem Ziel, Claudio, hinzugeben. Für ihn entschied sie sich zu der Zusammenkunft zu gehen.

Christine beschleunigt ihre Schritte, getrieben von Neugier. Sie ist nur noch ein paar Meter entfernt von seinem Haus. Sie sieht sich um und stellt sicher, dass niemand sie verfolgt oder beobachtet. Der Instinkt des Selbstschutzes war stärker als alles andere. Jede Vorsichtsmaßname die genommen wurde war nötig in einer Beziehung, die noch nicht bestätigt war. Sie geht weiter und erreicht endlich Claudios Zuhause. Sie klopft an die Tür und wartet bis sie jemand öffnet. Die Tür öffnet sich und Claudio zieht sie hinein. Zu Christines Überraschung ist Claudios ganze Familie vereinigt.

"Hier ist meine Freundin, Christine, wie ich es versprochen habe. Wir treffen uns jetzt seit zwei Wochen. Das ist meine Mutter Olivia (er zeigte auf eine Frau mit starken Charakterzügen die ungefähr 50 Jahre alt scheint). Die anderen kennst du schon, Fabiana und Patricia und mein Vater, Paulo Pereira.

Christine ist atemlos während dieser Präsentation. Was machte Claudio? Hatte er nicht zugestimmt sich heimlich zu treffen? Verlegen begrüßt Christine jeden. Claudio setzt sie an den Tisch an dem jeder Sitzt.

"Willkommen in der Familie, Christine. Mein Mann und ich stimmen der Beziehung zu. Du bist ein ernstzunehmendes und vollkommendes Mädchen. (Olivia)

"Ich konnte diese Situation nicht mehr aushalten. Meine Eltern sollten das Recht haben das Mädchen meines Herzens zu treffen. (Claudio)

Angesichts dessen umschlang Claudio Christine in seine Arme und küsste sie.

"Ich sagte Christine schon, wie froh ich bin ihre Schwägerin zu sein. Dazu möchte ich sagen, dass ich deine Entschlossenheit und deinen Mut beneide. (Fabiana)

"Ich auch. Ich wünsche euch beiden viel Glück. (Patricia)

Paulo Pereira beginnt Cocktails zu servieren und Christine ist ein wenig verschlossen, obwohl sie froh ist. Die Konversation geht um Reisen und verschiedenen Themen und Christine ist im Zentrum der Aufmerksamkeit. Jeder komplementiert ihre Haltung und ihren Stil. Zeit vergeht und Christine bemerkt es nicht Mal. Nachdem sie sich kennengelernt hatten, verabschiedet sich Christine und Claudio begleitet sie zur Tür. Sie Umarmen und küssen sich bevor sie sich voneinander verabschieden. Claudios Gesinnung zeigte Christine, dass seine Absichten ernst und echt waren.

Beichte

Es war ein wunderschöner Donnerstagmorgen und Christine bereitet sich vor Vater Chiavaretto zu sehen. Sie ist in einer Schlange bestehend aus fünf Leuten. Angst, Nervosität und Zweifel erfüllten ihr gesamtes Wesen. Die Vorbereitungen, die sie vor ihrem Geständnis machte, zeigten keinen Effekt. Alles was sie als Sünde sieht kommt in ihre Gedanken: Unterlassungen, Fehler und ein Mangel an Vorsicht. Trotzdem war sie noch nicht sicher, ob sie überhaupt die ganze Wahrheit erzählen würde. Auf der anderen Seite würde sie, wenn sie es nicht machen würde, weiter in dieser Sünde bleiben. Die Nonnen im Kloster, wo sie drei Jahre verbrachte, waren ziemlich Streng in diesem Sinne. Die Schlange leert sich und Christine ist die nächste. Sie betritt den Beichtstuhl und kniet nieder.

"Gegrüßt seist Du, Maria, voll der Gnade.

"Empfangen ohne Sünde.

"Gestehe deine Sünden, meine Tochter.

"Gut, Vater, ich habe eine Sünde, die auf mir liegt. Seit einer Weile treffe ich den Steuereintreiber, Claudio. Dieses Geheimnis zerstört mich, Vater. Manchmal kann ich in der Nacht nicht schlafen. Trotz allem, wenn ich es sage, bin ich sicher, dass meine Eltern gegen die Beziehung sein werden, weil sie sehr voreingenommen sind. Was soll ich tun, Vater? Ich will mich nicht von Claudio trennen, weil ich ihn Liebe.

"Meine Tochter, du musst mir die ganze Wahrheit sagen. Nur dann kann ich dein Bewusstsein von Reue befreien. Erzähle es deinen Eltern und zeige ihnen deine Anschauungsweise. Wenn Liebe echt ist übersteht sie jedes Hindernis. Ich denke, ich werde dir eine Buße geben, um besser reflektieren zu können. Bete zehn Vater Unser.

Christine dankt dem Vater und erfüllt ihre Buße. Sie würde den Vorschlag, den sie erhielt, reflektieren.

Tratsch

Zu Claudios Haus zu gehen blieb nicht unbemerkt, genauso wenig wie er sie in der öffentlich behandelt. Beatrice, Claudios Nachbarin, war misstrauisch, dass der Besuch nicht nur ein freundlicher war. Daher entschied sie sich die beiden zu erkunden, um festzustellen, ob sie richtig in ihrem Verdacht lag. Letztendlich fand sie die ganze Wahrheit heraus. Für eine Weile blieb sie aus der Angst vor der Reaktion des Majors und seiner Frau still. Später hatte sie das Gefühl, dass die ganze Situation nicht gerade gerecht wäre. Mit einem Sinn für Gerechtigkeit entschied sie sich zum Haus des Majors zu gehen. Sie kommt an, klatscht in ihre Hände und trifft Gerusa.

"Was wollen Sie?

"Ich will mit dem Major und seiner Frau sprechen.

"Sie sind im Wohnzimmer. Kommen Sie rein.

Schnell kommt Beatrice in das Haus und steht vor den beiden.

"Guten Tag, Major Quintino und Frau Helena. Ich habe mit Ihnen über etwas Ernstes zusprechen. Ist Ihre Tochter Zuhause?

"Sie ging zur Beichte. (Helena)

"Noch besser. Ich will mit Ihnen über sie sprechen. Sie trifft sich heimlich mit dem Steuereintreiber, Claudio. Hier. Ich habe es gesagt.

"Was? Bist du verrückt, Frau? Meine Tochter ist ein gutes Mädchen. Sie würde nicht mit einem Jungen wie ihm etwas anfangen. (Major)

"Ich kann es auch nicht glauben. Ich will noch immer, dass sie eine Nonne wird. (Helena)

"Ich versichere Ihnen, dass was ich sagte, wahr ist. Ich sah die beiden mit eigenen Augen wie sie sich umarmten und küssten, ich schwöre es wie ich hier stehe.

"Dann hat sie uns betrogen. Sie liegt falsch wenn sie denkt, dass sie mit ihm zusammen bleiben wird. Ich würde weder meinen Namen noch mein Blut mit einem einfachen Pereira mischen. (Major)

"Ich kann es auch nicht glauben. Ich werde sie nicht heiraten lassen. (Helena)

"Gut, ich denke, ich habe meine Gute Tat geleistet. Ich kann Ungerechtigkeiten nicht ausstehen.

"Danke, dass du uns Bescheid gegeben hast. Ich werde es wieder gut machen.

Der Major erhebt sich und gibt Beatrice einen Batzen Geld. Sie geht glücklich und schweigend aus dem Bungalow, denkend, dass sie ihre Mission erfüllt hätte.

Reise nach Recife

Die Nachricht, dass sich Christine mit einem einfachen Steuereintreiber traf, hinterließ den Major nicht glücklich. Mit seiner verletzten Ehre plante er dieser ärgerlichen Situation ein Ende zu setzen. Er schickte dem Bürgermeister und dem Oberst von Rio Branco eine Nachricht, in der er sie zu einer Reise nach Recife einlädt. Die drei würden mit dem Gouverneur über das Geschäft, Politik und persönliches sprechen. Mit allem erledigt packte der Major seine Koffer, da er schon am nächsten Tag nach Recife fahren würde.

Der Tag startet und die Sonne ist heißer als nie zuvor. Der Major erwacht ohne Verspätung und nimmt ein Bad. Er geht ins Badezimmer, schaltet den Wasserhahn ein und das kalte Wasser flutet seinen ganzen Körper. Das kalte Wasser beruhigt sein Gewissen, doch sein Blut kocht noch immer. Er erinnert sich an Christine als sie noch ein Kind war. Sie war süß und empfindlich, wie eine Blume. Einmal spielte sie mit ihren Puppen und lud ihn ein mit ihr zu spielen. Er akzeptierte verlegen. Christine übernahm die Rolle der Mutter und er war die Vater-Puppe. Sie spielte lang und simulierten Konversationen und Situationen in der

Familie. Es gab einen Moment, in dem sie sagte: -Meine Puppe ist glücklich einen Vater wie dich zu haben. Es bewegte ihn sehr und er musste mit dem Spielen aufhören damit sie ihn nicht weinen sah. Was ist mit dem kleinen, sensitiven Mädchen? Wie konnte sie ihn so hintergehen? Als sie geboren wurde konnte er nicht bestreiten, dass er sich ziemlich nachteilig gefühlt hatte, weil sie weiblich auf die Welt kam. Das Beste für ihn wäre gewesen, wenn er einen Sohn gehabt hätte, jemand der ihm in der Tyrannei, politischen Macht und sozialen Prahlerei nachfolgen könne. Doch mit der Zeit bewies sie ihren Wert und gewann jeden in der Familie auf ihre Seite. Seine Pläne änderten sich dazu einen guten Schwiegersohn zu beschaffen, um sich um seine Tochter zu kümmern und ihm nachzufolgen. Diese Pläne schienen aber wegen der schlechten Nachricht, die er erhielt bergab zu gehen. Schnell schaltet der Major das Wasser aus und verlässt das Badezimmer. Er war in Eile, um seinen Plan umzusetzen.

Er begibt sich in die Küche und frühstückt. Er begrüßt seine Frau, doch tut so, als ob seine Tochter nicht sehen würde. Christine nützt die Initiative, um mit ihm zu reden, doch er antwortet ihr verbittert und trocken. Sie denkt, dass die Einstellung ihres Vaters komisch ist, bleibt aber leise. Der Major isst sein Frühstück, lässt sie wissen, dass er für einige Tage nicht da sein wird, steht auf und geht. Gerade aus dem Haus beginnt er einen Plan für seine Aktion zu schmieden: Als erstes würde er zur Polizeistation gehen und dann würde er den Zug nach Recife betreten. Seine Pläne wandeln sich in den Status des Majors um, unermüdlich, schwierig und enttäuscht. Er war unruhig was die Situation, in der er sich befindet: Er, Schwiegervater eines einfachen Beamten. Er war besorgt, weil er die genauen Ergebnisse, die er auf dieser Reise erzielen wird nicht weiß. Er war enttäuscht, weil er von seiner geliebten Tochter verraten wurde. Was könnte noch passieren? Er wusste es nicht. Einige Minuten später kann er die Polizeistation schon sehen und sein Hass wird sogar noch größer. Wer dachte sei dieser erbärmliche Schuldeneintreiber? Nicht einmal in seinen wildesten Träumen könnte er der Matias Familie beitreten. Das war eine Familie die traditionell war, die nahezu das ganze Land westlich von Pesqueira einnahmen. Wer waren die Pereiras? Nur eine einfache Händlerfamilie die nicht auf derselben Stufe wie seine

Tochter waren. Er würde zu seinen Lebzeiten nicht erlauben, dass sie zusammen sind.

Schließlich betritt der Major die Polizeistation und geht zum Büro des Abgeordneten Pompeu. Er nickt mit seinem Kopf und beginnt zu sprechen.

"Herr Pompeu, ich habe einen Auftrag für Sie. Ich will, dass Sie für mich einen Mann festnehmen.

"Wieso? Wer ist der Mann?

"Es ist ein Mann, der meine Tochter nicht respektierte. Sein Name ist Claudio, der Steuereintreiber.

"Claudio? Er scheint ein netter Junge zu sein.

"Das dachte ich auch. Trotzdem, er war mit seiner Attitüde respektlos mir gegenüber. Von heute an ist er mein Feind und er muss für seinen Verrat zahlen. Ich will, dass Sie ihn sofort festnehmen und ihn bis ich es sage nicht freilassen.

-"Gut, ich mache es. Meine Männer werden ihn heute noch einsperren.

"Das wollte ich hören. Du bist ein guter Freund, Pompeu. Wer weiß, wenn ich der Bürgermeister bin, könnten Sie mein Sekretär werden.

"Zu diensten, Herr.

Die beiden trennen sich und der Major geht in Richtung des Bahnhofs. Ein Zug mit Ziel Recife würde in wenige Minuten losfahren. Die Schritte des Majors werden immer regelmäßiger und er fühlt sich besser. Der erste Schritt seines Planes war geschafft. Sein Feind würde schon in Kürze machtlos hinter Gitterstäben stehen. Christine würde damit leben müssen, dass er nicht mehr da ist. Der Major beginn in seinem Kopf den zweiten Schritt seines Planes zu entwerfen, einen Schritt, über den nur er und Gott Bescheid wissen. Er kommt beim Bahnhof an, kauft sich eine Karte, sagt Hallo zum Personal und besteigt den Zug.

Nachdem er in den Zug steigt, kreuzt er den Weg des Obersts von Rio Branco (Herr Henrique Cergueira). Er setzt sich neben ihn und freut sich, dass, der Oberst seiner Bitte nachkam. Sie sprechen und erinnern sich an ihre Tage als Entdecker. Sie erinnern sich an die Resistenz der Ureinwohner und wie grausam sie sein mussten, um das Land an sich zu reißen. Es waren Momente des Ruhmes für die zwei. Major Quintino und Bauer Osmar nahmen das Land an sich in der Mimoso Region und Oberst Henrique Cergueira nahm das Land in der Rio Branco Region, ein Dorf im Westen von Mimoso. Der Oberst erinnert sich, wie er es schaffte, eine Ureinwohner Familie davon zu überzeugen, dass er sie nicht verletzten wird. Die Zeit vergeht schnell für die zwei, die sich an die nicht solang vergangene Zeit erinnern.

Der Zug pfeift, um zu signalisieren, dass er stehen bleiben wird. Der Major und der Oberst gehen hinaus, um schnell etwas zu essen. Sie gehen dazu in eine Bar nahe der Pesqueira Bahnstation.

"Was wollen Sie haben, die Herren?

"Zwei Becher von dem guten Zeug das ihr dahabt und ein Teller des Rinderbratens. (Major)

"Gut, Major, du hast mich gebeten nach Recife zu gehen, hast aber nicht erklärt, wieso wir wirklich dorthin gehen.

"Ich habe meine Pläne, kann sie jetzt aber nicht erzählen. Ich muss ein Problem mit dem Gouverneur lösen und dann ein ernstes Gespräch mit dir führen.

"Kannst du mir keinen Hinweis geben?

"Nein. Nicht mehr wie ich schon gesagt habe.

Das Gespräch beruhigte sich und die beiden aßen ihr essen. Sie verlassen die Bar, gehen zurück zur Bahnstation und betreten wieder den Zug, weil er dabei ist loszufahren. Nach dem sie den Zug betraten war der Bürgermeister schon da. Der Major freut sich darüber, dass er auch seiner Bitte nachging. Sie verbleiben im selben Waggon und sprechen über ihre Familien, Fußballstars und Frauen. Als sie über ihre Familien sprechen nennt der Major seine Frau und Tochter die größten Schätze. Der Oberst spricht über seinen Sohn, Bernard, und seine Tochter Karina und garantiert, dass sie seine rechtmäßigen Nachfolger sein werden, wie in der Politik, so auch in ihrer Handelsweise. Der Mayor sagt, dass er keine Kinder hat, weil seine Frau unfruchtbar ist, nichtsdestotrotz ist er glücklich verheiratet. Über Sport sprechend benennen sie Sport Recife und Nautik als die besten Fußballvereine im Staat. Beim Thema Frauen behauptet der Major, dass er alle Arten liebt. Der Oberst sagt, dass er dunkelhäutige Frauen mit schlankem Körper bevorzugt. Der

Bürgermeister behauptet, dass er auf keine Frauen außer seiner Ehefrau schaut. Die anderen lachen über die Aussage. Sie reden weiter und die Zeit vergeht schnell. Der Zug macht noch einige Halte bevor er in seiner Endstation, Recife, ankommt.

Die drei kommen an und rufen sofort ein Fahrzeug, um sie an den Ort zu fahren, am dem der Sitz der Landesregierung ist. Im Auto stellt sich der Fahrer vor und fragt ein paar Fragen. Sie antworten, um das Gespräch am Leben zu halten. Der Fahrer spricht über Recife, die Brücken, Strände, Flüsse, Kirchen und weitere Sehenswürdigkeiten hervorhebend. Er schließt damit abzusagen, dass die Leute in Recife nett und gastfreundlich sind. Der Major schenkt der Konversation nicht viel Aufmerksamkeit, weil er auf seine Pläne fokussiert ist. Die Unterhaltung mit dem Gouverneur würde entscheidend für ihn sein. Einige Zeit später stoppt das Auto vor dem Palast und alle steigen aus.

Die drei gehen die paar Meter, die sie von dem Palast trennt und betreten durch den Haupteingang. Drinnen werden sie zur Regierung gewiesen und versprochen, dass der Gouverneur sie bald sprechen wird. Sie gehen in den Bereich und werden vom Gouverneur willkommen geheißen. Der Bürgermeister kümmert sich um die genauen Vorstellungen.

"Das ist Major Quintino, die größte politische Autorität der Region aus dem blühenden Dorf Mimoso. Und das hier ist der Oberst von Rio Branco (Henrique Cergueira), ein wichtiger Vorreiter der Region westlich von Pesqueira.

"Ich habe von Mimoso gehört. Der Ort wurde mit der Entwicklung der Eisenbahn ein wichtiger Handelsposten von Pernambuco. Was Sie betrifft, Oberst, Sie sind berüchtigt für ihre großen Erfolge. Es ist eine Ehre sie in diesem Gebäude zu willkommen, welches die Stärke unserer Leute und den Stolz auf unseren Staat repräsentiert. Wie kann ich Ihnen helfen?

"Der Major sollte es wissen. Er lud uns ein hierher zu kommen, ließ uns aber in der Unwissenheit zurück. (Oberst von Rio Branco)

"Es ist wahr. Was die nächsten Wahlen als Bürgermeister von Pesqueira betrifft, ich würde gerne, mit allem Respekt, Herr, wissen, ob sie mich als

Nachfolger unseres guten Freundes, Herr Horacio Barbosa, unterstützen würden.

"Was? Die Pesqueira Region hat viele Oberste. Einer davon sollte der Nachfolger sein.

"Keiner von ihnen hat meinen Scharfsinn oder politische Macht. Ich habe ein Folterinstrument namens Presse eingeführt das der absolute Terror für meine Feinde war. Ich bin nicht mehr länger nur ein einfacher Major. Herr Horacio und Herr Henrique, hier gegenwärtig, können das zu meinem Gunsten bezeugen.

"Es stimmt. Major Quintino sticht in der Stadt Pesqueira heraus. Er ist ein wichtiges Mitglied unseren Systems der „Obersten". Ich, als Oberst von Rio Branco, zeige ihm meine uneingeschränkte Unterstützung.

"Ich unterstütze ihn auch. Er war einer der ersten Pioniere unseres Landes in der Region von Mimoso. Seine Haltung gegenüber den Ureinwohnern war sehr wichtig und entscheidend. Er ist der Einzige, der mich als Bürgermeister ersetzen könnte.

"Gut, wenn ihr beide seiner Kandidatur zustimmt und sie bestätigt, werde ich nicht ablehnen. Ich werde ihn als den nächsten Bürgermeister von Pesqueira unterstützen.

Die drei applaudieren dem Gouverneur und Major Quintino zieht den Oberst von Rio Branco in ein anderes Zimmer. Sie würden ein privates Gespräch haben.

"Was wollen Sie mir sagen? Wieso haben Sie mich so gezogen?

"Ich habe Ihnen etwas anzubieten, Herr. Ich habe eine wunderschöne Tochter namens Christine und will, dass sie so schnell wie möglich heiratet. Ich dachte über mögliche Ehepartner für sie nach. Dann erinnerte ich mich an Ihren Sohn Bernardo und wie er Ihr rechtmäßiger Erbe ist, wie in der Haltung, als auf politisch. Ich denke, dass er genau zu meiner Tochter passen würde. Was sagen Sie? Es wäre toll, wenn wir beide unsere Familien vereinen.

Herr Henrique denkt für einen Moment nach und antwortet.

"Ich dachte auch darüber nach Bernardo zu verheiraten. Es kommt die Zeit, wenn ein Mann sich klar werden muss und Wurzeln legt. Ihre

Tochter wäre ein großer Vorteil für ihn. Trotzdem, war sie nicht dabei eine Nonne zu werden?

"Sie vergrub diese Idee schon. Meine Frau füllte ihren Kopf als sie noch kleiner war. Jetzt hat sie sich entschieden und ist bereit zu heiraten. Wann können wir die Hochzeit planen?

"Ich denke, dass ein Monat genug sein wird um sich um alle Abmachungen zu kümmern. Wir müssen eine große Feier haben und all unsere lieben Kollegen im System einladen.

"Natürlich. Alles für das Glück der beiden. Ich kann es nicht erwarten, bis mein Haus voller Enkelkinder ist.

Die beiden schütteln ihre Hände und kehren in das Büro des Gouverneurs zurück, wo sie auf den Mayor treffen. Sie sagen Lebewohl zur höchsten politischen Autorität und gehen in einem in der Nähe gelegenen Hotel. Sie würden zwei Tage in der Hauptstadt von Pernambuco verbringen, wo sie an Zeremonien teilnehmen würden und die Schönheit der Strände genießen.

Zurück ins Landesinnere

Die drei Reisenden aus dem Landesinneren verlassen das Hotel und die Einrichtungen der Hauptstadt von Pernambuco. Sie mieten ein Fahrzeug direkt zur Bahnstation. Kurz darauf erreichen sie ihren Zielort. Sie verlassen das Auto, kaufen sich ein Zugticket und steigen schließlich in den Zug ein. Sie setzten sich in den Bereich der ersten Klasse. Der Bürgermeister und der Oberst von Rio Branco starten zu sprechen, während der Major in Gedanken gefangen scheint, seine Überlegungen verstreut. Das Bild von Claudio und Christine kommt in seine Gedanken. Nein, sie könnten nie zusammen sein, weil sie in ganz verschiedene Welten gehören. Er zog seine Tochter nicht groß damit sie angestellt in einem Einzelhandelsgeschäft wird. Sie verdiente so viel mehr als das, weil sie die Tochter eines Majors war, der höchsten Politischen Autorität in der Mimoso Region. In seinem Kopf sah der Major Claudio im Gefängnis und es gab ihm ein seltsames Gefühl der Genugtuung. Wer sagte ihm ihn so zu hintergehen? Wer berechtigte ihn dazu zu denken, dass er so hoch träumen könnte? Er zahlte einfach nur den Preis seiner eigenen Verrücktheit. Der Major stellt sich die ganze Situation vor und hat keine bedauern. Trotz allem suchte er nach den Interessen seiner Tochter und ihrer Zukunft.

Der Zug rollt los und der Major tritt dem Gespräch mit den zwei Kollegen bei. Sie sprechen über ihre zukünftigen Projekte. Der Oberst von Rio Branco sehnt sich danach in einigen Jahren aus dem Dorf eine Stadt zu machen und dann unabhängig von Pesqueira zu werden. Er träumt davon Bürgermeister zu werden und gute Positionen für seine Familie und Freunde zu beschaffen. Der Bürgermeister spricht davon, die Politik zu verlassen und ein großer Grundbesitzer im Hinterland, in der Gegend von Vila Bela, zu werden. Er spricht davon, sich um Herden und Vieh zu kümmern und große Plantagen zu bepflanzen. Das Geld, das er durch Bestechungen erhielt, würde genug sein, um seine Pläne zu realisieren. Der Major ist anspruchsloser. Er will seine Tochter verheirate und mit Kindern sehen. Er zählt auch auf das Wort des Obersts, der versprach, ihn als Bürgermeister zu unterstützen. Die drei reden weiter und ein Arbeiter bietet ihnen Säfte und kleine Jausen an. Sie nehmen sie an. Die Zeit vergeht schnell und sie fahren durch alle großen Städte des Staates. Als sie in Pesqueira ankommen verabschiedet sich der Bürgermeister von ihnen und verschwindet.

Den noch verbleibenden Weg (15 Meilen) zwischen Mimoso und dem Hauptsitz fahren sie flüssig und sicher. Der Major und der Oberst von Rio Branco bleiben für den größten Teil des Weges still. Als der Zug in Mimoso einfährt verabschiedet sich der Major und steigt aus. Man sieht in seinem Gesicht wie froh er ist erfolgreich zurückgekehrt zu sein.

Arrangierte Hochzeit

Nachdem er die Beamten an der Station begrüßt hat, geht der Major zu seinem Haus. Er sieht Leute auf dem Weg, schenkt ihnen aber nicht viel Aufmerksamkeit, weil er darüber nachdenkt, wie er seinen Frauen am besten die Neuigkeiten klarmachen wird. Wie würde Christine reagieren?

Was würde seine geliebte Frau sagen? Die erste hinterging sein Vertrauen, indem sie sich mit einem einfachen Steuereintreiber traf. Die zweite wünschte sich noch immer, dass ihre Tochter eine Nonne wird. Ihn interessierte das nicht. Er war der Mann im Haus und die zwei würden mit seinen Entscheidungen leben müssen. Was er entschied war das Beste für die ganze Familie. Mit diesem Gedanken eilte der Major und kommt schon bald zu Hause an. Er öffnet die Tür und geht ins Wohnzimmer, wo aber niemand ist. Er ruft seine Tochter und seine Frau und sie antworten aus der Küche, schnell geht er dorthin.

"Ich bin aus Recife zurück. Wollt ihr mich nicht umarmen?

Christine und Helena befolgen warm die Bitte des Majors. Sie tauschen für eine Weile Zärtlichkeiten aus.

"Ich komme mit guten Neuigkeiten. Schaut, was für eine Ehre, ich hatte das Privileg mit dem Gouverneur in Person zu sprechen.

"Ich wusste schon immer, dass du ein toller Mann bist. Seitdem ich dich traf, warst du der Mann meines Lebens. Ein Mann mit Visionen und Erfolg. Du kauftest den Rang des Majors, wir zogen nach Recife und du hattest die gute Idee das Land westlich von Pesqueira zu ergattern. Seitdem hatten wir viele Erfolge. Ich bin stolz auf dich, Liebling. (Helen)

Der Major und seine Frau umarmen und küssen sich während Christine begeistert von der Szene ist. Sie will auch so glücklich wie ihre Eltern werden.

"Was für Neuigkeiten hast du, Vater? Ich kann es nicht erwarten.

Der Major bittet sie mit einem ernsten und mysteriösen Gesichtsausdruck sich hinzusetzen.

"Also, es gibt zwei große Ankündigungen. Die erste ist, dass der Gouverneur seine volle Unterstützung für meine Kandidatur als Bürgermeister von Pesqueira gibt. Das zweite ist, dass ich eine Hochzeit für dich geplant habe, Christine. Dein Mann wird der Sohn des wichtigen Obersts von Rio Branco sein. Er heißt Bernardo und er ist gleich alt wie du. Die Hochzeit wird in einem Monat sein.

Christine rinnt es kalt die Wirbelsäule entlang und ihr wird schwindelig. Hat sie richtig gehört? Das war wirklich schlimmer als jeder Albtraum.

"Was? Du hast eine Hochzeit für mich arrangiert? Das habe ich nicht erwartet. Vater, ich bin noch nicht bereit. Ich kenne diesen Typ nicht einmal, geschweige denn liebe ich ihn. Bitter vergib mir, aber ich werde ihn nicht heiraten.

"Ich bin auch dagegen. Ich träumte immer davon, dass sie eine Nonne wird. Ich habe noch immer Hoffnungen, dass sie zurück ins Kloster geht. Heiraten wird meine Tochter nicht glücklich machen.

"Es ist entschieden. Dachtest du ich werde es akzeptieren, dass du mit diesem Claudio herumflirtest? Nicht einmal in meinen wildesten Träumen würde er mein Schwiegersohn werden. Ich habe meine Tochter nicht großgezogen damit sie sich an jede dahergelaufene Person gibt. Was die Liebe betrifft, sorge dich nicht, sie kommt mit der Zeit.

Christine beginnt wegen der ganzen Situation zu weinen. Heißt das, dass er schon über sie und Claudio Bescheid wusste? Er hatte nichts gesagt.

"Vater, ich liebe Claudio von ganzem Herzen. Auch wenn ich nicht mit ihm Zusammensein werde, ich werde ihn nie vergessen. Diese Hochzeit, die du für mich planst, wird mir nicht mehr als Elend einbringen. Ich habe das Gefühl, dass das nicht gut enden wird.

"Ach was. Alles wird gut werden. Was Claudio angeht, er wird dich nicht mehr verletzten. Ich habe ihn... aus dem Verkehr gezogen.

"Was hast du mit ihm gemacht?

"Ich bat den Abgeordneten Pompeu ihn festzunehmen. Dort wird er den Tag, an dem er dich anfasste, bereuen.

"Du bist ein herzloses Monster. Ich hasse dich!

Christine verlässt die Küche und schließt sich in ihrem Zimmer ein. Sie würde für den restlichen Tag für ihre unmögliche Liebe weinen.

Besuch

Die Ankunft eines neuen Tages wirkt auf Christine nicht belebend. Sie wachte gerade auf, blieb aber bewegungslos im Bett. Der letzte Tag war verheerend in ihrem Leben. Mit der Nachricht der arrangierten Hochzeit wurden ihr Herz und ihre Hoffnungen, jemals glücklich zu sein, zerbrochen. Sie konnte nur an Claudio und seine Leiden denken. Sie versucht aufzustehen doch ihr geschwächter Körper weigert sich dazu. Sie versucht es ein, zwei, drei Mal, bis sie es schafft. Sie sieht in den Spiegel und sieht eine gefällte und geschlagene Christine. Was würde aus ihr werden? Könnte sie den Ekel, den sie für den Fremden, den sie heiraten wird, empfand, verstecken. Am Ende zerstörte er eine wunderschöne Liebesgeschichte. Sie dachte nach und änderte ihre Meinung. Sie zwei sind nicht schuld daran. Das veraltete System, das sagt, dass, Eltern für ihre Kinder Hochzeiten abmachen sollen, ist daran schuld. Wo war die vergötterte Freiheit, die in der Französischen Revolution erreicht wurde? Sie existierte einfach nicht in Brasilien. Gleichheit und Brüderlichkeit waren entfernte Ziele, die erreicht werden mussten. In einer Welt, in der Oberste und Autoritäre alle Regeln festsetzen, war kein Platz für Menschenrechte.

Christine geht vom Spiegel weg und entscheidet sich dazu ein Bad zu nehmen. Vielleicht könnte kaltes Wasser ihre Nerven und Stimmung heben. Mit dieser Hoffnung bewegt sie sich ins Bad. Ungefähr zwanzig Minuten später kommt sie wieder aus dem Bad und sieht schon ein bisschen besser aus. Wasser hatte wirklich die Macht, ihre Stärken wiederzuerwecken. Sie trocknet sich ab und legt eine schöne Kluft an. Kurz darauf geht sie in die Küche, um zu frühstücken. Sie findet ihre Mutter auf, die von Gerusa bedient wird.

"Wo ist Vater?

"Er ging schon früher. Er wollte Vieh von der nahegelegenen Farm kaufen. Später hat er ein Geschäftstreffen in der Bewohnergemeinschaft. (Helen)

"Ist er immer noch auf die Idee, mich zu verheiraten, fixiert?

"Er war sehr klar gestern. Deine Hochzeit ist für nächsten Monat angesetzt. Wenn ich du wäre, würde ich lernen damit klarzukommen, weil er seine Meinung nicht ändern wird.

"Du, meine Mutter, könntest dich nicht für mich einsetzen? Diese Hochzeit wird nichts Gutes für unsere Familie bringen.

"Ich will mich nicht mit deinem Vater anlegen. Unsere Ehe hielt so lang, weil ich wusste wie man achtsam und gehorsam ist. Wenn du auf mich gehört hättest und im Kloster geblieben wärst hättest du diese Situation jetzt nicht. Du wärst genau in diesem Moment in voller Kommunion mit unserem Herrn Jesus Christus.

"Ich wollte nicht deinen Traum träumen, Mutter. Ich habe mein eigenes Leben. Es gibt viele Wege, um unserem Herrn Jesus Christus zu dienen.

"Dann frag mich nach nichts.

Christine war still und beendet ihr Frühstück. Sie steht auf und lädt Gerusa ein sie auf ihrem Spaziergang zu begleiten, sie akzeptiert bereitwillig. Die beiden gehen, damit Helena nicht Verdacht schöpft. Als sie aus dem Haus sind gibt Christine Anleitungen an das Hausmädchen weiter. Sie stimmt zu und sie laufen weiter auf ihrem Spaziergang. Die nähern sich der Polizeistation, wo Christine beabsichtigt, auch wenn es nur kurz ist, ihre große Liebe, Claudio, zu sehen. Sie war erschüttert über die Gräueltaten zu denken die man ihm antut. Sie eilt ihre Schritte und freut sich ihn zu sehen. Sie hatte die Momente auf dem Berg oder in Sucavão vergessen, wo sie sich völlig an ihn abgab. Ihr Vater könnte sie an einen anderen Mann verheiraten, doch es würde die Gefühle, die sie für ihn in ihrem Herzen trug, nicht töten. Nicht Mal wenn er es wollte, er würde es nicht schaffen.

Schon bald erreichen sie die Polizeistation. Christine befielt Gerusa draußen zu warten und sie geht in das Büro des Abgeordneten.

"Was für ein wunderschöner Morgen, Frau Christine, was brauchen Sie?

"Ich will mit dem Insassen, Claudio, sprechen.

"Es tut mir leid, aber ich habe strenge Anordnungen, dass er von niemandem Besucht werden darf. Übrigens, seine Eltern waren hier und ich musste sie auch wegschicken. Niemand darf ihn besuchen.

"Sie wissen ganz genau, dass sein Arrest illegal ist. Wenn die Autoritäten der Gemeinde das herausfinden, haben Sie große Probleme.

"Um ehrlich zu sein, die einzige Autorität, die ich kenne ist Ihr Vater, der Major. Der Mann ist schlimm, wenn Sie mir verzeihen, dass ich das gesagt habe.

"Sie verstehen mich nicht. Ich will ihn jetzt sehen, oder werden die die Bitte der Tochter des Majors ablehnen?

Abgeordneter Pompeu dachte darüber für eine Weile nach und entschied sich es nicht zu riskieren. Er rief einen seiner Untergeordneten und befahl ihm Claudio allein mit Christine in einem reservierten Raum zu lassen. Die beiden umarmten und küssten sich lange.

"Wie geht es dir? Tun sie dir weh?

"Ich werde zusammengeschlagen. Weg von dir zu sein ist die größte Folter von allen. Die Behandlung und das Essen sind nicht gut, aber ich lebe noch. Du hattest Recht, Christine; deine Eltern sind sehr voreingenommen.

Christine reicht Claudio ihre Hand und bemerkt, dass Narben seines Leidens sichtbar sind. Ein Schauer rennt durch ihren Körper und sie beginnt zu weinen.

"Wieso musste das alles passieren? Wieso können zwei Menschen nicht das Recht haben sich frei zu lieben? Und die Bitte die wir den Berg fragten? Wird sie eines Tages erfüllt werden?

"Ich habe Vertrauen in Liebe und den Berg, Christine. Solange wir lebendig sind ist Hoffnung da, egal wie klein. Wir gingen in die Höhle der Verzweiflung, auch wenn nur in unserer Vorstellung, und wir überkamen Hindernisse und Fallen. Die Höhle schafft es die tiefsten Begehren wahr zu machen.

"Ja, das stimmt. Oft, in meiner Vorstellung, bin ich in Paralleluniversen gegangen in denen nur wir beide leben. Ich sehe mich selbst mit dir verheiratet und mit deinen sieben wunderschönen Kindern.

"Genauso. Trotzdem, du hättest nicht so viel riskieren sollen und hierherkommen. Dieser Ort befleckt deine Schönheit. Mir wird es gut gehen, keine Sorge. Wenn du einen meiner Elternteile siehst, bitte sag ihnen, dass ich sie vermisse.

"Ich nahm die Chance wahr, weil ich dich liebe. Vergiss das nie. Ich werde an den heiligen Sebastian beten, der mutige Soldat, und bitte ihn um deine Freiheit.

"Danke. Ich liebe dich auch.

Die beiden umarmen und küssen sich und verabschieden sich. Die Zeit war vorüber. Nach dem Verlassen des Raumes dankt Christine dem Abgeordneten und geht. Gerusa ist draußen, wartend. Christine gibt ihr noch mehr Anweisungen und sie gehen zurück nachhause.

Die Tracht Prügel

Major Quintino ist in einem Geschäftstreffen im Gebäude der Bewohnergemeinschaft. Er gestikuliert, schlägt Vereinbarungen vor und hört Beschwerden von den Mitgliedern der Gemeinschaft an. Sein Rang als Major gibt ihm das Recht das letzte Wort zu haben. Mitten in der Zusammenkunft kreuzt der Abgeordnete Pompeu auf und bittet um fünf Minuten seiner Aufmerksamkeit. Er entschuldigt sich und verlässt die Gemeinschaft kurz, um mit ihm zu sprechen.

"Was ist so wichtig, dass Sie mein Treffen stören müssen? Konnten Sie nicht später mit mir sprechen? (Major)

"Ich kam, um Sie zu informieren, dass Ihre Tochter bei der Polizeistation war und darauf bestand, den Häftling Claudio zu sprechen.

"Was? Sie haben es ihr nicht erlaubt, oder?

"Sie bestand sehr darauf, ich habe nachgegeben. Trotz allem ist sie Ihre Tochter.

"Sie sind wirklich inkompetent. Habe ich nicht den Befehl gegeben, dass ihn niemand besuchen darf? Der einzige Grund, aus dem sie nicht sofort von Ihrem Posten entfernt werden ist, weil sie schon von großer Bedeutung für die Gemeinschaft waren. Von heute an darf er keine weiteren Besucher mehr bekommen, nicht einmal wenn es der Papst persönlich ist. Meine Tochter hat mich schon wieder enttäuscht. Ich muss ernsthaft etwas unternehmen.

"Ich werde Ihrer Bitte nachkommen, Herr. Danke, dass Sie mich nicht gefeuert haben.

"Sie können wegtreten. Ich habe genug gehört.

Der Major verabschiedet sich vom Abgeordneten und geht zurück zum Gemeinschaftsgebäude, um sie wissen zu lassen, dass er gehen wird. Ein Paar Leute regen sich auf, doch es interessiert ihn nicht. Fassungslos kehrt er nach Hause zurück wo ihn Christine, unschuldig, erwartet. Böen von Gedanken füllen den verwirrten Verstand des Majors. Er denkt an den Verrat von Christine und sein Blut kocht noch mehr. Mit wem, dachte sie, würde sie sich anlegen? Mit einem netten und liebenden Vater? Sie wartete nicht einmal auf die Reaktion des Majors. Er erinnert sich an Christines Reaktion, nachdem er ihr von der Hochzeit erzählte und wie sie es missverstand. Der Eifer für seine Familie und der Zukunft seiner Tochter nahm den ersten Platz für ihn ein. Er würde über jedes Hindernis klettern, um seine Ziele zu erreichen. Auch wenn das bedeuten würde, dass er die Liebe und Zuneigung seiner einzigen Tochter verlieren würde. Sie würde ihm später, in der Zukunft, dafür danken. Einige Zeit später erreicht der Major sein Zuhause, öffnet die Türe und tritt ein. Die erste Person, die er sieht ist seine Frau, Helena.

"Wo ist Christine?

"Sie ist in ihrem Zimmer, sie ruht sich aus.

"Ruf sie sofort. Ich will mit ihr sprechen.

Helena klopft an die Tür ihres Zimmers und ruft sie. Einige Momente später erscheint sie und steht dem Major gegenüber.

"Mit dir will ich sprechen. Was ist das, was ich darüber hörte, dass du mit Claudio geredet hast? Verstehst du nicht, dass ihr zwei keine Zukunft haben werdet?

"Mein Herz sagte mir, dass ich ihn treffen soll und mich erkunden soll, wie es ihm geht. Du kannst mich zwar dazu zwingen einen anderen Mann zu heiraten aber nicht meine Gefühle für ihn ausradieren. Unsere Liebe ist unendlich.

"Du wirst dafür bezahlen, dass du dich gegen mich gestellt hast. Ich bin der Major, die höchste entscheidende Gewalt dieser Region, und nicht einmal meine eigene Tochter kann sich gegen meinen Willen stellen. Hör gut zu: Ab heute verbiete ich dir, ohne meine Erlaubnis hinauszugehen und ich werde etwas tun, was schon vor langer Zeit getan hätte werden sollen.

Der Major öffnet den Gürtel, der an seiner Hose ist und greift mit einer schnellen Bewegung seiner starken, maskulinen Arme Christine. Christine versucht zu entkommen, schafft es aber nicht. Erbarmungslos beginnt er sie ernsthaft zu schlagen. Christine schreit vor Schmerzen und ihre Mutter Helena versucht sie zu retten. Der Major bedroht sie und sie geht wieder. Er schlägt weiter zu und als er bemerkt, dass es genug ist, hört er auf. Christine fällt erschöpft und verwundet auf den Boden. Helena kommt zu ihrer Hilfe und der Major tritt zurück. Christine weint, aber nicht wegen den Schmerzen, sondern weil sie herausfand, dass ihr Vater ein herzloser Halunke ist. Sie bereut weder was sie tat noch die Liebe, die sie für Claudio empfand. Sie war willig für etwas, das sie als heilig ansah, zu leiden. Die Schläge und Drohungen des Majors hinderten sie nicht daran ihre wahre Liebe zu finden. Trotz allem, was für eine Bedeutung hätte das Leben, wenn sie die Hoffnung verlor, je glücklich zu sein? Für die Liebe würde sie, wenn nötig, ihr Leben riskieren.

Helena unterstützt Christine erst dabei eine Dusche zu nehmen und dann sich in ihrem Zimmer zu sammeln. Sie war nicht in der Lage irgendwen zu empfangen oder jeglichen Aktivitäten beizuwohnen.

Gerusa Cousine

Mimoso erhielt einen neuen Einwohner, der gerade an der Bahnstation ankam. Es war Clemilda, Gerusa Cousine. Eigentlich aus Bahia, war ihre Geburt von Mysterien umgeben. Sie wurde in genau demselben Moment geboren als ihre Mutter ein okkultes Tribut-Ritual durchführte. Seitdem sie auf die Welt kam zeigte sie eine gewisse natürliche Fähigkeit wenn es dazu kam, mit den Kräften umzugehen. Voller Angst vor ihren Gaben ließ ihre Mutter sie kurz darauf vor der Tür einer wohltätigen Einrichtung. Sie wurde von Mitarbeitern gerettet und wie ihre Tochter großgezogen. Seit ihrer Adoption begannen mystische Vorkommnisse in derselben Einrichtung vorzukommen. Gläser und Spiegel zerbrachen regelmäßig, Feuer brachen ohne sichtbare Gründe aus und das Geräusch von Klauen konnte auf dem Dach und den Fenstern gehört werden. In einem dieser Feuer war sie das einzige Kind, das entkommen konnte. Die Einrichtung wurde geschlossen und sie wurde wieder eine Waise. Sie wurde anschließend von einem Obdachlosen aufgezogen und begann,

Bagatelldelikte um zu überleben durchzuführen. Ihre Gaben wurden entdeckt und ihr Gönner nutzte sie für seinen Vorteil, um ein Vermögen anzuhäufen. Sie wuchs mit Betrügen, Stehlen und Manipulation von Lotterieergebnissen auf. Kurz darauf starb ihr Geldgeber und sie war von seinem Einfluss befreit. Sie war allein in Salvador. Dann entschied sie sich einen Brief an ihre Cousine, Gerusa, (die sie regelmäßig besuchte und die einzige ihrer Familie ist, die sie je getroffen hatte) zu schreiben und ihre Situation zu erklären. Sie lud sie ein, in Mimoso zu leben, wo sie als Hausmädchen in einem wohlständigen Haus arbeitete. Clemilda akzeptierte bereitwillig.

Jetzt war sie dort, an der Station, völlig von ihrer Entscheidung überzeugt und ermutigt. Sie würde ihren Plan umsetzten, wenn sie totale Kontrolle über die okkulten Kräfte haben würde. Mimoso würde ein idealer Ort für ihr Königreich der Ungerechtigkeit sein. Nachdem sie Mimoso einnahm, beabsichtigte sie die Welt an sich zu reißen. Doch damit das Passieren würde müsste sie die „Gegenkräfte" in Ungleichgewicht bringen müssen und sie für ihren Vorteil nutzten. Die Schritte, um das zu erreichen, bestanden daraus, Flüche anzuwenden, eine wahre Liebe zu verdrehen und eine Tragödie auszulösen. Mit allem komplettiert könnte sie die wahre Religion unterdrücken und alles kontrollieren.

Sie überprüft die Adresse, die in ihrem Brief steht und frägt eine Person in der Nähe, wie sie dorthin kommt. Sie wird von der Person angeleitet und beginnt zu laufen. Ihre Gedanken sind voll von negativer Energie und sie denkt nur an das Zerstören, Niedermachen und Irreführen. In ihrem Koffer hat sie in Orakel, welches zwischen ihr und dem Gott der Dunkelheit vermittelt. Sie erinnert sich an ihren ersten Kontakt mit der Unterwelt und wie froh und mächtig sie sich fühlte, weil sie so eine Meisterleistung erbrachte. Danach hatte sie zahlreichen Kontakt. Die letzte Nachricht, die sie erhielt, klärte sie über bestimmte Fakten, die ihr noch unbekannt waren, auf. Jetzt war sie bereit zu handeln und ihr Königreich der Ungerechtigkeit aufzubauen.

Sie läuft weiter und sieht schon bald ein wunderschöner Bungalow. Sie fühlt ein Gemisch aus Qual und leiden im inneren des Hauses. Sie lacht, weil sie Freude an der Situation hat. Sie läuft ein bisschen schneller und kommt bald zum Haus. Sie klatscht und schreit, um gehört zu werden. Einige Momente später kommt Gerusa, um die Tür zu öffnen.

"Meine Cousine, Clemilda. Wie gut es ist dich hier zu sehen.

"Ich kam vor einer Weile an. Hast du einen Platz für mich?

"Noch nicht. Der Major ist Zuhause und du kannst mit ihm persönlich sprechen. Bitte, komm rein.

Clemilda nahm die Einladung sofort an. Sie betritt das Haus (begleitet von Gerusa) und geht, um mit dem Major zu sprechen. Sie findet ihn im Wohnzimmer.

"Herr Major, das ist meine Cousine, Clemilda, aus Bahia. Sie kam, um mit Ihrer Gnade zu sprechen.

"Schön dich zu treffen. Ich heiße Quintino und wie du wahrscheinlich schon weißt bin ich die größte politische Autorität der Region. Was willst du?

"Meine Cousine Gerusa hat mich eingeladen hierher zu kommen und hier in Mimoso zu leben, weil ich allein in Salvador war. Ich wunderte mich, Herr, ob Sie mir einen Beruf beschaffen könnten, sowie einen Ort, um zu schlafen.

"Also, eines meiner Häuser ist leerstehend und sehend, wie du Gerusa Cousine bist und sie schon so lange hier mit uns ist, kann ich dir alles geben. Was den Beruf betrifft, mir kommt nichts ins Gedächtnis, aber wenn ich eine gute Möglichkeit erblicke, werde ich es dir mitteilen. War das alles? Gerusa wird die die Schlüssel zum Haus geben. Tatsächlich ist es ein riesiges Schloss. Ich denke, dass es dir gefallen wird.

"Das ist alles. Danke.

Froh darüber, eine Unterkunft bekommen zu haben geht die Hexe zu ihrem neuen Zuhause. Der nächste Tag würde der erste Tag ihres grausamen Planes sein.

Der „Segen"

Am Tag nach Clemilda Ankunft genießen die Anwohner des schönen

Bungalows ihr Frühstück. Christine vermeidet es mit ihrem Vater zu sprechen, weil sie noch immer verärgert wegen den Schlägen, die sie erhielt, ist. Helena und der Major sprechen unbehindert.

"Du meinst, dass der Junge nicht hierher kommen will, um unsere Tochter zu treffen? Das finde ich absurd. (Helena)

"Sein Vater bevorzugt es so. Es ist, um eine bestimmte Luft des geheimnisvollen aufrechtzuerhalten. Es ist eine Schande, dass unsere Tochter sich nicht an der Idee, verheiratet zu werden, erfreut. Ich würde alles dafür geben sie davon zu überzeugen, dass es das Beste ist. (Major)

"Vergiss es. Frag nicht nach dem Unmöglichen.

Gerusa überhört es und entscheidet sich, einzugreifen.

"Ich kenne jemanden der helfen könnte. Meine Cousine Clemilda hat Erfahrung mit Beziehungen.

"Ich denke es ist eine gute Idee. Gerusa, begleite meine Tochter zum Zuhause von Frau Clemilda. Wenn du Erfolg hast, werde ich dich belohnen. (Major)

"Ich werde nicht gehen. (Christine)

"Du musst es nicht wollen. Bring mich nicht dazu dich wieder zu schlagen. (Major)

Ein Schaudern läuft durch Christines Körper als sie sich an die Bestrafung erinnert. Sie war nicht bereit dieses Gefühl noch einmal zu fühlen. Sie stimmt zu, auch wenn es nicht ihr Wille ist. Sie erhebt sich vom Tisch und begleitet Gerusa. Die beiden verlassen das Haus und können Clemilda Unterkunft schon sehen, die nur auf der anderen Seite der Straße liegt. Christine fühlt ein Frösteln als eine Warnung, dass sie nicht gehen sollte. Trotzdem, die Angst vor ihrem Vater war größer und sie entschied sich zu schweigen. Die Paar Meter, die zur Residenz führen, sind geschafft. Gerusa klopft an die Tür, um bemerkt zu werden. Nach ein Paar kurzen Momenten erscheint Clemilda.

"Ich habe auf euch gewartet. Kommt rein. Du bist Christine, oder?

"Woher kennen Sie mich, Frau?

"Jeder spricht von dir. Sie reden über deine Schönheit und deine guten Gepflogenheiten. Ich nahm es nur an als du ankamst. Also, komm rein.

Gerusa und Christine treten ein und die Umgebung war voller negativer Stimmungen. Die Objekte, die früher die Horrorszenerie ausmachten, wurden schon von Clemilda entfernt.

"Ich brachte Christine mit mir damit du ihr empfehlen kannst, dass sie die Ehe, die der Major für sie ausmachte, akzeptieren soll. Sie steht der Idee resistent gegenüber.

"Okay, ich schätze, dass ich mit ihr sprechen kann. Gerusa, kannst du uns für einen Moment allein lassen? Übrigens, da ist ein Haufen von Dingen in der Küche die gewaschen werden sollten.

"Du änderst dich nie. Du versuchst immer mich auszunützen.

Gerusa befolgt ihr und geht in die Küche. Clemilda nähert sich Christine und beginnt sie zu umkreisen.

"Ich sehe einen Mann auf deinem Weg. Sein Name ist Claudio, oder? Er ist ein junger Mann, muskulös und hübsch. Du hast ihn bei der Arbeit getroffen und der Samen der Liebe wurde in dein Herz gepflanzt. Trotzdem, denk mit mir, wieso sollte er nicht an dir interessiert sein? Du bist jung, schön, intelligent, und vor allem die Tochter des mächtigen Majors. Könnte es sein, dass die Liebe, die du empfindest, nicht erwidert wird? Ich garantiere dir, dass er seine Gründe haben würde: Stolz, Ehrgeiz und Macht. Das ist, nach was die Leute suchen. Die Liebe, die du in deinem Herzen gezeichnet hast, ist nur eine Illusion.

"Du wirst mich nicht so leicht überzeugen. Ich kenne Claudio und was wir fühlen ist echt. Ich muss seine Gedanken nicht lesen können, um mir über seine Gefühle sicher zu sein. Illusion ist diese Hochzeit, in die sie mich reinzogen.

"Hast du daran gedacht, dass das lediglich sein Plan ist? Denkst du nicht, dass es komisch war, wie schnell ihr Freunde wurdet? Personen sind wirklich vorhersehbar. Was sie wollen ist am Ende an der Spitze zu sein, ohne Rücksicht auf die Gefühle anderer.

"Dein giftiger Mund wird mich nicht verwirren. Ich hätte nicht hierherkommen sollen weil ich mich nicht gut fühle.

"Warte, meine Liebe. Lass mich dich segnen damit du in deiner Ehe glücklich bist.

Bevor Christine antworten konnte hatte Clemilda schon ihre Hand auf ihrem Kopf. Sie sprach unverständliche Wörter und Christine wurde schwindelig. Ein Wirbelwind bestehend aus Energie sprang aus ihren Händen in Christines Kopf. Die Operation dauerte ein wenig über dreißig Sekunden. Später nahm Christine ihre Hände ab und rief nach Gerusa. Sie antwortete; die beiden verließen die Residenz und gingen zurück nachhause. Der Segen verwandelte Christine in einen Mutanten.

Erscheinung

Nach dem faszinierenden Treffen mit Clemilda der Hexe fühlte sich Christine anders als davor. Die gewöhnlichen Aktivitäten, die ihr Spaß machten wie Stricken, Lesen oder zur Arbeit zu geben waren jetzt mühsam. Was gleich blieb und das Einzige, was sie erfreute, waren die Gefühle die sie für Claudio empfand. Dazu kam, dass seltsame Erscheinungen um sie geschahen. Das Stricken, das sie als Kind erlernte, stellte nichts mehr da. Die Linien scheinen keinen Sinn mehr zu machen. Während sie ein Buch las, wurde die Seite auf der sie war von einem Feuerstrahl getroffen und verbrannte. Sie merkte in diesem Moment wie ihre Augen brennen. Wenn sie an metallischen Objekten vorbeiläuft, zieht sie sie an. Jede Entdeckung machte sie noch besorgter und sie wunderte sich, was das alles zu bedeuten hat. War es ein Fluch? Was wurde aus ihr? Niemand kann es wissen, weil sonst das Risiko besteht, dass sie hospitalisiert wird und Doktoren aus aller Welt an ihr Experimente durchführen.

Um sie davon abzuhalten es herauszufinden, hörte sie auf mit ihren Freunden auszugehen und nahm nur an sozialen Aktivitäten teil, die streng nötig waren, Arbeiten zum Beispiel. Zu jeder Zeit versuchte sie sich in Kontrolle zu halten, weil die Erscheinungen nur in den Momenten stattfanden, in denen sie emotional unstabil war. Um den Fluch loszuwerden, wandte sie sich an verschiedene Methoden, von denen sich aber keine als nützlich erwiesen. Bitter und verärgert isolierte sich Christine zunehmend mehr in ihre eigene Welt.

Ein neuer Freund

Die Arbeitsroutine alle fünfzehn Tage war praktisch die einzige soziale Tätigkeit an der Christine teilnahm. Durch sie traf sie zahlreiche Personen und machte sich Freunde. Unter ihnen war ein junges Mädchen, mehr oder weniger gleichalt wie Christine, namens Rosa. Die Seelenverwandtschaft war beiderseitig und jedes Mal, wenn sie sich trafen verbrachten sie viel Zeit mit reden. Zu einem dieser Anlässe lud Christine sie dazu ein, zu ihr nachhause zu kommen und sie war bereit mit ihr zu gehen. An dem Tag und zu der Uhrzeit, auf die sie sich geeinigt haben kam Rosa durch den Garten zu ihr, klatschend um sich selbst anzukündigen. Gerusa, das Hausmädchen öffnete die Türe.

"Wie kann ich dir helfen?

"Ich bin hier, um mit Christine zu sprechen.

"Einen Moment, ich hole sie.

Einige Zeit später zeigt sich Christine und lädt sie ein, mit ihr auf die Veranda des Hauses zu gehen, weil das der kühlste Platz ist.

"Okay Christine, ich will dich besser kennenlernen. Du hast mir mal erzählt, dass du dabei warst, eine Nonne zu werden. Wie war das Leben im Kloster?

"Ich verbrachte dort drei wertvolle Jahre. Also, die Nonnen waren nett zu mir, obwohl sie ziemlich streng waren. Die Zeit, die dem Beten gewidmet war, war durchaus umfangreich und auch die, die mich manchmal langweilte. Ich war der Meinung, dass wenn ein Mensch in Kontakt mit Gott treten will es nicht unbedingt nötig ist so selbstlos und hingebungsvoll zu sein, weil Gott allwissend ist und alles versteht was wir uns wünschen. Mit der Zeit bemerkten sie, dass ich keine Berufung hatte, und sie schmissen mich hinaus.

"Du hast also das Kloster verlassen, um zurück in die Welt zu kommen. Bedauerst du diese Entscheidung nicht?

"Es kommt alles darauf an, wie du darauf schaust. Eigentlich nicht. Trotzdem, jetzt wo mein Vater mich dazu zwingt zu heiraten, denke ich, dass es besser wäre, wenn ich jetzt dort wäre. Obwohl ich mich dann nur von einer unfairen Welt verstecken würde in den Eltern über die Zukunft ihrer Kinder entscheiden.

"Hattest du je einen Schwarm oder warst verliebt?

"Als ich im Kloster war traf ich den Sohn des Gärtners, der mich faszinierte. Ich dachte im ersten Moment, dass ich mich verliebt hätte, aber bald schon, nachdem er mich zurückgelassen hat, bemerkte ich, dass es nur Leidenschaft war. Wahre Liebe fand ich endlich als ich Claudio, meinen Mitarbeiter, traf. Trotzdem, der Widerstand meiner Eltern machte unsere Beziehung unmöglich. Meine einzige Hoffnung ist die Bitte, die ich auf dem Berg machte, von dem jeder behauptet, dass er heilig ist. Erzähl mir etwas über dich. Hast du je jemanden geliebt?

"Wie ich schon sagte, ich habe einen Freund namens Felipe, der Sohn des Besitzers des Lagerhauses. Wir lieben uns und vielleicht heiraten wir eines Tages. Unsere Eltern haben uns völlig unterstützt.

"Ich beneide dich. Du kannst dir nicht vorstellen wie das Missverstehen meiner Eltern mich verletzt. Ich wünschte, dass ich nur ein normales Mädchen wäre und nicht die Tochter eines allmächtigen Majors.

Tränen fließen Christines Gesicht runter und ihre Freundin versucht sie zu trösten. Die Last, die sie auf ihrem Rücken trug war zu schwer für ihre Unreife. Sie wollte glücklich sein und sah die Möglichkeit durch ihre Finger rutschen. Nur noch zwei Tage verblieben bis sie sich einer Hochzeit ohne Zukunft und einem Mann, von dem sie nur den Namen kannte, hingeben wird. Sehend, dass ihre Freundin kein Verlangen mehr danach hatte zu sprechen verabschiedete sich Rosa und versprach, zu einer anderen Zeit wieder zurückzukommen. Ihre Freundschaft war wichtig für Christine, weil sie sich durch sie nicht mehr so isoliert und komplett zurückgelassen fühlte.

Der Tag vor der Hochzeit

Die Nähe der Hochzeit machte Christine zunehmend aufgeregter. Sie sprach mit dem Priester, mit einer Freundin und unternahm einen letzten Versuch, ihre Eltern von der Idee, die Hochzeit abzublasen, zu überzeugen. Bis jetzt hatte sie noch keine Ergebnisse. Der Priester schlug vor aufzugeben und die Situation zu akzeptieren. Wie könnte sie das tun? Es war ihr Leben und ihr Glück, das auf dem Spiel stünde. Sie lernte, im Kloster, dass alle Menschlichen Wesen frei sind ihre eigenen Entscheidungen zu treffen und ihre eigenen Schicksale zu leiten. Ihre Rechte wurden unterdrückt von der Gesellschaft, in der Kinder von ihren Eltern verheiratet werden. Mit ihrer Freundin dachte sie über ihre und Claudios Zukunft nach. Keine von ihnen fand eine echte und greifbare Alternative, die dazu führen könnte, dass die beiden zusammen bleiben außer der Hoffnung auf den heiligen Berg und die Bitte, die Christine machte. Es war das letzte das für sie noch übrig war; auf ein Wunder oder das Unwahrscheinliche zu warten.

Christine geht auf die Terrasse und beginnt den Himmel zu beobachten. Sie erinnert sich an die Momente, die sie auf dem Berg verbrachte und die Sterne, die sie mit Claudio observierte. Sie waren Zeugen von dem Gefühl das die zwei vereinte und auch wenn der Major und seine gesellschaftlichen Konventionen es nicht erlauben, die beiden würden sich weiter gegenseitig lieben. Den Himmel betrachtend hofft sie, dass die nächste Welt ein gerechterer und besserer Ort wäre und dass die, die wahre Liebe kennen Zufriedenheit erreichen können. Sie erinnert sich an Gott und wie sie lernte, wie grandios er ist. Sie bittet Gott auch die Wünsche der einfachsten Träumer zu erfüllen, auch ohne die Höhle zu betreten oder ähnliches. Sie bittet ihn auch um Stärke, um ihr Martyrium bis zum Ende zu ertragen. Sie fühlt sich wie ein Mutant und war von der Liebe enttäuscht. Sie weinte die letzten Tränen, die noch übrig waren und geht nachhause.

Tragödie

Es war endlich Tageslicht und das bedeutet, dass der schlimme Tag ankam. Christine wacht auf, versucht aber weiter zu schlafen, um nicht der Realität gegenüberzustehen. Wer weiß, sie könnten sie vergessen und vielleicht war alles, was sie in den letzten Tagen erlitt, nur ein einfacher Alptraum? Sie wollte ihre Augen öffnen und Claudio finden, ihre wahre Liebe. Sie wollte ihn heiraten, keinen fremden, den Sohn des Obersts von Rio Branco. Für einen Moment fühlt sie sich, als ob sie in Sucavão ist und ruft jedes Detail auf was dort passierte. Sie scheint dort zu sein und die Macht des Wassers zu fühlen, die männliche Umarmung von Claudio und seinen Geruch riechend. Sie taucht tief in diesen Gedanken, bis eine Stimme sie stört und sie zurück in die Realität bringt. Es war ihre Mutter.

"Christine, meine Tochter, wach auf, die Hochzeitsgäste kommen schon an. Hast du vergessen, dass sie um acht Uhr morgens abgehalten wird?

"Oh Mutter, ich habe Geduld. Ich habe die ganze Nacht fast nicht geschlafen, weil ich über die Hochzeit nachdachte.

Christine erhebt sich ziemlich mürrisch und geht in das Badezimmer, wo sie ein Bad nimmt. Ihre Mutter wartet in ihrem Zimmer. Ungefähr 20 Minuten später kommt sie zurück und findet ihr wunderschönes Kleid auf dem Bett ausgebreitet. Sie schaut es an und denkt, dass es schön ist, obwohl auch ein wenig melancholisch. Ihre Mutter hilft ihr beim Anziehen und beim Makeup. Als alles fertig ist nähert sie sich dem Spiegel und sieht, wie sie ausschaut. Sie sieht eine herzgebrochene Version von ihr selbst, obwohl sie wunderschön herausgeputzt ist. Sie denkt über die Idee nach was passieren wird und über ihre Zukunft an der Seite eines unbekannten Mannes. Plötzlich bekommt der Spiegel Risse und zerbricht mit einem großen Knall. Christine schreit und ihre Mutter eilt zu ihr, um sie zu retten. Zum Glück hat sie sich nicht verletzt. Sie fühlt ein Schmerzen in ihrer Brust und wundert sich was passieren wird. Sie erinnert sich an ihren wiedererscheinenden Traum. Ihre Mutter beruhigt sie und sagt, dass es nichts ist. Die beiden gehen in das Wohnzimmer, um die Familien des Bräutigams zu treffen und ein Paar Gäste kennenzulernen. Der Major nimmt Christines Hand und beginnt sie vorzustellen.

"Herr Henrique, das ist meine Tochter, Christine. Ist nicht hübsch?

"Ja, sie ist sehr hübsch. Mein Sohn ist ein glücklicher Mann. Heute wird die Vereinigung unserer Familien komplettiert und das macht mich sehr glücklich.

Christine zwingt sich zu lächeln, um nicht unerfreulich zu wirken. Die Mutter des Bräutigams versucht ebenfalls nett zu sein.

"Nachdem du verheiratet bist und Hilfe braucht, zögere nicht mich zu fragen. Die Frauen in unserer Familie stehen sich sehr nahe.

Karina, die Schwester des zukünftigen Ehemanns, schreitet auch noch vor und lobt Christines Haar. Der Major und Helena heißen ihre noch immer eintrudelnden Gäste willkommen. Als die Uhr exakt acht schlägt geht jeder raus auf die Terrasse wo die Hochzeit stattfinden wird. Christine wird vom Major zum provisorischen Altar eingelaufen. Auf ihrem Weg zum Altar hat sie die Möglichkeit, Gesichter mit ängstlicher Mimik zu überblicken. Sie sieht die Obermutter und die Nonnen, mit denen sie im Kloster lebte. Sie sieht auch ihre ersten Professoren und ihre Cousinen, die aus Recife kamen. Alles in allem fühlt sie die Erwartung und Spannung des Momentes. Ein bisschen weiterlaufend kann sie schon den Bräutigam und Vater Chiavaretto sehen. Plötzlich nimmt sie eine Wut über und lässt sie beide hassen. Wieso hatte der Mann namens Bernardo zugestimmt sie zu heiraten? Er war ein Mann und hatte mehr Freiheit in seine Entscheidungen. Sie würde sich selbst zu einer Hochzeit übergeben, die keine Zukunft hatte und sie für den Rest ihres Lebens unglücklich machen würde. Was ist mit ihrem Vater? Wie wurde er eingesperrt, um an dieser Farce teilzunehmen? Die Kirche hätte auf ihrer Seite und ihr Komplize sein sollen und nicht einfach die Situation akzeptieren sollen.

Sie kommt dem Bräutigam näher und ihre Wut mindert sich nicht. Nachdem sie ihn sieht, kommt ein Lichtstrahl direkt aus ihren Augen und trifft ihn genau in die Brust. Er fällt hin, tot. Die Aufregung der Zuschauer wühlt sich auf und Christine fällt zu seinen Füßen.

"Sie ist ein Monster! (Schreit jemand)

Der Major handelt schnell und schickt seine Handlanger, um Christine zu helfen und sie vor dem wütenden Publikum zu beschützten. Währenddessen bekreuzigen sich die Nonnen selbst, nicht glaubend was sie gerade gesehen haben. Die Familie des Bräutigams versucht den Abgeordneten unter Druck zu setzen und zu handeln, doch der Major weist seine Handlungen zurück. Am Ende ist Christine gerettet und der Major schickt seine Gäste weg. Die Feier und alle Feierlichkeiten sind abgesagt. Die arrangierte Hochzeit endete in einer Tragödie.

Die schwarze Wolke

Mit der Tragödie komplettiert, begann Clemilda einen Zauber zu wirken welcher die gesamte Region von Mimoso erreichen würde. Sie hatte die Autorität das zu tun, weil sie die drei Schritte befolgte: Sie wandte sich einen Fluch an, hatte verzerrte, wahre Liebe und löste eine Tragödie aus. Jetzt war das Ministerium des Unheiligen bereit zu handeln, dem Christentum die Luft abzuschnüren. Sie nähert sich dem Kessel und gibt die letzte Zutat für ihren Fluch hinein. Die unverständlichen Worte aussprechend tanzt sie um ihn. Plötzlich bleibt sie stehen und sagt mit einer tiefen, starken Stimme: -Dunkle Wolke, erscheine!

Sofort bedeckt eine große, schwarze und dicke Wolke den Himmel von Mimoso. Die Sonne ist auch bedeckt und damit vermindert sich das natürliche Licht des Himmels zunehmend. Der Fluch war dazu programmiert, um nach zwölf Uhr mittags in Kraft zu treten. Damit würde die Hexe ihre Macht verdoppeln und könnte freier handeln.

Der Märtyrer

Kurz nach der Entwicklung der schwarzen Wolke begann die Hexe zu handeln. Sie stellte zwei Heiden an, Totonho und Kleide, um ihr bei ihren okkulten Arbeiten zu helfen. Dazu leitete sie die beiden an, die Repräsentanten des Christentums im Ort loszuwerden. Die ersten Opfer waren Vater Chiavaretto und der Mönch Nunes, der Mimoso besuchte. Dazu wurden einige Gläubige enthauptet und andere auf Stapel Holz gesetzt, um in einem Feuer verbrannt zu werden. Nach den Morden begannen sie die kleine Kapelle zu zerstören, die zu Ehren des heiligen Sebastian errichtet wurde. Dort war nahezu nichts mehr übrig, außer das Kreuz, das, trotz den Versuchen es zu zerstören, unversehrt und aufrecht stand. Es war das Symbol, dass das Christentum noch lebt und reagieren kann.

Mit der Domination komplettiert wurde der Kreis der „Gegenkräfte" aufgelöst und es brachte ein Ungleichgewicht hervor. Wenn die Situation für eine lange Zeit so bleibe, würde Mimoso riskieren, zu verschwinden. Das ist so, weil die Kräfte des Guten vor dieser Kirchenschändung nicht gefangen bleiben würden. Am Ende würde es in einem unvorhersehbaren Krieg enden, der beide Welten zerstören könnte.

Ende der Vision

Die Sequenz von Bildern der Vision, die meinen Verstand füllte, stoppte plötzlich. Die Besinnung kommt allmählich zurück und ich finde mich selbst, wie ich eine Seite einer Zeitung in den Händen halte, dessen Überschrift sagt: Christine, das junge Monster. Ich beobachte es und denke, dass die Überschrift bedauerlich inadäquat ist, da die ganze Tragödie, die passierte, in keiner Weise ihre Schuld war. Sie war nur ein weiteres Opfer der grausamen und mächtigen Zauberin Clemilda. Plötzlich beginne ich zu verstehen, wie meine Zeitreise und mein Sieg über die Höhle zu Stande kamen. Ich war Teil der Geschichte des Schicksals, um den Segen über Mimoso von den Armen der Tragödie wieder zurückzuholen. Meine Mission bestand daraus, die „Gegenkräfte" wiederzuvereinigen und dem Besitzer des Schreies, den ich in der Höhle hörte, zu helfen. Ich war mir sicher, dass der Eigentümer der Stimme die wunderschöne Frau Christine war. Eine mutierte, völlig bittere Christine erwartete mich. Ich musste sie davon überzeugen zu reagieren und sie meine Verbündete im Kampf gegen die Mächte des Bösen machen. Am Ende müsste ich mich an die Lehren der Beschützerin und der gefürchteten Höhle der Verzweiflung erinnern, die Höhle, die mich meine Träume sehen lies und mich zum Seher machte. Ich hatte jetzt eine neue Aufgabe und war bereit sie zu treffen.

Mit der Zeitung in den Händen las ich die ganze Geschichte über Christine. Sie behaupteten, dass sie ein Monster seit ihrer Kindheit war und dass es seit der Tragödie erst erkannt wurde. Ein Mix aus Empörung und Wut füllte mein ganzes Wesen. Wie hatten diese Journalisten den Mut, so etwas zu veröffentlichen? Sie nutzten den Vorteil dieser Tragödie aus, um Lügen zu erzählen. Christine war nie, weder könnte je ein Monster sein. Sie wurde nur von einer bösen und verdorbenen Hexe verflucht. Es liegt an den guten Menschen, um ihr zu helfen und sie zu heilen. Ich lese weiter die Zeitung und sie behaupten, dass Christine eine junge Rebellin war, die das Kloster wegen schlechtem Benehmen verließ. Ich bin wieder empört. Ich fühle mich danach die ganze Zeitung zu zerreißen. Verdammte Journalisten, sie verzerren alles, um Geld zu machen. Christine war ein junges, gehorsames Mädchen, das den Vorschlag ihrer

Mutter erhörte, sich in ein Kloster zu stecken. Als die Schwestern bemerkten, dass sie keine Vokation hatte, schmissen sie sie raus. Ich höre auf die Zeitung zu lesen, weil es nicht wahr ist. Die Vision war genug für mich, um zu wissen, wo ich stehe. Ich nehme die Zeitung und lege sie zurück in die Kommodenschublade neben dem Tisch, wo ich sie herhatte. Ich stehe auf und zeichne in meinem Kopf einen Handlungsplan. Ich müsste irgendwie die „Gegenkräfte" wiedervereinigen und Christine helfen, wahres Glück zu finden. Ich nähere mich der Tür und bin dabei, sie zu öffnen.

Zeugenaussage

Als sie sich öffnet überrascht es mich eine Ansammlung von Personen im kleinen Foyer des Hotels zu sehen. Was war die Bedeutung davon? Ich komme ihnen näher damit ich sie fragen kann.

"Was ist hier los?

Pompeu, der Abgeordnete, spricht.

"Wir sind hier, weil ernste Behauptungen gegen dich gemacht wurden. Du musst mit uns gehen, Junge.

Der Abgeordnete signalisiert seinen Untergebenen und sie bringen Handschellen. Sie legen sie um mein Handgelenk und ich fühle mich ungerecht behandelt, wie ein Sklave in den alten Zeiten. Carmen versucht einzugreifen doch der Abgeordnete hört nicht auf sie.

"Ist das wirklich nötig? Ich habe ein reines Gewissen.

"Das sehen wir bei der Station, mein Sohn. (Major)

Seine Befehle befolgend beginne ich zu laufen und die Menge geht auch los. Nachdem ich das Hotel verließ bemerke ich, dass noch viel mehr Leute präsent sind und daran interessiert sind was vor sich geht. Was wollten sie mit mir machen? Habe ich ein Verbrechen begangen? Seitdem ich in Mimoso ankam versuchte ich hart keine Aufmerksamkeit auf mich zu ziehen. Trotzdem, jetzt war ich in Handschellen und wurde zur Polizeistation gebracht. Ich beginne mich darum zu Sorgen was genau ich ihnen erzählen werde. Ich könnte nicht die ganze Wahrheit sagen und die Mission gefährden. Ich würde mich gegen die Vorwürfe mit gesundem

Menschenverstand und Intelligenz verteidigen müssen. Ich denke an Claudio und die Art und Weise wie er ins Gefängnis geworfen wurde. Ich würde einen Weg finden müssen um dasselbe Schicksal zu verhindern.

Circa zehn Minuten nachdem wir das Hotel verließen erreichen wir die Polizeistation. Major Quintino und Abgeordneter Pompeu kommen mit mir rein. Die anderen sind draußen und warten auf eine Entscheidung. Nach dem Betreten des Büros des Abgeordneten entfernen sie meine Handschellen und ich bin erleichtert.

"Also, setzen Sie sich, Herr Seher. Ich bin nun derjenige, der die Fragen stellen wird. Erstens, was ist Ihr echter Name und woher kommen Sie? (Abgeordneter)

"Mein Name ist Aldivan und ich bin aus Recife.

"Was machen Sie hier wenn Sie aus Recife stammen? Was ist Ihr Beruf?

"Ich bin ein Reporter für die Hauptstädtischen Nachrichten und ich kam hierher um nach einer guten Geschichte Ausschau zu halten. Ich versichere Ihnen, dass meine Absichten die Bestmöglichen sind. Ich bin kein Verbrecher und ich will niemandem wehtun.

"Was haben Sie über die unermüdlichen Befragungen, die sie mit den Leuten dieses Ortes gemacht haben, zu sagen? Was genau wollen Sie damit erreichen?

"Es ist Teil meines Berufes, eine Strategie um Informationen zu sammeln. Aber wenn das unbehaglich für irgendwen wurde werde ich damit aufhören.

"Wie Sie wahrscheinlich schon wissen, Königin Clemilda machte eine Anordnung gegen Ihre Person. Was sagen Sie dazu? Sind Sie zufällig ihr Feind?

"Ich denke es wäre besser wenn ich diese Frage nicht beantworte.

"Gut, ich habe keine weiteren Fragen. Major, haben Sie irgendwelche Fragen die sie den Jungen fragen wollen?

"Ja, ich will wissen ob er für die Gegner der Regierung arbeitet.

"Nein, sicherlich nicht. Ich versuche mich nicht in politische Fragen einzumischen, obwohl ich denke, dass das momentane System ziemlich ungerecht ist.

"Also, Herr Aldivan, ich denke ich werde Sie für einige Tage im

Gefängnis lassen um zu kontrollieren ob alles, was hier gesagt wurde, stimmt.

"Ich werde nicht hier bleiben. Das ist ungerecht. Wenn Sie diese skurrile Entscheidung treffen werde ich Sie beim Gouverneur beschuldigen, der ein guter Freund von mir ist.

Der Major und der Abgeordneter sind erstaunt von meiner Reaktion und der Neuigkeit, die ich preisgab. Sie versammeln sich, um in Stille zu kommunizieren und beschließen es nicht zu riskieren. Am Ende werde ich trotz Protesten mancher Leute außerhalb der Polizeistation freigelassen. Mein Plan hat funktioniert.

Zurück zum Hotel

Als ich die Station verlasse wundere ich mich, wieso die Einwohner von Mimoso so passiv reagierten. Sie lebten unter der Tyrannei einer grausamen Hexe und dem Major. Ich denke, dass es vielleicht Angst ist, die jeden Zusammenhang von ihnen stoppt. Plötzlich erinnere ich mich an die drei Türen zwischen denen ich mich entscheiden musste um in der Höhle weiterzukommen. Sie stellten Angst, Misserfolg und Freude dar. Dort lernte ich meine Ängste zu kontrollieren und mich ihnen gegenüberzustellen, trotz all der Faktoren die mir ein Bein stellen konnten wie die Dunkelheit, das Unerwartete und alle Tücken. Ich lernte auch den Misserfolg nicht als Ende zu sehen, sondern als Wiederaufnahme eines Planes. Letztlich beschloss ich die Tür der Freude zu nehmen und das ist, was die Leute nicht oft wählen. Viele sind Sklaven ihres täglichen Lebens, des Egoismus, der Moral, Scham und ihrer eigenen Fähigkeit zu träumen. Das sind diejenigen, die verlieren und ängstlich sind. Sie riskieren es nicht die Höhle zu betreten um ihre Wünsche zu erfüllen. Sie werden zu unglücklichen Personen ohne Selbstliebe.

Ich schaue auf meine Seite. Ich sehe Personen, die mich noch nicht kennen, die sehr wütend über meine Freilassung aus dem Gefängnis sind. Auf dem Boden ihres Herzens haben sie schon über mich geurteilt und mich verurteilt. Wie oft machen wir das? Wie oft denken wir, dass wir die Wahrheit kennen und dass wir die Macht haben zu verurteilen? Erinnere dich an was Jesus sagte: Entferne erst den Balken aus deinem eigenen Augen bevor du auf deinen Bruder zeigst. Er sagte das weil wir alle Schwachstellen haben und das unsere Beurteilungen einseitig und zweifelhaft sind. Nur die, die das menschliche Herz kennen und die frei von Sünde sind haben die Fähigkeit dazu, alles klar zu sehen. Ich sehe ein letztes Mal auf diese Personen und habe Mitleid mit ihnen weil sie ihren gierigen Sinn für Gerechtigkeit bevorzugen anstatt ihre eigenen Leben zu betrachten. Ich lasse sie hinter mir und gehe weiter auf meinem Weg zum Hotel. Ich beginne geistig jeden Schritt zu organisieren den ich machen muss um die „Gegenkräfte" wiederzuvereinigen und Frau Christine zu helfen. Sie war die Besitzerin des Schreies den ich in der Höhle der Verzweiflung hörte und der mich dazu führte, in der Zeit zu reisen. Diese Reise war Teil eines Prozesses eines geistigen und menschlichen Fortschrittes für mich und zur selben Zeit war die Absicht, Ungerechtigkeiten zu korrigieren. Ich laufe weiter und nach fünf Minuten erreiche ich das Hotel. Renato und Carmen warten auf mich beim Tor. Sie sind meine Verbündeten in diesem Kampf. Der nächste Tag wäre der geeignetste Tag um meine Pläne umzusetzen.

Die Idee

Die ersten Sonnenstrahlen liebkosen mein Gesicht und die Macht des natürlichen Lichtes weckte mich gerade auf. Ich bleibe für eine Weile bewegungslos weil ich keine gute Nacht hatte. Ich erinnerte mich noch immer an den Alptraum den ich letzte Nacht hatte, der mich aufweckte. In dem Traum war ich mit ein paar jungen Leuten und sprach über mein Buch. Ich sprach von meinen Erwartungen und die Hoffnungen, einen kommerziellen Verlag dafür zu bekommen. Damit kam ein kleiner Teufel der mich nervte und allen Angst macht. Leute flohen und der Dämon, der sein Gesicht nicht zeigte, ruft: -Du hast es also alles rausgefunden!

In diesem Moment endete der Alptraum und ich wache in der Mitte der Nacht auf, heftig schwitzend. Was hat das zu bedeuten? Hatte es etwas mit der Geschichte von Mimoso zu tun? Ich war mir nicht sicher. Was ich wusste war, dass ich einen guten Platz im Universum wollte und wenn mein Schicksal und meine Berufung in der Literatur liegen würde ich ihnen mit großer Leidenschaft verfolgen. Trotz allem, warum hätte ich die Höhle betreten wenn ich nicht Seher geworden wäre, jemand, der die Zeit überschreiten kann, die Zukunft voraussehen kann und die verwirrtesten und verzweifelten Herzen verstehen kann? Mit diesem Gedanken drehe ich mich in meinem Bett um und stehe auf. Ich beobachte Renato, der noch schläft und wundere mich wieso die Beschützerin darauf bestand, dass ich ihn mit mir nehme. Bis jetzt hat er fast gar nichts beigetragen. Was könnte ein Kind für mich tun? Also, ich wusste es nicht. Ich lenke meine Aufmerksamkeit von ihm und gehe ins Badezimmer um schnell zu baden. Das Bad würde mich offener hinterlassen. Ich betrete es, schalte das Wasser ein und beginne schon die Vorteile zu spüren. Ich denke an meine Familie und habe ein wenig Heimweh. Ich erinnere mich an meine Mutter und meine Schwester und wie sie so im Kontrast zu meinem Traum stehen. Ein Gefühl von Vergebung nimmt mich über und ich vergesse letztlich diesen Fakt. Am Ende bin ich es, der in meine eigenen Talente und Berufungen glauben müsse. Zum Waschen meines Körpers versuche ich meine Gedanken von jeglichen Verunreinigungen zu befreien weil ich bereit sein muss, Hindernisse und Aufgaben, die erscheinen könnten, zu überstehen. Ich schalte das Wasser aus und seife mich ein.

In diesem Moment berührt ein kleiner Tropfen meinen Kopf und ich reise sofort durch entfernte Dimensionen. Ich sehe mich selbst im Himmel, mit Engeln sprechend und frage sie, was der Sinn des Lebens ist. Als Antwort höre ich ein Klingeln das mich noch verwirrter hinterlässt. Nach den Engeln spreche ich mit den Aposteln und einer von ihnen sagt mir, dass ich sehr besonders für Gott bin. Er betrachtet mich als seinen Sohn. Ich sehe, aus der Distanz, die Jungfrau und sie sieht gleich aus wie all die Male die ich sie schon gesehen habe: rein und weise. Danach sehe ich Jesus Christus auf seinem Thron mit all seiner Pracht und er sagt mir gut zu sein und auf mein Talent zu vertrauen. All das passiert in weniger als einer Sekunde, die Zeit, die der Tropfen Wasser braucht um meinen Kopf zu berühren. Dann sehe ich den Wasserhahn, das Wasser rinnt meinen Körper hinunter und ich komme zurück in die Realität. Ich entscheide mich ihn auszuschalten weil ich sauber genug bin. Aus dem Badezimmer laufend finde ich Renato noch immer schlafend und ich bin verärgert. Ich schüttle seinen Körper energisch um ihn aufzuwecken. Mürrisch steht er auf und geht ein Bad nehmen. Ich nutzte die Möglichkeit um in die Küche des Hotels zu gehen und zu frühstücken. Als ich ankomme werde ich von allen nett empfangen und Carmen serviert mir ein paar Kleinigkeiten zu essen.

"Du meinst, dass der Abgeordnete dich gestern einfach so gehen ließ? (Rivanio)

"Ich konnte ihn überzeugen. Er hatte keinen Grund mich dort inhaftiert zu lassen.

"Da hast du Glück gehabt, Junge. Es ist üblich in diesem Dorf, dass viele Ungerechtigkeiten geschehen. Ein Beispiel ist Claudio. Er wurde eingesperrt weil er mit der Tochter des Majors ein Verhältnis hatte. (Gomes)

"Es ist wirklich eine Schande. Wenn ich nur etwas für ihn tun könnte...

"Das wagst du besser nicht. Der Major würde dich als seinen Feind ansehen und das wäre ein Alptraum. Die Methoden, die der Major nützt um mit seinen Feinden umzugehen, sind nicht angenehm. (Carmen)

Die Warnung von Carmen hinterließ mich nachdenklich. Ich musste wirklich vorsichtig sein weil mit dem Major und der Hexe keine Spiele gespielt werden sollten. Ich betrat feindliches Territorium und würde die richtigen Züge machen müssen um als Gewinner zu gehen. Das Gespräch geht weiter über anderen Themen und ich beende mein Frühstück. Als ich fertig bin ruft mich Carmen für eine private Konversation.

"Also, es ist Zeit über die Bezahlung zu sprechen, wie ich schon sagte. Hast du Geld?

Die Frage überraschte mich ein wenig aber ich erinnere mich, dass ich ein wenig mit mir auf meinen Ausflug brachte. Ich entschuldige mich, schaue in meine Tasche und hole ein bisschen Kleingeld heraus. Carmen nimmt das Geld und frägt:

"Aus welchem Land kommt dieses Geld her? Ich habe noch nie von „Reais" gehört. Unglücklicherweise kann ich das nicht annehmen. Ich will die nationale Währung.

Die Antwort von Carmen war wie ein Schlag ins Gesicht und dann bemerke ich, dass im Jahre 1910 mein Geld keinen Wert hatte. Ich habe keine Antwort.

"Gut, ich sehe, dass du kein Geld hast. Dann wirst du dir einen Beruf besorgen müssen um mich zu bezahlen. Wie wäre es wenn du für den Major als Journalist arbeiten würdest?

"Ich glaube nicht, dass das eine gute Idee ist. Trotzdem, es ist die einzige Option die ich habe. Ich werde zum Major gehen und ihn nach einer Beschäftigung fragen.

"So ist es eben. Ich wünsche dir viel Glück.

Carmen gibt mir eine Umarmung und geht. Ihre Idee war nicht schlecht. Ich würde die Möglichkeit haben um Christine zu treffen und wer weiß, vielleicht sogar Kontakt mit ihr zu haben.

Die Figur des Majors

Nachdem ich mit Carmen sprach und sie mir die Idee gegeben hat, entschied ich mich, alles zu planen. Trotz allem tickte die Uhr und ich hatte nur noch zwei Wochen um die „Gegenkräfte" zu versammeln und Christine zu helfen, ihr Schicksal zu finden. Mit dem im Kopf ging ich in mein Zimmer, legte gute Kleidung an und ging los. Nach dem ich das Hotel verließ beginne ich mich zu konzentrieren und denke über den besten Weg nach, den Major zu behandeln, weil er ein schwerer, sehr vorurteiliger Mann war, stolz und überheblich. Christine und Claudio waren einige der Opfer seiner Denk- und Handelsweise. Ich wollte nicht das nächste sein und würde die richtigen Worte wählen müssen. Ich widerspiegle den Major weiter und denke an die zahlreichen Schwierigkeiten durch die er durchmusste als er nur ein Kind war. Trotzdem scheint er nichts daraus gelernt zu haben, da er keine Möglichkeit verpassen konnte um Personen zu demütigen und zu verletzten. Das Leben härtete sein Herz und seine Seele. Er war niemandes Idee eines perfekten Chefs, doch ich brauchte den Beruf um meine Pläne auszuführen.

Für einen Moment stoppe ich um darüber nachzudenken und beeile mich ein wenig weil ich schon in der Nähe des Bungalows bin. Ich schaue mich um und die Leute die ich sehe sind traurig und angepasst. Ich denke, dass die Einwohner von Mimoso teilweise selbst Schuld sind an der momentanen Situation der Tyrannei und Ungerechtigkeit die in diesem Ort vor sich geht. Sie wurden von einer bösen Hexe und einem Major, der das System der Obersten darstellt, dominiert. Eine bedrohte die Leute mit schwarzer Magie und der andere nutzte Macht um einzuschüchtern und zu schikanieren. Beide könnten, wenn alle gegen sie rebellieren würden, gestürzt werden. Eine mangelnde Initiative und Konformismus hielt sie in derselben Situation, dominiert. Also handelten die Kräfte des Guten und brachten mich dazu, an den Berg zu reisen von dem jeder sagt, dass er Heilig ist. Dort traf ich die Beschützerin, das junge Mädchen, den Geist, den Jungen, führte drei Aufgaben aus und betrat die Höhle, die in der Lage ist, die tiefsten Träume wahr zu machen. In der Höhle floh ich vor drei Fallen und schritt durch Szenarien weiter bis ich das Ende erreichte. Ich wurde in den Seher verwandelt und reiste in der Zeit und jagte eine Stimme, die ich nicht kannte. Es war die Stimme von Christine, die kürzlich veränderte Tochter des Majors. Ein Major, dem ich nun gegenüberstehen werde um einen Beruf zu bekommen und Geld zu verdienen, das ich Carmen schulde. Endlich erreiche ich den Bungalow und das Hausmädchen kommt mir entgegen und begrüßt mich im Garten.

"Wie kann ich Ihnen helfen, Herr?

"Ich heiße Aldivan und bin ein Journalist. Ich würde gern mit dem Major sprechen. Ist er Zuhause?

"Ja, kommen Sie rein, er ist im Wohnzimmer.

Mit meinem Herz rasend betrete ich den schönen Bungalow. Meine Ängstlichkeit und Nervosität machten mich fertig. Ich gehe in das Zimmer und begrüße den Major.

"Was bringt Sie hierher, Herr Seher?

"Also, wie Ihre Exzellenz weiß, ich bin ein Journalist. Ich dachte also ob Ihre Exzellenz vielleicht meine Dienstleistung benötigt und ich entschied mich hierher zu kommen um meinen Vertrag zu überprüfen.

"Sehen Sie, ich kenne Sie nicht gut und bin mir noch immer nicht sicher ob sie ein Spion sind oder zur Opposition gehören. Ich denke nicht, dass ich Ihnen helfen kann.

"Ich garantiere Ihnen, dass ich vertrauenswürdig bin und ein Major wir Sie journalistische Unterstützung braucht um von der Gesellschaft angenommen zu werden. Es ist wie der Spruch sagt, die Medien sind es, die einen Mann erstellen.

"Wenn ich es so sehe denke ich, dass es vielleicht eine gute Idee ist. Lassen Sie uns ein Experiment durchführen um zu sehen ob es funktioniert. Aber wenn sie meinem Ansehen schaden werden sie als Feind behandelt und wie Sie vielleicht schon gehört haben ist das keinesfalls eine bequeme Sache. Was das Gehalt angeht, es wird gutes Geld sein. Sie müssen sich nicht Sorgen.

"Danke. Ich verspreche, dass ich Sie nicht enttäuschen werde. Wann kann ich anfangen?

"Fangen Sie so bald wie möglich an zu arbeiten. Ich will meinen Namen durch ganz Pernambuco kreisen sehen. Ich will legendär sein und von vielen Generationen erinnert werden.

"So wird es sein, Major. Das verspreche ich.

Ich verabschiede mich und gehe. Mit der Mission erfolgreich fühle ich mich entspannter und selbstbewusster. Den Major zu überzeugen war nicht so schwer weil er durstig nach Macht und Ruhm ist. Ich spielte mit seiner Schwäche und ging als Gewinner.

Der Job

Der Major gab mir seine ersten Anleitungen und ich begann an der Verbreitung seines Namens zu arbeiten. Grundsätzlich lag meine Arbeit darin ihn durch die Verbreitung seiner Taten und Vorlieben in der lokalen Einwohnerschaft zu stärken und zu seiner Kampagne beizusteuern wenn er sich für das Amt des Bürgermeisters der Gemeinde aufstellt. Diese Anweisungen brachten mich nicht in eine bequeme Situation weil ich gegen die Ideale des Obersten Systems und die Attitüde des Majors bin. Trotzdem, ich wusste dass das die einzige Möglichkeit war um mich Christine zu nähern da sie sich seit der Tragödie zurückhält. Mein Motto war: Es ist das Ende, das die Mittel rechtfertigt. Einer der ersten Artikel der Nachrichten die ich preisgab hatte den folgenden Titel: Der Major hilft bedürftigen Familien. Ich gab das Datum an, sprach von der Güte des Majors und seinen Taten, und ich merkte die Danksagungen der Leute sowie die katastrophale Situation in der sie sich befanden an. Trotzdem wurde das Wichtigste nicht enthüllt. Ich erwähnte nicht, dass das Geld, das benutzt wurde, um die Essenskörbe zu kaufen, Steuergelder waren und dass der Major im Gegenzug verlangte, dass die Familien für ihn bei der Wahl zum Bürgermeister stimmten. Der Akt der „Freundlichkeit" war nichts außer einem Spiel der Interessen das sehr populär war während der Regierung des Obersten Systems. Jetzt wurde ich Komplize dieses Systems gegen meinen eigenen Willen. Ich versuche nicht darüber nachzudenken und arbeite weiter. Meine Strategie war nun einen Weg mit Christine zu sprechen zu finden und sie ihr eigenes Schicksal finden zu lassen.

Die erste Begegnung mit Christine

Mit viel produziertem Material nähere ich mich dem Bungalow in dem der Major lebt. Seine Zustimmung war nötig für weitere Publikationen der Arbeit. Auf dem Weg finden Ideen zu mir und ich denke, dass ich sie ihm gegenüber erwähnen werde. Ich denke besser nach und komme zum Entschluss, die Idee aufzugeben weil der Major ein harter Mann war und generell keine Vorschläge akzeptierte. Ich gehe ein paar Schritte weiter und komme endlich zur Residenz. Als ich klatsche kommt ein hübsches Mädchen mich begrüßen.

"Was wollen Sie, Herr?

" Ich kam, um mit dem Major zu sprechen.

"Er ist nicht hier. Können Sie ein anderes Mal kommen?

"Kein Problem. Könnte ich mit Ihnen sprechen? Sie sind Frau Christine, oder?

"Ja. Mein Name ist Aldivan und ich bin ein Reporter für die Hauptstädtischen Nachrichten. Ich arbeite für deinen Vater.

"Oh, mein Vater hat über Sie gesprochen. Sie schreiben Artikel über ihn, oder?

"Ja, dazu bin ich auch an Ihrer Geschichte interessiert. Könnten wir für eine Minute sprechen?

"Meine Geschichte? Ich denke nicht, dass sie sie betrifft.

"Ich bestehe darauf. Ich kann Ihnen helfen sich selbst zu finden. Geben Sie mir die Möglichkeit.

Plötzlich fixieren sich ihre Augen auf meine und unsere Kette aus Gedanken vereint sich. In wenigen Momenten hat sie die Möglichkeit mich ein wenig besser kennenzulernen. Sie denkt für eine Weile nach und entscheidet sich.

"Gut, ich hole uns zwei Stühle damit wir uns hier auf der Veranda hinsetzen können.

Sie betritt das Haus und kommt bald darauf wieder zurück. Sie setzt sich neben mich und ich kann ihren entzückenden, natürlichen riechenden Duft riechen.

"Also Christine, was meine Aufmerksamkeit auf mich zog war die Nachricht die ich in der Zeitung in Recife kürzlich las. Es ging um eine Tragödie und über dich als Person.

"Was geschrieben wurde stimmt und wurde bis nach Pernambuco berichtet. Ich bin ein Monster! Ich bin ein Monster! Ich endete das Leben des Jungen. Er war ein Opfer der Situation, genau wie ich. Jetzt, nach der Tragödie, bin ich allein und jeder rennt vor mir weg. Ich habe keine Freunde mehr, nicht einmal Gott. Ich bin am Tiefpunkt.

"Sag so etwas nicht, Christine. Wenn du dich schuldig fühlst dann hör damit auf, weil was passierte ein schmutziger Komplott der Kräfte des Bösen war, vertreten durch Clemilda. Sie nahmen alles von dir, sogar deinen Gott. Wenn du reagierst könnte es Hoffnung geben.

"Wie wissen Sie all das? Wer sind Sie wirklich?

"Wenn ich es dir jetzt versuchen würde zu erklären würdest du es nicht verstehen. Ich will, dass du weißt, dass du, in mir, einen guten Freund hast, für immer. Du bist nicht weiter allein.

Tränen rinnen Christines Gesicht runter wegen meiner Ehrlichkeit. Sie umarmt mich, sagt, dass ihr Zuneigung letztlich fehlte. Ich versuche das Gespräch wiederzubeleben.

"Erzähl mir, wie war deine Erfahrung im Kloster. Hast du dort Gott gefunden?

"Ja, habe ich. Trotzdem, wir können Gott überall finden. Er ist in dem Wasser des Wasserfalls das absinkt, komplett zugestellt an seinen Zielort. Er ist im Singen der Vögel am Tagesanbruch, und Er ist in der Geste der Mutter, die ihren Sohn beschützt. Jedenfalls, er ist in uns und bittet dauernd gehört zu werden. Als ich das herausfand lernte ich auf ihn zuhören und ich verstand, dass meine Berufung nicht war, eine Nonne zu sein. Ich lernte, dass ich ihm auf andere Weisen dienen könnte.

"Ich bewundere dich für diese Geste und stimme deiner Definition zu. Wie viele Personen betrügen sich selbst ihr ganzes Leben lang und geben sich selbst an Wege im Leben, die nicht für sie gemacht wurden. Manchmal passiert das unter dem Einfluss von Eltern, der Gesellschaft oder einfach wegen Nichtwissens, wie man dieser inneren Stimme, die wir alle haben, die du Gott nennst, zuhört. Seitdem du dich entschieden hast das religiöse Leben zu verlassen, schätze ich, dass du Liebe gefunden hast.

"Ja, aber ich will nicht darüber sprechen. Es schmerzt noch immer sehr, die Tragödie, und alle vorangegangenen Ereignisse.

Ich beschließe mich Christines Schweigen zu respektieren und wage es nicht sie weiteres zu fragen. Ich verabschiede mich von ihr und frage, ob wir uns zu einer anderen Zeit wieder sprechen können. Sie sagt ja und das freut mich. Meine erste Begegnung mit Christine war erfolgreich.

Zurück zum Schloss

Nach der ersten Begegnung mit Christine entschied ich der mächtigen Hexe Clemilda gegenüberzutreten. Sie musste wissen, dass die Mächte des guten am Arbeiten sind und das Wirken des bösen zu Ende kommen würde. In diesem Sinne gehe ich wieder zum gefürchteten, schwarzen Schloss. Es hat denselben Aspekt wie beim ersten Mal und ich beginne zu zittern, unregelmäßig zu atmen und mein Herz war am Beschleunigen. Was für eine Art von Zauber ist das? Die „Gegenkräfte" schreien in mir. Während ich näher komme versuchen mich aufgewühlte und verwirrte Stimmen von meinem Weg abzulenken. Ich knie mich auf den

Boden und versuche meinen Verstand zu reinigen um weiterzukommen. Die Stimmen sind sehr stark. Ich erinnere mich an die Lehren der Beschützerin, die Aufgaben und die Höhle. Ich erinnere mich auch an die Meditation und wie sie mir half. Ich wende was ich lernte an und fühle mich besser und kann weiter gehen. Ich stehe auf und laufe die letzten Schritte, endlich ankommend. Die Zugangstür öffnet sich sofort und ohne Angst gehe ich durch sie. Die Horror-Szenerie des letzten Besuchs wiederholt sich doch ich schenke ihr keine Aufmerksamkeit. Fest und entschlossen gehe ich durch den Gang wo ich von Totonho begrüßt werde, einem von Clemilda Kumpanen. Er schickt mich in einen Raum. Innen, im Zentrum, ist Clemilda die eine Kapuze trägt.

"Womit verdiene ich einen weiteren Besuch des Sehers? Bist du hier um mir für die Arbeit zu gratulieren die ich in diesen ländlichen Ort stecke?

"Versuch es nicht Mal. Du weißt, sogar besser als ich, dass das Ungleichgewicht der „Gegenkräfte" Mimoso und sogar das ganze Universum bedroht. Ich will, dass du so schnell wie möglich gehst. Den Schmerz, den du den Leuten, vor allem einem jungen Mädchen namens Christine, angetan hast, ist zu viel. Ich bin froh mit ihr befreundet zu sein und ich beginne sie dazu zu bringen ihr eigenes Schicksal zu sehen.

"Ich bezweifle, dass du dazu fähig bist sie davon zu überzeugen ein selbstbewusstes, komplett schuldfreies Mädchen zu sein. Die Tragödie beeinflusste ihre Sinne und Gefühle. Was die „Gegenkräfte" betrifft, du hast Recht, aber es wird nicht einfach sein mich weg zu bekommen. Ich biete ein Geschäft an. Wenn du Christine davon überzeugen kannst, wirklich ihren Kurs zu ändern und wenn du drei Aufgaben in drei Tagen bestehst, wirst du zu einem finalen Kampf berechtigt. Die „Gegenkräfte" werden sich treffen und wer auch immer gewinnt wird für alle Ewigkeiten regieren.

"Ein Kampf? Ist das nicht gefährlich? Das Universum läuft Gefahr zu verschwinden wenn etwas falsch läuft.

"Du hast keine Wahl. Es heißt nimm es oder lass es. Willst du Mimoso wirklich retten? Dann begegne der Macht der „Dunkelheit".

"Gut. Ich mach es.

Damit verlasse ich den Raum und suche den Ausgang. Ein Krieg zwischen den „Gegenkräften" war dabei zu beginnen und ich war einer der Hauptdarsteller der Konfrontation. Ich wusste nicht was passieren wird, doch ich war bereit, alles zu tun um das Gleichgewicht der „Gegenkräfte" wiederherzustellen und Christine zu helfen.

Die Nachricht 11

Das Treffen mit Clemilda zeigte mir, dass ich sofort handeln muss und meinen Plan umsetzen. Der Krieg zwischen den „Gegenkräften" wurde erklärt und ich hatte eine große Rolle darin. Also entschied ich mich eine Notiz zu schreiben, adressiert an Christine, um sie zu einem weiteren Treffen einzuladen. Nachdem ich sie schrieb rief ich Renato und bat ihn, die Nachricht in ihre Hände zu liefern. Er nahm sie und ging ohne Verzögerung. Ungefähr zwanzig Minuten später kam er zusammen mit einer Antwort zurück. Ich nahm das Papier sorgfältig und öffne es langsam weil ich Angst vor der Antwort habe. Es enthält folgende Nachricht: Triff mich um sieben Uhr morgens bei der Straße nach Climério. Ich bin froh zu hören, dass sie meine Einladung annahm und meine Hoffnungen sie zu heilen stiegen. Sie war eine Schlüsselspielerin im Kampf gegen die Kräfte gegen uns.

Ausflug nach Climério

Der Tag des Treffens war endlich da. Ich stehe auf und stelle die geeignetste Strategie für das Treffen auf. Ich gehe ins Badezimmer und nehme ein Bad, putze meine Zähne und gehe Frühstücken. Nach der Erfüllung all dieser Schritte bin ich bereit dazu, hinauszugehen und Christine zu finden. Den Ort des Treffens kannte ich gut. Es war in Climério, im Osten von Mimoso gelegen. Mit dem Gemüt, mit dem ich aufwachte, beginne ich in die Richtung des Ortes, an dem wir uns Treffen werden, zu gehen. Es war nach sieben Uhr morgens und genau zu dieser Zeit sollte Christine ihr Haus verlassen haben. Die Erinnerung unseres ersten Treffens kommt in meinen Verstand und ich wundere mich, ob Christine mir schon vertraut weil sie während den ersten Momenten unseres Interviews sehr zurückgezogen war. Gut, kein Wunder. Ich war ein Fremder, ein Fremder der, wie sich herausstellte, sehr gut über die Details ihres Lebens Bescheid wusste. Das erbrachte einen beispiellosen Effekt. Ich bin froh, dass ich ihr klarmachte, dass ich ihr Freund sein will und sehend wie sie sich letztlich extrem einsam fühlte, akzeptierte sie, zumindest vorübergehend, meinen Rat und meine Vorschläge. Jetzt war ich bereit für die zweite Stufe, die die Wichtigste ist.

Ich laufe für einige Zeit in dieselbe Richtung und weiter vorne sehe ich die Umrisse von Christine. Sofort starte ich zu rennen um sie zu treffen.

"Wie geht es dir, Christine? Hattest du eine gute Nacht?

"Seit der Tragödie hatte ich keine gute Nacht mehr. Ich träume immer von meiner Hochzeit und allem was dort geschah. Ich weiß nicht wie lange ich so leben werde.

"Du musst es los lassen, Christine. Vergiss die Schuld und Reue weil sie dir nur schaden. Ich lernte, dass wir im Leben in der Gegenwart leben müssen und nicht in der schmerzvollen Vergangenheit. Die guten Zeiten sind die, an die wir uns erinnern sollten um uns selbst zu stärken und mit unseren Köpfen hoch weiter laufen können.

"Das sind nur Worte. Der Schmerz, den ich in mir fühle, ist noch zu stark.

"Eines Tages wirst du es überwinden. Da bin ich mir sicher. Also, Christine, ich muss mit dir über etwas Ernstes sprechen. Es geht um die Hexe Clemilda, die die Mächte der Dunkelheit beschwört hat um das Dorf von Mimoso an sich zu reißen. Sie war zuständig für die Tragödie und alle anderen schlechten Ereignisse die hier stattfanden. Ich konfrontierte sie und bin entschlossen, ihre Herrschaft zu beenden. Als Antwort bot sie mir ein Angebot an. Jetzt muss ich die Mächte des Guten für einen Kampf versammeln. Was sagst du? Bist du bereit mich in diesem Kampf zu verteidigen?

"Ich weiß nicht ob ich bereit bin. Clemilda ist Gerusa Cousine und Gerusa war praktisch wie eine Mutter für mich. Ich weiß, dass sie böse ist und ich bin komplett gegen ihre Handlungen. Auf der anderen Seite, sie ist praktisch Teil der Familie. Es sind die „Gegenkräfte" die mein Herz verwirren und mich zweifeln lassen.

"Ich verstehe. Ich muss dich daran erinnern, dass ich eine Schlüsselrolle im kommenden Krieg habe. Bevor du dich entscheidest, denk an die Leute, das Christentum und an dich selbst.

"Ich verspreche, dass ich darüber nachdenken werde. Willst du mir noch was sagen?

Ich denke für einige Momente nach bevor ich antworte und frage mich, ob sie wirklich bereit ist. Ich entscheide mich das Risiko anzunehmen.

"Ja, die ganze Wahrheit. Christine, für viele Jahre war ich ein junger Träumer und voller Hoffnung. Trotzdem, trotz meiner besten Bemühungen konnte ich meine Ziele nicht erfüllen. Ich war für drei Jahre meines Lebens komplett verlassen: ich hatte keinen Job und ich lernte nichts. Am Tiefpunkt zu sein führte mich zu einer Krise, die mich fast wahnsinnig machte. Während dieser Krise versuchte ich näher an den Erschaffer zu kommen, um ein wenig Friede und Trost zu erhalten. Doch je mehr ich darauf bestand, je weniger Antworten erhielt ich. Also versuchte ich, auf der Suche nach Heilung und Antworten, Zuflucht beim Teufel zu bekommen. Ich ging zu einer Sitzung und sie versprachen mir, dass ich in der Lage sein werde, geheilt zu werden und Glücklich zu sein. Als Gegenleistung würde ich meine Religion ändern müssen und genau tun was sie wollen. An dem Tag und in der Stunde die für meine Rückkunft an diesen Ort markiert wurde bekam ich die Antwort, dass Gott sich um mich kümmert. Er schickte einen Engel und warnte mich davor, zurückzugehen, dass ich nicht mein lang ersehntes Glück und die Heilung finden würde. Also beachtete ich die Warnung und wagte es nicht zurück zu gehen. Ich ging zu einem Arzt und er sagte, dass mein Fall nicht ernst war, dass es nur ein einfacher Nervenzusammenbruch war. Ich nahm also ein Paar Medikamente und es ging mir besser. Gott nutzte diesen Arzt um mir zu helfen. Wie oft macht er das ohne dass wir es bemerken. Während meiner Krise begann ich zu schreiben, um ein wenig Spaß zu haben, als Therapie. Dann realisierte ich, dass ich ein Talent habe, das mir nie auffiel. Nach der Krise bekam ich einen Beruf und ging zurück zur Schule. Gleichzeitig wuchs der Wunsch in mir ein Autor zu werden und mit Leuten zu kommunizieren. Dann hörte ich vom Ororubá Berg, dem heiligen Berg. Er wurde Heilig wegen dem Tod eines mysteriösen Schamanen und er hat eine mystische Höhle auf der Spitze, die die Höhle der Verzweiflung genannt wird. Sie ist in der Lage, jeden Traum zu erfüllen, so lang er rein und ehrlich ist. Also entschied ich mich zu packen und begann eine Reise zum Berg. Ich verabschiedete mich von meiner Familie, doch sie verstanden meinen Traum nicht. Trotzdem ging ich. Ich musste an mein eigenes Talent und Potential glauben. Also bestieg ich den Berg und traf die Beschützerin, einen alten Geist. Mit ihren Lehren war ich in der Lage, die Aufgaben zu überstehen, die meine Eintrittskarte für die Höhle waren. Doch die Geschichte ist noch nicht fertig. Die Höhle der Verzweiflung erlaubte noch nie jemandem seine Träume durch sie zu erfüllen. Alle die es versuchten scheiterten kurzerhand. Aber ich hatte einen Traum und mein Leben für ihn zu riskieren war kein Hindernis für mich. Ich entschied mich, die Höhle zu betreten. Ich gehe rein und schon bald erschienen die ersten Fallen. Ich schaffte es sie zu überleben und bald danach komme ich zu drei Türen. Sie stehen für Freude, Misserfolg und Angst. Ich nahm die richtige Tür und komme in der Höhle weiter. Dann fand ich einen Ninja und mit seinen Kampfkünsten versuchte er mich zu zerstören. Die Erfahrung führte mich zum Sieg und ich besiegte den Ninja. Dann schritt ich in der Höhle weiter und fand ein Labyrinth. Ich betrat es und verlief mich. Dann hatte ich eine Idee und schaffte es mich selbst zu finden. Also stoß ich mich weiter in der Höhle. Kurzgesagt, ich war in der Lage, in allen Szenarien in der Höhle voranzukommen und sie sah sich selbst dazu verpflichtet mir meinen Wunsch zu billigen. Ich wurde der Seher und reiste in der Zeit zurück, einer Stimme, die ich nicht kannte, folgend. Diese Stimme war deine, Christine, und ich bin hier um dir zu helfen.

"Das ist viel Information gleichzeitig. Ich weiß nicht ob du verrückt bist oder ich meinen Verstand verliere. Ich hörte schon von der Höhle und ihren tollen Kräften, aber ich konnte mir nie vorstellen, dass jemand hinein geht und ihre Feuer übersteht. Ich muss ein wenig nachdenken und alles, was ich hörte, widerspiegeln.

"Denke, Christine, aber brauch nicht zu lange. Meine Zeit hier rinnt und ich muss meine Mission erfüllen.

"Ich verspreche dir bald eine Antwort zu geben. Also, jetzt muss ich meinen Spaziergang beenden und nachhause gehen.

Ich verabschiede mich von Christine und gehe zurück zum Hotel. Ich erfüllte meinen Teil, jetzt waren nur noch Antworten übrig. Meine Hoffnungen waren in den Händen des Schicksals und ich wusste nicht wo sie hinzeigen. Der Krieg zwischen den „Gegenkräften" würde bald stattfinden und Christines Antwort wird der entscheidende Faktor sein.

Entscheidung

Der bevorstehende Krieg zwischen den „Gegenkräften" hinterließ mich keineswegs sicher. Ich nahm nie an einem Wettkampf dieser Art teil und es würde eine einzigartige Erfahrung werden. Um mein Herz und meinen Verstand zu erleichtern verließ ich das Hotel und bewegte mich zu den Ruinen der Kapelle von St. Sebastian, die sehr nah lag. Auf dem Weg frage ich mich, welche Aufgaben ich bewältigen werden müsse und ob sie so schwer wie die Hindernisse in der Höhle sein werden. Ich würde alles in meiner Macht tun um inmitten aller Schwierigkeiten zu gewinnen. Meine Gedanken erheben sich und ich denke über meinen Traum nach und alle Hindernisse die er beinhaltete. Ich wundere mich ob ich einen kommerziellen Verleger für mein Buch bekommen werde. Würde dieser genug investieren, um mit dem Buch Erfolg zu haben? Mir ist bewusst, dass die Höhle mir half, meine Probleme aber nicht lösen würde. Ich erwarte, dass die Höhle nur der Beginn einer langen und lebhaften literarischen Karriere war. Nichtsdestotrotz war es nicht Zeit mir darüber Sorgen zu machen. Ich hatte wichtigere Sachen zu unternehmen. Ich würde die „Gegenkräfte" wiedervereinen müssen und Christine helfen sich selbst zu finden. Die Ziele bringen mich näher an die Ruinen und Momente später berühre ich die Überbleibsel des Symbols des Christentums. Ich betrachte das Kruzifix das ganz blieb und nachdem ich es berühre beginne ich mehr über meine Religion und ihren Erschaffer zu verstehen. Er gab sich selbst für uns auf, einfach wegen einer Liebe die wir nicht verstehen können. Eine Liebe so groß, dass sie Wunder wirken kann. Das war, was ich brauchte: ein Wunder.

Ich war dabei, unbekannten Kräften gegenüberzustehen die sich von Egoismus, Süchten, Schwächen und menschlichem Hass ernährten, Kräfte, die dazu fähig sind menschliches Leben zu zerstören. Ich schaue auf das Kreuz und es füllt mich mit Mut. Da war ein Beispiel eines Gewinners. Er war auch ein Träumer, wie ich, und seine Lehren haben die Welt erobert. Er brachte uns bei zu lieben und andere zu respektieren und das war die Nachricht, die ich in meinem alltäglichen Leben predige. Ich sehe mich nach allem, was mir nahe ist, um: Ich sehe Leute, den blauen Himmel und weit weg, den Horizont. Ich könnte sie oder mich selbst nicht enttäuschen. Mit all der Stärke in meiner Brust rufe ich:

"Ich bin bereit!

Die Erde begann zu beben und innerhalb weniger Sekunden fühle ich mich aus dem Ort, an dem ich bin, entrissen. Ich werde an den Haaren geführt und die Emotionen des Momentes verfinstern meine Sicht, alles ist dunkel und leer.

Die Erfahrung in der Wüste

Ich wachte gerade auf und stehe auf, um zu erfahren, wo genau ich bin. Ich schaue in die vier Richtungen und kann nur Sand und Himmel sehen. Ich fühle mich als ob ich in der Mitte einer Wüste bin. Was mache ich hier? Was für ein Scherz war das? Gerade erst war ich bei den Ruinen der Kapelle (in Mimoso) und war dann in diesem dunklen, leeren Ort. Ich beginne zu laufen, nach irgendetwas ausschauhaltend. Wer weiß, vielleicht finde ich eine Oase oder etwas das mich führen kann und mir sagt wo genau ich bin. Das Gefühl der Einsamkeit steigt jede Minute, trotz meines Glaubens, dass ich immer von einem Engel begleitet werde. In diesen Momenten erinnere ich mich letztendlich daran, wie wichtig es ist Freunde zu haben oder jemanden, dem man vertrauen kann. Geld, soziale Prahlerei, Nichtigkeiten, Erfolg und Sieg sind sinnlos wenn man niemanden hat, mit dem man es teilen kann. Ich laufe weiter und der Schweiß trieft, der Hunger kneift mich und der Durst tut dasselbe. Ich fühle mich so verloren, wie ich mich im Höhlenlabyrinth fühlte. Welche Strategie soll ich nun anwenden? Die Oase könnte überall sein. Ich bleibe ein wenig stehen. Ich würde meine Stärken erholen und atmen. Ich habe meine Grenzen noch nicht erreicht aber fühle mich ziemlich erschöpft. Die Wanderung die steilen Treppen hinauf kommt mir in den Sinn, die, die im Heiligtum der Mutter der Gnaden waren, wo die Beschützerin stationiert war, in Binden. Ich war nur ein Kind und die Anstrengung des Kletterns kostete mich viel. Nachdem ich auf der Spitze ankam brachte ich mich wegen der Angst, den steilen Berghang hinunterzufallen, an einen sicheren Platz. Meine Mutter zündete eine Kerze an und zahlte die Versprechung die sie machte. Der Schrein wurde von vielen Touristen besucht und ich nahm die Erscheinung der Jungfrau Maria an diesem Ort auf.

Die Geschichte ging wie folgt: Im Jahre 1936 ritten der Bandit Virgulino Ferreira, die „Laterne", und seine Bande durch Pesqueira, wo sie Gräueltaten gegen die lokale Bauern verübten. Maria da Luz fragte Conceição was sie tun würde, wenn die Laterne dort in diesem Moment erschien. Das Mädchen sagte: „Meine Güte, ich müsste einen Weg herausfinden, sodass dieser Übeltäter nicht in der Lage sein wird uns zu verletzen". Das sah sie, auf die Bergkette schauend, ein Bild in der Form einer Frau. Die Erscheinung wiederholte sich in den folgenden Tagen und die Neuigkeit verbreitete sich durch die Region. Der Vatikan gab zu, dass die Mutter der Gnaden in Pesqueira und fünf weiteren Orten in verschiedenen Teilen der Erde erschien. Die Erscheinung auf der Bergkette war die einzige registrierte auf dem amerikanischen Kontinent.

Nach dem Absteigen vom Heiligtum fühlte ich mich entspannter und selbstbewusst. So würde ich mich fühlen, nachdem ich eine Oase gefunden hätte. Ich kehre zum Laufen zurück und habe eine Frage in meinem Kopf die nicht raus gehen will. Wo war die Aufgabe? Es machte keinen Sinn für mich ohne Antworten zu laufen. Seitdem ich den Ausflug auf den heiligen Berg machte, erfüllte ich die Aufgaben und betrat die Höhle. Ich hatte einen Plan und einen Zweck. Nun war ich hilflos und ohne Richtung. Ich beobachte den Himmel und sehe ein Paar Vögel. Eine gute Idee knallt in meinen Kopf und ich entscheide mich ihnen zu folgen, wie der Fledermaus in der Höhle. Nach dreißig Minuten der Jagd sehe ich einen See wo die Vögel landen und meine Hoffnung kommt mit einer großen Macht zurück. Ich nähere mich dem See und trinke sein Wasser. Ich trinke ein wenig, doch der schlechte Geschmack bringt mich dazu aufzuhören. Also sitze ich für eine kurze Zeit am See um meine Beine und Füße auszuruhen, die müde von der Reise waren. Einen Moment später berührt eine Hand meine Schulter und ich drehe mich um. Die Beschützerin, die ich am Berg traf, war direkt vor mir.

"Du, hier? Das habe ich nicht erwartet.

"Mein Sohn, du schaust müde aus. Willst du nicht nachhause gehen? Deine Familie vermisst dich sehr.

"Ich kann nicht. Ich muss meine Mission erfüllen. Es war dieselbe Dame die mich nach Mimoso schickte um die „Gegenkräfte" wieder zusammenzuführen und um Christine zu helfen.

"Vergiss deine Mission. Du hast nicht die Stärke um deinen Gegner zu besiegen. Erinnere dich daran, dass sogar dein Herr Jesus Christus auf dem Kreuz starb weil er dem Teufel nicht folgte.

"Du liegst falsch. Jesus Christus kam als Gewinner aus diesem Disput und das Kreuz ist ein Symbol seines Sieges. Warte. Du hast nie in dieser Weise gesprochen. Wer bist du? Ich bin sicher, dass du trotz deines Aussehens nicht die Beschützerin bist.

Die Frau gab einen Schrei des Sarkasmus und verschwand. Es war also nur eine Vision die darauf wartete, sich mit mir anzulegen. Ich muss sehr vorsichtig mit Erscheinungen umgehen. Ich verbleibe, sitzend, ohne eine Idee wie ich diesen großen und leeren Ort verlassen sollte. Ich fühle nur mein Herz pochen, meine Beine zucken und höre mein Unterbewusstsein sagen, dass es nicht vorüber ist. Was fehlte? Ich habe schon genug von dieser Aufgabe. Ich schaue in dem Horizont und in der Distanz sehe ich jemanden näher kommen. War es mehr als eine Vision? Ich müsste vorsichtig sein. Als sie näher kam war ich verängstigt und konnte es nicht glauben. Die Person umarmt mich und ich gebe sie trotz des Misstrauens wider.

"Bist du wirklich meine Mutter? Wie bist du hierhergekommen?

"Ich bin es. Die Beschützerin half mir dich zu finden. Nach dem du mich verließest ging ich auf den Berg weil ich sehr besorgt war. Also fand ich die Beschützerin und sie geleitete mich.

"Warte. Ich muss den Beweis haben, dass du wirklich meine Mutter bist. Wie hieß meine Lieblingskatze und welchen Spitznamen haben mir meine Neffen gegeben?

"Das ist einfach. Der Name deiner Lieblingskatze war Pecho und dein Spitzname ist Onkel Göttlich.

Die Antwort beruhigt mich und ich umarme sie. Ich brauchte wirklich jemanden vertrauten in der Wüste.

"Was machst du hier?

"Ich bin hier, um dich zu überzeugen, das alles hier aufzugeben. Du riskierst große Gefahren in dieser Wüste. Komm schon, lass uns gehen. Ich hätte dich nicht das Haus verlassen lassen sollen.

"Ich kann nicht. Ich muss eine Mission erfüllen. Ich muss die „Gegenkräfte" wiedervereinigen und Christine helfen. Dazu kommt, dass ich alles in einem Buch dokumentieren muss, um meine Literatur-Karriere zu starten.

"Deine Mission ist verrückt. Du kannst die Kräfte der Dunkelheit weder besiegen noch kannst du ein Buch veröffentlichen. Wie oft muss ich dir sagen, dass Bücher zu schreiben dir keine Ergebnisse bringen wird? Du bist arm und unbekannt. Wer wird sie kaufen? Darüber hinaus hast du kein Talent.

"Du liegst völlig falsch. Ich kann die „Gegenkräfte" wiedervereinen und meinen Traum wahr machen. Ich kann nicht glauben, dass du meine Mutter bist, obwohl sie mich auch nicht ermutigt hat. Ich weiß, dass sie einen Funken Hoffnung hat, dass ich wirklich Autor werde. Ich habe Talent oder ich wäre nie in die Höhle gekommen um den Berg zu bitten mich in den Seher zu verwandeln.

Sofort wurde meine Mutter zu einem Mann mit hellfarbiger Erscheinung und mit Augen aus Feuer. Ich war ein wenig schockiert, doch ich erwartete, dass es nicht sie war. Der Mann begann mich zu umkreisen.

"Seher, Sohn Gottes. Hast du je darüber nachgedacht, was all diese Namen bedeuten? Hellseherei ist eine Gabe die einem Individuum hilft, die Zukunft zu kennen oder genaue Vorstellung zu haben was anderswo vor sich geht. Du hast diese Fähigkeiten nicht. Tatsächlich, was du hast ist eine unterentwickelte Hellseherei. Es ist ziemlich überheblich von dir zu behaupten, dass du ein mächtiger Seher seiest. Was den Fakt betrifft, dass du der Sohn Gottes bist, das ist ein großer Witz. Erinnerst du dich nicht an den Fehler den du in einer Wüste wie dieser begingest? Denkst du, dass Gott dir verziehen hat? Wie sonst hast du den Nerv dich selbst Sohn Gottes zu nennen? Für mich, bist du eher ein Teufel als ein Gott. Das ist richtig. Du bist der Teufel, genau wie ich!

"Ich bin vielleicht kein mächtiger Hellseher, doch ich erhalte Nachrichten des Erschaffers. Er sagt mir, dass ich eine helle Zukunft haben werde. Ich baue sie jeden Tag in meiner Arbeit, meinen Studien und in den Büchern die ich schreibe. Was meine Fehler betrifft, ich kenne sie und habe um Vergebung gebeten. Wer macht keine Fehler? Ich habe mich darauf fokussiert ein neuer Mann zu werden und ich habe meine Vergangenheit vergessen. Die Nachrichten die ich erhielt sagen, dass Gott mich als seinen Sohn ansieht und ich glaube fest daran. Sonst hätte er mich nicht so oft gerettet.

Mit Augen voller Tränen schaue ich in das Universum und drehe meinen Rücken zu dem Ankläger. Ich gebe einen starken Ruf von mir.

"Ich bin nicht der Teufel! Ich bin ein menschliches Wesen das eines Tages entdeckte, dass ich einen unendlichen Wert für Gott habe. Er rettete mich von der Krise und zeigte mir den Weg. Jetzt will ich bei ihm bleiben und mich selbst erfüllen, ganz gleich den Hindernissen oder Schwierigkeiten die ich überstehen muss. Sie werden mich reifen lassen und ich werde ein besserer Mensch werden. Ich werde Glücklich sein weil das Universum sich dafür verschwört hat.

Der Teufel nimmt ein wenig Abstand und sagt:

"Wir werden uns wieder treffen, Aldivan. Der Krieg zwischen den „Gegenkräften" beginnt gerade erst. Am Ende werde ich als Gewinner hervorstechen.

Damit verschwand er. Sofort danach werde ich wieder entrissen. Innerhalb von Sekunden finde ich mich wieder im vorhergegangenen Szenario, wieder unter den Ruinen der Kapelle. Ich beschließe sofort zurück zum Hotel zu gehen um mich auszuruhen und meine Stärken und meinen Geist wiederherzustellen. Die erste Aufgabe war komplett, jetzt waren nur noch zwei übrig.

Die Verehrer der Dunkelheit

Am nächsten Tag gehe ich zurück zum selben Ort wo ich an die erste Erfahrung genommen wurde. Unbewusst denke ich, dass es das Tor zu den Aufgaben ist. Als ich auf die Ruinen schaue fühle ich mein Herz wegen der Trostlosigkeit des Ortes auseinander reißen. Der wahre Pfad wurde zugedeckt von einer bösen und verdorbenen Hexe. Jetzt bestand meine Arbeit daraus die „Gegenkräfte" wieder ins Gleichgewicht zu bringen und den verlorenen Frieden im Ort wiederherzustellen. Bereit, wiederholte ich das Passwort des vorhergegangenen Tages und wieder werde ich teleportiert. Ich finde mich selbst in einem seltsamen und dunklen Ort, wo ein Ritual durchgeführt wird. Dort sind um die zehn Personen, sie sind in einem Kreis aufgestellt und murmeln Worte in einer Sprache die ich nicht kenne. In der Mitte ist ein hockender Mann und die anderen schütten eine Flüssigkeit mit einem unerträglichen Geruch auf seinen Kopf. Einen Moment später wachsen zwei Hörner aus seinem Kopf und seine Miene wird schrecklich. Es sieht mich und steht auf. Es nähert sich mir, nimmt ein Schwert auf und wirft mir ein weiteres zu. Ich werde nervös weil ich es nicht gewohnt bin mit Waffen umzugehen.

Es ruft mich zum Kampf und beginnt ein paar Schläge von sich zu geben. Ich versuche sie mit meinem Schwert zu blocken und, fast wie ein Wunder, schaffe ich es. Es attackiert weiter und ich verteidige mich. Ich beobachte seine Bewegungen, um eine anschließende Reaktion zu machen. Es ist ziemlich schnell und geschickt. Immer mehr kämpfe ich zurück und es scheint überrascht. Eine meiner Bewegungen verletzt ihn, doch es scheint noch immer unermüdlich. Also erhebe ich Einspruch. Ich nähere mich ihm, ohne dass es bemerkt, bereite mich auf eine finale Attacke vor. Das Schwert hilft mir ihn ins Ungleichgewicht zu bringen und mit geballten Fäusten schlage ich mit allem was ich habe zu. Es fällt auf den Boden, bewusstlos. Gleichzeitig werde ich zu den Ruinen der Kapelle transportiert. Die zweite Aufgabe war erfüllt.

Die Erfahrung des Besitzes

Der dritte Tag war endlich da. Wieder gehe ich zu der Kapellenruine. Die dritte Erfahrung war markiert und ich konnte nicht länger warten. Was erwartete mich? Ich wusste es wirklich nicht, war aber für alles bereit. Die Beschützerin, die Aufgaben und die Höhle trugen dazu erheblich bei. Ich war nun der Seher und konnte nicht länger ängstlich sein. Selbstbewusst und ruhig wiederhole ich das Passwort des vergangenen Tages. Ein kalter Wind schlägt mich, mein Körper schüttelt sich und unaufhörliche Stimmen beginnen mich zu stören. Sofort wird mein Bewusstsein in meinen Verstand transportiert und nachdem es ankommt höre ich jemanden an eine Türe klopfen. Ich beschließe mich zu öffnen. Nach dem Öffnen kommt ein helles Objekt, dünn, mit honigfärbigen Augen und einer Dornenkrone auf seinem Kopf rein.

"Wer bist du?

"Ich bin Jesus Christus.

"Was machst du hier, in meinem Verstand?

"Ich kam hierher um von dir Besitz zu nehmen. Wenn du zustimmst, werde ich dich zum mächtigsten und talentiertesten Mann machen.

"Wie weiß ich ob der bist, von dem sagst, dass du es bist? Ich will Beweise.

"Das ist einfach. Du bist ein junger Mann mit 26 Jahren, still, nett und sehr intelligent. Dein Traum ist es Autor zu werden und deshalb hast du die Reise auf den Berg gemacht von dem jeder behauptet, dass er heilig ist. Du hast die Beschützerin getroffen, das junge Mädchen, den Geist, den Jungen, hast die Aufgaben gelöst und die gefährlichste Höhle der Welt betreten. Fallen ausweichend und durch Szenarien schreitend hast du gesiegt. Also erfülltest du dir deinen Traum und wurdest zum Seher. Doch die Höhle war nur ein Schritt in deinem geistigen Wachstum. Jetzt brauchst du mich um deinen Weg weiter zu gehen.

"Du bist also wirklich Jesus Christus. Trotzdem, ich weiß nicht ob ich jemanden in meinem Verstand möchte. Es ist schwer mich an eine Stimme, die mich jederzeit führt, zu gewöhnen. Kannst du mir nicht vom Himmel aus helfen? Das wäre mir angenehmer.

"Wenn ich nicht hier bleibe wirst du ein Versager werden. Entscheide dich schnell: Willst du ein Mann oder ein Gott sein? Wenn du dich für die zweite Option entscheidest werde ich dich fliegen, auf Wasser laufen und Wunder ausführen lassen.

"Das glaube ich nicht. Wieder, ich brauche Beweise.

Ich bringe meinen Körper auf eine Überschwemmungsebene, wo der Fluss Mimoso passiert. Ich wollte einen wahren Beweis davon, was wirklich mit mir geschehen wird. Nach dem ankommen beim Fluss versuche ich meine ersten Schritte auf dem Wasser zu unternehmen. Das laufen gibt mir den Beweis seines Betruges. Ich wurde hintergangen.

"Monster! Du bist nicht Jesus Christus! Geh aus meinem Verstand, ich befehle es dir!

Der Mann wurde zu einer Kreatur mit Hörnern und einem langen Schwanz. Ein starker Wind beginnt auf ihn zu wehen und schiebt ihn genau zur Eingangstür meines Verstandes. Er geht und die Tür schließt sich. Mein Bewusstsein kehrt zur Normalität zurück und ich fühle mich besser. De Erfahrung erschöpfte meine Kräfte und so beschließe ich, mit der dritten Aufgabe geschafft, sofort zurück zum Hotel zu gehen. Jetzt musste ich nur noch Christine überzeugen und zum finalen Kampf gehen.

Das Gefängnis

Nach der Ankunft beim Hotel werde ich von der Gegenwart des Abgeordneten Pompeu und seinen Untergeordneten überrascht.

"Schaut wer hier ist, gerade auf wen wir gehofft haben. Herr Seher, Sie sind festgenommen. (Pompeu)

"Wie? Wie lautet die Anklage?

"Er wird inhaftiert auf Anordnung von Königin Clemilda und das ist genug.

Schnell legen die Untergebenen mir Handschellen an. Ein Mix aus Empörung und Wut füllt mein gesamtes Wesen. Die Mächte der Dunkelheit nutzten ihren letzten Ausweg um den Triumph des Guten zu verhindern. Eingesperrt könnte ich nichts machen und Mimoso wäre verloren. Was würde mit den „Gegenkräften" und Christine geschehen?

In diesem Moment habe ich die Hoffnung schon verloren. Sie befohlen mir zu laufen und genau das mache ich. Auf dem Weg zum Revier fallen mir all die Ungerechtigkeiten, die ich in meinem Leben erlitt, ein: Ein schlecht korrigierter Test, eine unmenschliche öffentliche Angestellte, ein schlechter Prozess und Unverständnis von anderen. In all diesen Situationen fühlte ich mich gleich: unterdrückt. Ich gebe meine Aufmerksamkeit an den Abgeordneten und frage ihn ob er keine Reue fühle. Er sagt, dass er es nicht fühlt, doch er würde, wenn er nicht einen Befehl erfüllen würde, weil er gewiss seinen Job verlieren würde. Ich verstehe seinen Punkt und habe keine weiteren Fragen. Einige Zeit später erreichen wir unser Ziel. Sie legen mir die Handschellen ab und geben mich in eine Zelle mit einigen weiteren Gefangenen. Ich verbringe meine erste Nacht komplett eingesperrt.

Dialog

Nach kurzer Zeit finde ich einen Weg mich an den anderen Eingesperrten anzupassen. Sie sind dort aus verschiedenen Gründen: Einer für das Stehlen von Hühnern, andere für die Verweigerung, Steuern zu zahlen und einige, weil sie nicht für den vom Major nominierten Kandidaten wählten. Unter ihnen ist Claudio. Ich beginne mich mit ihm zu unterhalten.

"Bist du schon lang hier?

"Ja, eine lange Zeit. Ich bin hier seitdem der Major bemerkte, dass ich mit seiner Tochter gehe. Und du, wieso bist du im Gefängnis?

"Also, ich hatte eine Meinungsverschiedenheit mit einer Dame namens Clemilda. Sie begeht Tyrannei wie sie mich hier einsperrt. Aber erzähl mir über dich, du liebst dieses Mädchen so sehr bis zum Punkt, dass du es riskierst, dem Major gegenüberzustehen?

"Ja, ich liebe sie. Seitdem ich Christine traf bin ich ein neuer Mann. Ich schätze nun die wirklich wichtigen Sachen. Ich gab auch all meine schlechten Angewohnheiten und wilde Gepflogenheiten auf. Ohne sie weiß ich nicht, was aus meinem Leben wird.

"Ich verstehe. Der Moment in dem ich sie traf dachte ich, dass sie wirklich was Besonderes ist. Es ist eine Schande, dass sie durch so eine Tragödie gehen muss.

"Ich hörte von der Tragödie, hier im Gefängnis. Trotzdem, ich weigere mich zu glauben, dass die Frau, die ich Liebe, eine Mörderin ist. Ihr Temperament entspricht nicht dem Fakt.

"Sie war nur ein weiteres Opfer der Hexe Clemilda. Diese Kreatur brachte die „Gegenkräfte" in ein Ungleichgewicht und es bedroht das gesamte Universum. Es war also dem Schicksal überlassen mich auf den heiligen Berg zu schicken wo ich die Beschützerin, das junge Mädchen, den Geist und den Jungen traf. Ich komplettierte die Aufgaben und damit eroberte ich das Recht, die Höhle der Verzweiflung zu betreten, die Höhle, die deine tiefsten Träume erfüllt. Fallen ausweichend und durch Szenarien schreitend habe ich es zum Ende geschafft. Dann hat die Höhle mich zum Seher gemacht und ich machte einen Ausflug, einem Schrei folgend, den ich hörte. Dieser Schrei war von Christine. Bis dem Erreichen des heutigen Tages bot ich Clemilda die Stirn und sie gab mir drei Aufgaben die ich schaffte. Jetzt ist das einzige, was noch zu erledigen ist, deine Geliebte zu überzeugen das finale Gefecht zu kämpfen. Trotzdem, jetzt bin ich im Gefängnis und das hält mich davon ab zu handeln.

"Was für eine Geschichte! Ich habe schon von der Höhle und ihren wundervollen Kräften gehört, aber ich konnte mir nie vorstellen, dass sie jemand überstehen könnte. Du bist der erste den ich davon sprechen höre. Hör zu, wenn du meine Hilfe benötigst, ich stehe dir zur Verfügung.

"Danke. Gibt es einen Weg von hier auszubrechen?

"Es tut mir leid, aber den gibt es nicht. Diese Tore sind sehr stark und die Ausgänge des Gebäudes sind alle überwacht.

Claudios Antwort entmutigt mich. Was würde aus den „Gegenkräften", Christine und Mimoso werden? Mit mir im Gefängnis werden die Sachen mit jedem vorbeiziehenden Moment schlechter. Jetzt war nur noch übrig zu beten und auf ein Wunder zu hoffen.

Renatos Besuch

Ich wachte gerade auf und das Gefühl, das ich fühlte, dass alles falsch ist, lässt mich nicht gut fühlen. Dieser Ort war nicht für mich geeignet weil ich durch hohe negative Ladungen beeinflusst wurde. Die „Gegenkräfte" schrien in mir und waren aktiver als je zuvor. Ein bisschen später kommt eine der Wachen und öffnet die Zelle für uns damit wir in die Sonne gehen können. Ich stelle mich in die Schlange die sich formt. Wir laufen ein bisschen umher und nach kurzer Zeit werden wir in die Zellen zurückgebracht. Nach dem zurückkommen werde ich darüber informiert, dass jemand auf mich im Besucherbereich wartet. Eine Wache begleitet mich und ich gehe, um die Person zu treffen. Beim Betreten des Raumes bin ich überrascht.

"Du? Was machst du hier, Junge?

"Ich kam, um dir zu helfen. Die Zeit ist hier für mich dir zu beweisen, dass ich von Nutzen bin und dass die Beschützerin richtig lag mich dich begleiten zu lassen.

"Mir helfen? Wie?

"Keine Sorge. Ich habe schon alles geplant. Wenn alles passiert denk nicht zweimal, renn.

"Was hast du vor? Ist es nicht gefährlich?

"Ich kann nichts sagen. Tu nur was ich sage.

"Danke, aber riskiere nicht zu viel für mich. Du bist nur ein Kind.

"Ich bin ein Kind, aber ich weiß wie man ein menschliches Herz erkennt. Ich fühle, dass du eine sehr besondere Person bist.

Renatos Worte berühren mich und ich umarme ihn. Er war nahezu immer bei mir, seitdem die Reise begann und das erzeugte eine Zuneigung zwischen uns. Ich fühlte mich schon wie sein Vater aber in diesem Moment war er derjenige der mich tröstet und ermutigt. Nach der Umarmung verabschiedet er sich und ich gehe zurück in die Zelle, begleitet von einer Wache. Ich finde Claudio und wir beginnen eine neue Konversation. Ungefähr nach Renatos verlassen rieche ich einen komischen Geruch, Rauch bedeckt die Anlage und alle fallen in Panik, ich inklusive. Der Abgeordnete wird gerufen und befielt, alle Zellen zu öffnen. In der Verwirrung erinnere ich mich an Renatos Hinweis und bewege mich, ohne dass mich jemand sieht, aus der Polizeistation hinaus, da der Rauch so dicht ist. Auf dem Weg nach draußen finde ich Renato und wir entkommen zusammen. Wir gehen zurück zum Hotel wo Carmen uns in einen besonderen Raum bringt. Er hat einen unterirdischen Eingang und dort werden wir beherbergt. Ich würde bis zum finalen Kampf sicher sein.

Die dritte Begegnung mit Christine

Christine entschied sich endlich und war bereit sich wieder mit mir zu treffen. Sie hörte, dass ich festgenommen wurde und dieser Fakt half ihr bei ihrer Entscheidung. Sie war auch erschöpft von den Ungerechtigkeiten die von ihrem Vater und der bösen Hexe, Clemilda, begangen wurden. Auf eine bestimmte Weise kontrollierte sie schon die „Gegenkräfte" und das hatte eine Priorität bei ihrer Entscheidung. Sie entschied sich also dafür, Carmen, die Besitzerin des Hotels, zu finden. Sie war sich sicher, dass Carmen über meinen Aufenthaltsort Bescheid wusste. Sie klatscht am Eingang zum Hotel ihre Hände zusammen und ihr wird sofort die Türe geöffnet.

"Sind Sie Frau Carmen? Ich muss mit Ihnen sprechen, Frau.

"Ja. Komm rein.

Christine beantwortet die Einladung und geht hinein. Carmen ging um Tee und Kekse zu holen. Sie kommt mit einem bezaubernden Lächeln zurück.

"Was kann ich für dich tun, meine Liebe? (Carmen)

"Ich suche Aldivan, den Seher. Er war im Gefängnis, aber ich hörte heute, dass er geflohen ist. Weißt du vielleicht, wo er ist? Es ist wichtig.

"Ich weiß es nicht. Seit dem er festgenommen wurde habe ich aufgehört mit ihm Kontakt zu haben.

"Das ist unmöglich. Ich brauche beide, ihn und Mimoso, so sehr. So wird also alles beim Alten bleiben? Wie lange können wir Clemilda Diktatur noch wegstecken?

Tränen rinnen Christines Gesicht hinunter und sie wird verzweifelt. Ihre Reaktion bewegt Carmen und sie tröstet sie.

"Wenn dieses Treffen so wichtig für dich ist bin ich sicher, dass ich einen Weg finden kann.

Carmen bewegt sich weg aus dem Wohnzimmer und ruft mich in ein Zimmer. Nachdem ich von der Gegenwart von Christine erfahre bin ich froh und beschließe, sie sofort zu sehen. Ich gehe ins Wohnzimmer während Renato im Raum bleibt und Carmen geht in die Küche um das Abendessen bereit zu machen. Als sie mich sieht steht Christine auf und rennt los um mich zu umarmen. Ich erwidere die Zuneigung. Wir sitzen Seite-an-Seite nebeneinander im Zimmer.

"Also, hast du dich entschieden?

"Ich habe viel darüber nachgedacht, was du gesagt hast und ich will dir sagen, dass ich es glaube. Im Kloster brachten sie mir bei es zu bemerken wenn jemand ehrlich ist.

"Außer mir zu glauben, bist du auch bereit dein Leben zu ändern?

"Ja und ich will alles vergessen was passierte. Du lagst richtig über den Fakt, dass ich nicht Schuld an der Tragödie bin. Es war ein Fluch den die Hexe auf mich schoss als sie meinen Kopf berührte. Ich hoffe noch immer, dass sie geschlagen wird und dass der Wunsch, um den ich dem Berg bat, gewährt wird.

"Also habe ich es geschafft. Du hast dich selbst gefunden. Du scheinst nicht mehr das traurige, bestürzte, junge Mädchen zu sein. Ich freue mich für dich. Jetzt werde ich das Recht auf einen finalen Kampf haben. Die Begegnung zwischen den „Gegenkräften" nähert sich.

"Kampf? Über was sprichst du?

"Es ist der Deal den ich mit Clemilda machte. Wenn ich drei Aufgaben schaffe und dich davon überzeuge, dein Schicksal zu finden würde ich das Recht haben diesen Kampf zu kämpfen. Es ist die einzige Möglichkeit um die „Gegenkräfte" zu versammeln und sie wieder ins Gleichgewicht zu bringen.

"Ich verstehe. Kann ich helfen? Meine Mutanten-Kräfte wären eine große Hilfe im Kampf.

"Ich weiß nicht. Es ist sehr gefährlich. Wenn du verletzt wirst, Christine, könnte ich mir selbst nicht verzeihen.

Ich denke einige Momente über ihr Angebot nach. Ich wundere mich ob sie wirklich auf dem Schlachtfeld brauchbar ist. Ich weiß nicht was für eine Art von Krieg das ist.

"Gut, du kannst. Trotzdem, du musst hinter mir bleiben. Ich werde dich vor den Mächten der Dunkelheit beschützen. Währenddessen bedeckst du die Rückseite mit deinen Mutanten-Kräften.

"Danke. Wann wird es geschehen?

"Morgen. Triff mich bei den Kapellen Ruinen um sieben Uhr morgens.

Ich nehme Abschied und bitte sie meinen Aufenthaltsort geheim zu halten. Sie stimmt zu und geht. Eine bestimmte Reue macht sich breit und isst mich auf weil ich zu einem Kampf zugestimmt habe, doch es ist noch nicht zu spät. Der nächste Tag würde das Finale in puncto des Schicksals Mimoso sein und ich würde an einem Kampf teilnehmen, welcher mein Leben und das Universum verändern wird.

Der Aufruf des Engels

Christine und ich erreichen rechtzeitig den Treffpunkt. Sie fragt mich wieso dieser bestimmte Ort und ich antworte, dass dies das Tor zu meinen Erfahrungen war. Ich erkläre ihr die Details über die „Gegenkräfte" und das momentane Ungleichgewicht. Danach bitte ich um Stille und beginne damit den Engel zu beschwören, da er eine große Hilfe im Kampf wäre.

"Der Krieg zwischen den „Gegenkräften" nähert sich. In diesem Kampf werden sich wesentliche und bedeutungslose Wesen gegenüberstehen. Unsere Gruppe bestehe aus nur zwei Leuten: Ich, der Seher, und Christine, die eine Mutantin ist. Wir brauchen eine höhere Macht um uns unfassbare Sicherheit zu geben, wir bitten also Unseren Vater um seinen Engel zu schicken um uns zu begleiten und zu beschützen in diesem gefährlichen Kampf. Mimoso Schicksal hängt an dem Gleichgewicht und die Stärke der Güte muss komplett sein.

Ich wiederhole das Gebet drei Mal und beim letzten Mal fühle ich mein Herz in unregelmäßigen Schlägen beben und mein sechster Sinn wird völlig geschärft. Einen Moment später sind meine Türen geöffnet und ich habe die Erlaubnis, die Mysterien der anderen Welt zu entschlüsseln. Ich sehe, in einem großen Raum eines royalen Palastes, eine geöffnete

Tür und aus ihr kommen sieben Engel die zusammen Gott selbst repräsentieren. Einer von ihnen hält einen Kelch in den Händen dessen Füllung meine hartnäckigen Gebete sind. Die sieben Engel nähern sich dem Thron des Allmächtigen Gottes. Der mit dem Kelch schüttet den Inhalt über das Feuer auf der rechten Seite des Vaters. Donner brüllt und geänderte Stimmen können gehört werden. Die Tür zwischen den zwei Welten ist geöffnet und der Engel mit dem Kelch geht durch sie. Die Tür ist bis zu seiner Rückkehr versiegelt und verschlossen. In diesem Moment schließen sich meine Türen und ich komme in die Realität zurück. Nach der Rückgewinnung meines Bewusstseins sehe ich Christine knien und neben mir einen leuchtenden Engel mit langen und hellen Flügeln, den ganzen Platz beleuchtend. Auf seinem Gesicht stand König der Könige und Herr der Herren geschrieben. Seine Füße und Beine scheinen in Feuer zu stehen und sein schlanker Körper bewältigt jede Skulptur. Ich bleibe für einige Momente bei ihm und bewundere seine Schönheit. Er entscheidet sich mich durch Gedankenkräfte zu kontaktieren. Er bittet mich ruhig zu bleiben und Christine auf ihre Beine zu bringen, weil sie keinen Grund dazu hatte, ihn zu vergöttern. Ich gehorche dem Engel und frage, was geschehen wird. Er sagt mir, dass er es nicht weiß, dass das Treffen zwischen den „Gegenkräften" unvorhersehbar ist. Er versichert mir, dass wir mit ihm sicher sein werden. Mit erneuerten Kräften und himmlischer Beschützung, beschließe ich dasselbe Passwort meiner vorherigen Erfahrungen zu versuchen. Mit all der Stärke in meiner Brust rufe ich:

"Wir sind bereit!

Der Boden bebt, der Himmel verdunkelt sich, die Sterne zerbrechen und das gesamte Universum fühlt die Emotionen des Momentes. Der finale Kampf würde beginnen und die Zukunft beider Welten lag auf dem Spiel.

Der letzte Kampf

Das Szenario ändert sich noch immer. Der Boden verschwindet und der Engel muss uns Kräfte geben um fliegen zu können. Am Horizont erscheint eine trennende Linie als eine Art Kraftfeld die uns am

Vorbeigehen hindert. Dann kommt der Moment in dem alles beginnt. Eine immense Dunkelheit nähert sich zusammen mit einem Vampir und ein Paar verschleierten Männern. Auf der anderen Seite ist Clemilda, alles mit ihren skrupellosen Superkräften steuernd. Endlich beginnt der Kampf. Der Engel und der Dämon, Christine und der Vampir, und ich und die vermummten Männer. Der Kampf zwischen den ungreifbare Wesen ist einfach unvorstellbar. Die beiden bewegen sich mit unglaublicher Geschwindigkeit und ihre Schläge sind extrem kraftvoll. Mit jedem Stoß scheinen die beiden Welten zu beben. Der Kampf zwischen Christine und dem Vampir ist auch ausgeglichen. Sie nutzt ihre Feuerstrahlen um sich vor seinen Angriffen zu verteidigen. Ich begegne ebenfalls Schwierigkeiten. Die mit Kapuzen versehenden Männer sind ausgebildete Kämpfer. Ich muss all meine hellseherischen Kräfte nutzten um ihnen zu trotzen. Der Krieg zwischen den „Gegenkräften" war nur der Anfang und die Schwierigkeiten waren zahlreich.

Der Kampf geht weiter und die Schlacht beginnt sich allmählich zu ändern. Einige der verschleierten Männer fallen wegen Erschöpfung um und ich fühle mich freier. Der Kampf zwischen dem Engel und dem Dämon und Christine und dem Vampir verblieben gleich, doch aus meiner Sicht sieht es aus als ob das Gute gewinnen wird. In nur wenigen Momenten siege ich durch das Stürzen meiner Gegner. Dann mache ich eine kleine Pause und beobachte die anderen Kämpfe. Ich hoffe auf Siege für sie alle. Clemilda bemerkt ihre bevorstehende Niederlage und mit all ihren Kräften beschwört sie die Untoten. Sie verlassen das Grab eines alten eingeborenen Friedhofes und sind alle Leute, die sich auf die eine oder andere Weise von ihrem wahren Weg ablenken ließen. Sie sind meine neuen Gegner im Kampf. Unter ihnen erkenne ich den eingeborenen Kualopu, ein Hexer der fast das Aussterben der Xukuru Nation verursachte. Er ist mein gefürchtetster Gegner weil er, wie Clemilda, die dunklen Kräfte beherrscht. Bevor der Kampf startet erinnere ich mich an die Lehren der Beschützerin, die Aufgaben und die Höhle. All diese Schritte dienten als erstaunliches geistiges Wachstum für mich. Jetzt würde ich das als meinen Vorteil in der Schlacht nutzen müssen. Der Kampf beginnt und die lebenden Toten versuchen mich einzuschließen, mit dem Ziel, mich unter einmal anzugreifen. Ich schüttle die Belagerung schnell ab und greife an. Mit der Stärke meines Angriffes reißen einige auseinander. Kualopu beginnt ein stilles Gebet zu wiederholen und im selben Moment rettet mich ein leuchtender Kreis und hinterlässt mich unbeweglich. Die anderen Untoten üben Druck auf mich aus. Das Gedächtnis der Höhle zeigte sich als ich ein ganzes Szenario von Spiegeln konfrontieren musste. Drei Reflektionen wurden lebendig und zeigten einen 15-jährigen jungen Mann, der seinen Vater verlor, ein Kind und einen alten Mann. Ich ging gegen sie an und fand heraus, dass keiner von ihnen gegenwärtig der 26-jährige junge Mann, ein Autor, lizensiert in Mathematik, war. Der Kreis, der mich hielt, vertrat all meine Schwächen die ich, als ich die Höhle betrat, schaffte zu kontrollieren. Darüber nachdenkend konzentriere ich mich auf meine Kräfte und mit einem Impuls zerbricht der Kreis. Ich konnte dann gegen eine große Nummer von Untoten zurückschlagen und sie zerstören. Kualopu lehnte es ab meine Stärke anzuerkennen und mit einem letzten Schlag war ich in der Lage, ihn zu überkommen. Nachdem sie das sah geriet Clemilda in Panik und begann ihre letzte Strategie zu gliedern.

Während sich Clemilda vorbereitete, beobachtete ich, dass die anderen Kräfte des Guten schon im Vorteil gegen die der gegnerischen Kräfte waren. Das freute und beruhigte mich. Ich nahm mir auch die Zeit, mich zu entspannen und durchzuatmen. Schließlich entscheidet sich Clemilda. Sie geht, um den Kampf direkt beizutreten. Dunkle Kräfte nutzend, bewaffnet sie sich mit Schwert und Schild. Der Engel sieht meine Situation und gibt mir mit seinen Kräften dieselben Waffen. Der Showdown beginnt und ich bin erstaunt vom Geschick meiner Rivalin. Sie war keine Amateurin. Ich bleibe für einige Zeit defensiv um sie mit all meinem Respekt zu beobachten. Meine Attitüde lässt mich meine Balance verlieren und die Hexe ist in der Lage mich ins Gesicht zu schlagen. Ich ordne meine Pläne neu und versuche einen Gegenangriff. Meine Antwort zeigt Ergebnisse und ich komme zurück in den Kampf. Mit einem weiteren Angriff entwaffne ich sie und sie hat keine Defensive mehr. Dann, um die Situation ins Gleichgewicht zu bringen, werde ich meine Rüstung auch los. Ich packe sie und wir messen unsere Kräfte.

Sie beschwört den Teufel, ich Jesus Christus und sein Kreuz. Im selben Moment fällt sie besiegt um. Der Dämon und der Vampir verschwinden; die Sonne und der Boden erscheinen. Der Engel scheint mehr als je zuvor und ich kann aus dem Himmel ein Geräusch von großen Feierlichkeiten hören. Ich schaffte es, die „Gegenkräfte" zu versammeln und Christine zu helfen. Sofort verabschiedet sich der Engel und verschwindet auch. Meine Zeitreise war ein Erfolg und ich würde sie wann immer es nötig wäre wiederholen.

Der Zerfall der bestehenden Strukturen

Mit dem Fall von Clemilda löst sich die schwarze Wolke auf, ihre Handlanger fliehen und Christine war geheilt. Damit kam Mimoso wieder zur Normalität zurück und das Christentum nahm seinen Platz wieder ein. Um zu feiern organisierte Christine eine Feier im Gebäude der Bewohnergesellschaft. Ich war der Hauptgast. Die Party war voller Reporter, die die ganze Zeit Fragen fragten.

"Ist es wahr, Herr Seher, dass Sie Mimoso von den Klauen einer bösen Hexe retteten? Wie ist das passiert?

"Nun, ich war nur ein Instrument des Schicksal, genau wie meine Kollegin hier, Christine. Die „Gegenkräfte" waren im Ungleichgewicht und meine Mission war es, sie wieder zusammenzubringen.

"Was werden Sie nun machen, Herr?

"Also, das weiß ich nicht. Ich denke, dass ich auf ein neues Abenteuer warten muss.

"Sind sie verheiratet, Herr? Was ist Ihr Beruf?

"Nein. Ich priorisiere meine Studien. Was meinen Beruf angeht, ich bin ein administrativer Assistent. Dazu bin ich lizensiert in Mathematik und ein Autor.

Die Fragerei ging weiter doch ich entferne mich von den Reportern. Ich werde mit Christine sprechen und sehen wie es ihr geht. Sie sagt, dass sie die Tragödie vergaß, doch sie ist noch immer über Claudio besorgt. Er war vor einiger Zeit festgenommen worden und sie hatte keine Neuigkeiten. Sie beteuert ihre Liebe und sagt, dass er unvergesslich ist.

Ich tröste sie und heitere sie auf. Während der Feier bleibe ich bei ihrer Seite um ihr Kraft zu geben. Als sie endet verabschiede ich mich von ihr und gehe zurück zum Hotel.

Gespräch mit dem Major

Bevor ich Mimoso verlasse entschied ich mich eine letzte Anstrengung für Christine zu unternehmen. Eine große Liebe wie die ihre und Claudios könne nicht ohne eine letzte Chance gehen. Also ging ich zur Residenz des gefürchteten Majors für ein letztes Gespräch mit ihm. Nachdem ich den Garten des Hauses betrete kündige ich mich an und war kurz darauf vor ihm.

"Herr Major, ich bin hier um über ihre hübsche Tochter Christine zu sprechen. Ich war gerade bei ihr und bemerkte, dass sie leidet. Wieso geben Sie dem Steuereintreiber, Claudio, keine Chance? Sehen Sie nicht dass er der angebrachteste Mann für sie ist?

"Mische dich nicht in Familienangelegenheiten ein. Ich zog meine Tochter nicht groß, um einen Steuereintreiber als Schwiegersohn zu bekommen.

"Ich mische mich ein weil ich ihr Freund bin und ihr Glück mir wichtig ist. Eure Majestät lehnt Claudio ab weil er arm und einfach ist. Haben Sie Ihre arme Kindheit in Maceió vergessen? Eure Majestät war auch einfach. Worauf es in einem anderen menschlichen Wesen ankommt sind seine Qualitäten, sein Talent und Charisma. Unser sozialer Status definiert uns nicht. Wir sind, was unsere Taten über uns sagen.

Meine Antwort schüttelt den Major ein wenig und hartnäckige Tränen kommen aus seinen Augen. Er wischt sie mit Scham weg.

"Woher weißt du das? Ich habe noch nie jemandem von diesem dunklen Teil meines Lebens erzählt.

"Sie würden es nicht verstehen wenn ich es Ihnen erklären würde. Das Problem ist, dass Sie unfair gegenüber Christine sind und sie ihrer wahren Liebe berauben. Sehen Sie die Tragödie die sie mit Ihrer arrangierten Hochzeit provozierten? Das System funktioniert nicht.

Der Major war für einige Momente nachdenklich und antwortet kurz darauf.

"Gut. Ich erlaube den beiden sich zu treffen und dann zu heiraten, aber ich will sie nicht hier in der Nähe sehen. Meine Tochter bleibt eine Enttäuschung in meinem Leben.

"Und Claudio? Werden Sie ihn freilassen?

"Ja, heute.

"Major, noch eine Sache. Ich habe meinen Beruf als Journalist beendet. Ich kann es nicht ausstehen diese Leute über Sie zu belügen.

Der Major krümmt sich vor Ärger, doch war schon draußen. Nachdem ich ging genoss ich ein reines Gewissen weil ich meine Rolle erfüllte. Jetzt war alles, was dem Schicksal noch übrig blieb, die zwei Herzen, die sich wirklich lieben, zusammenzubringen.

Auf Wiedersehen

Endlich, der Moment für Claudio um freizukommen erreichte. Außerhalb der Polizeiwache wurde er von seinen Freunden und der leidenschaftlichen Christine erwartet. Alle waren begierig und nervös wegen dem Anlass. In der Station unterzeichnet Claudio die letzten Papiere um frei zu werden.

"Ich bin fertig, Abgeordneter Pompeu. Kann ich schon gehen? Es war eine Zeit des Leidens und der Qual hier drinnen. Ich erinnere mich gut an den Tag an dem sie mich hier einsperrten und es war der schlimmste Tag meines Lebens. (Claudio)

"Du kannst jetzt gehen. Schauen wir, ob du dich davon abhalten kannst mit Mädchen zu flirten, mit denen du nicht solltest, oder?

"Meine Festnahme war tyrannisch und Sie wissen es, Herr. Ist es ein Verbrechen zu lieben? Ich kontrolliere mein Herz nicht.

"Also, Sie sind gewarnt. Soldat Peixoto begleitet die Zielperson bis zum Ausgang.

Claudio zieht sich zurück und der Soldat befolgt den Befehl des Abgeordneten. Auf dem Weg nach draußen blickt Claudio ein wenig zurück, als ob er sich von den Momenten, die er im Gefängnis verbrachte, verabschiedete. Danach sah er in den Himmel, so als ob er das gesamte Universum in Blick nimmt. Er fühlte sich frei und glücklich weil er sein Leben wiederbeginnen würde. Momente später umarmte er seine Freunde und Christine wartete auf ihre Runde. Die beiden umschlingen sich und küssen sich ausführlich.

"Mein Geliebter! Du bist frei! Jetzt können wir glücklich sein, weil mein Vater unsere Beziehung erlaubt hat. Der Berg ist wirklich heilig weil er unsere Bitte beantwortete. (Christine)

"Ist es wahr? Ich glaube es nicht! Heißt das, dass wir Zusammensein können und unsere Kinder haben können? Gesegneter Berg. Ich habe dieses Wunder nicht erwartet.

Die beiden feiern weiter und in der Zwischenzeit nähere ich mich. Wir erreichten die Zeit meiner Abfahrt.

"Wie wundervoll es ist euch zusammen und glücklich zu sehen. Ich denke, ich kann beruhigt zurück zu meiner echten Zeit gehen.

"Musst du wirklich gehen? Was für eine Schande! Schau, wie wir gelernt haben deine Bemühungen und Entschlossenheit zu bewundern. Ich werde nie vergessen was du für mich und Claudio gemacht hast, danke!

"Ich werde dich auch vermissen. Im Gefängnis, wo wir zusammen festgehalten wurden, konnte ich dich besser kennenlernen und ich denke, du verdienst eine Chance im Leben und im Universum. Viel Glück! (Claudio)

"Bevor ich gehe, ich will eine letzte Sache fragen, Christine. Kann ich ein Buch mit deiner Geschichte veröffentlichen?

"Ja, unter einer Bedingung. Ich will es benennen.

"Gut. Wie soll es heißen?

"Es soll „Gegenkräfte" heißen.

Ich nehme Christines Vorschlag an und gebe ihnen eine letzte Umarmung. Sie waren alle Teil meiner Geschichte. Mit Tränen in den Augen schreie ich zurück und begebe mich zum Hotel. Ich würde meine Koffer packen und gehen. Auf dem Weg erinnere ich mich an all die Zeiten die ich in diesem bäuerlichen Ort verbrachte. Alles durch das ich ging trug zu meiner spirituellen und moralischen Bildung bei. Jetzt war ich bereit für neue Abenteuer und Perspektiven. Mit langsamen Schritten nähere ich mich dem Hotel. Ich verabschiede mich ein letztes Mal von allem was um mich ist und folgere, dass ich sie nicht komplett vergessen werde. Sie werden für immer in meinen Verstand als Erinnerungen meines ersten Ausfluges in der Zeit geätzt sein, ein Ausflug, der die Geschichte des kleinen Dorfes namens Mimoso veränderte. Darüber nachdenkend fühle ich mich froh und erfüllt. Einige Momente später erreiche ich das Hotel und gehe in mein Zimmer. Renato schläft und ich wecke ihn auf. Wir packen unsere Koffer und gehen in die Küche um uns von Carmen zu verabschieden.

"Frau Carmen, wir gehen. Ich wollte sagen, dass Ihre Hilfe sehr wichtig war damit ich die Details der Tragödie herausfand. Dazu möchte ich Ihnen für die Gastfreundlichkeit und Geduld danken.

"Ich bin es die euch für alles was ihr für Mimoso getan habt gerne danken würde. Wir lebten unter einer Diktatur und ihr habt uns befreit. Ich hoffe, dass all eure Träume wahr werden.

"Danke. Renato, sag auf Wiedersehen zu Frau Carmen.

"Ich will sagen, dass Sie während all dieser Zeit wie eine Mutter für mich waren. Ich liebte das Essen und Ihre Ratschläge.

Die drei von uns umarmten sich und die Emotionen des Momentes ließen mich ein paar Tränen vergießen. Was wir in diesen dreißig Tagen erlebten kam zu einem Ende. Sie würden für immer besonders in meinem Leben sein. Als die Umarmung endet gehen wir zur Tür und winkten ein letztes Mal. Nachdem wir gingen würden wir an denselben Ort gehen, wo wir unsere Zeitreise begann.

Die Wiederkehr

Von der Außenseite des Hotels nehme ich einen letzten Blick auf das, was mein Zuhause während der letzten 30 Tage war. Dort hatte ich meine erste Vision, die mir die ganze Geschichte zeigte. Es war die Realisation der Träume des Sehers, einem allwissendem Wesen, durch seine Visionen. Mit den Fakten war ich in der Lage den Zeitplan der Geschehnisse zu betreten und so zu handeln, dass die Ungerechtigkeiten ungetan werden. Das hinterließ mich mit einem reinen, frohen Bewusstsein, weil ich die

Mission erfüllte, die die Beschützerin mir anvertraute. Ich schaffte es, die „Gegenkräfte" wiederzuvereinigen und Christine zu helfen, wahres Glück zu erhalten. Folglich kehrte Mimoso zum Christentum zurück und viele der Gläubigen konnten den Erschaffer anbeten, lobpreisen und verherrlichen. Ich wünschte mir, dass ich noch ein wenig mehr Zeit hätte um all diese Arbeit genießen zu können. Gut, ich werde im Geiste beobachten. Mit einem Blick schaue ich auf Renato und bemerke, wie wichtig er auf meiner Mission war. Ohne ihn wäre weder mein Kontakt mit Christine ausreichend gewesen, noch hätte ich aus dem Gefängnis ausbrechen können. Es war wahrlich lohnenswert ihn auf dieser Reise mitzunehmen.

Wir laufen weiter und nähern uns schnell dem Fuß des Ororubá Berges, dem Berg, der von allen als Heilig angesehen wird. Es war an diesem Ort an dem ich die Beschützerin, den Geist, die junge Frau und das Kind traf, ich komplettierte die Aufgaben und betrat die gefährlichste Höhle der Welt. In der Höhle, Fallen ausweichend und durch Szenarien schreitend, schaffte ich es, sie meine Träume ausführen zu lassen und sie verwandelte mich in den Seher. All das war unglaublich wichtig um die Reise rechtzeitig zu schaffen und die Handlungsstränge ändern zu können. Jetzt war ich dort, am Fuße des Berges, erfüllt und bereits an das nächste Abenteuer denkend. Ich war so darauf konzentriert, dass ich nicht bemerkte, dass mich eine kleine Hand zieht. Ich drehe mich um, um zu sehen was los ist. Es war Renato.

"Was wird aus mir jetzt, Herr Seher?

"Also, ich soll dich zu der Beschützerin zurückbringen, die sich um dich kümmert, oder?

"Versprechen Sie mir dass Sie mich auf Ihren nächsten Ausflug mitnehmen. Ich liebte es 30 Tage im Dorf von Mimoso zu verbringen. Zum ersten Mal fühle ich mich brauchbar und wichtig.

"Ich weiß nicht. Nur, wenn es unbedingt nötig ist. Wir werden sehen.

Meine Antwort scheint Renato nicht unbedingt froh gemacht zu haben, das ist mir aber egal. Ich konnte nichts über die Zukunft garantieren, obwohl ich Hellseher war. Dazu konnte ich nicht vorhersehen was mit dem Buch geschehen wird, das ich veröffentlichen werde.

Von ihm hängen meine neuen Abenteuer ab. Ich vergesse ein wenig das Problem meines Buches und konzentriere mich auf die mich umgebende Natur: die grauen Wolken, die reine Luft, die ausgelassene Vegetation und die heiße Sonne. Die sieben Tage die ich auf der Spitze des Berges verbrachte brachten mir bei, alles voll zu respektieren. Wenn wir das nicht machen erwidert es negativ. Die Beispiele sind nicht wenige: Naturkatastrophen, globale Erwärmung und der Mangel an natürlichen Ressourcen. Das Ende ist nah wenn wir in diesem Zustand der Unvernunft bleiben.

Zeit vergeht und wir erklettern den Berg komplett. Wir gehen zurück an den Punkt, wo wir die Zeitreise machten und ich beginne mich zu konzentrieren. Ich erschaffe einen Kreis des Lichtes um uns und wir beginnen uns zu verlangsamen. Es war nötig das Gegenteil davon zu machen, was zuvor gemacht wurde um in der Zeit vorwärts zu reisen. Ein kalter Wind schlägt, mein Herz rast, die Erdanziehungskraft verliert ihre Macht und damit beginnen wir unsere Rückreise. Der Ring des Lichtes erweitert sich und die Jahre vergehen: 1910, 1920, 1930, 1940, 1950, 1960, ... 2010. Als wir an diesem Punkt ankommen löst sich der Kreis auf und wir fallen auf den Boden. Nach dem Aufstehen sehe ich die Beschützerin und das macht mich glücklich.

"Also dann, ich sehe, dass ihr schon zurück seid. Du hast es geschafft, die „Gegenkräfte" wiederzuvereinigen und dem Mädchen zu helfen, Kind Gottes?

"Ja. Der Ausflug war ein Erfolg und ich schaffte es, den Sinn der Dinge wieder herzustellen. Die Höhle war sehr wichtig für mich um erfolgreich zu sein.

"Die Höhle wird nur ein Schritt auf deiner Reise sein. Sie sollte als Unterstützung des Wachstums und Lernens sein. Der Seher hat noch viele Aufgaben vor sich. Sei Weise und vernünftig in deinen Entscheidungen.

"Also, ich gebe Renato wieder in deine Obhut. Du hattest Recht ihn mit mir zu schicken. Er war wichtig. Außerdem würde ich dir gerne für die Aufmerksamkeit und Hingabe danken, die du mir gegeben hast. Ohne deine Lehren hätte ich weder die Höhle geschlagen noch wäre ich Seher geworden.

"Danke nicht mir. Du musst an diesen heiligen Ort zurückkommen wann immer es nötig ist. Dann werde ich erscheinen und dir den Weg zeigen. Vor allem, erinnere dich: Liebe und Glauben sind zwei mächtige Kräfte, die wenn sie richtig eingesetzt werden, Wunder bewirken können. Wenn in Zweifel oder während den dunkelsten Nächten deiner Seele, klammere dich an deinen Gott und diese zwei Kräfte. Sie werden dich befreien.

Nachdem sie das sagte, verschwindet die Beschützerin zusammen mit Renato. Ich stand für einige Momente, darüber nachdenkend, was die Beschützerin sagte. Die dunkelsten Nächte meiner Seele? Ich denke, dass ich mehr darüber lernen sollte. Ich nehme meine Koffer und begann den Weg den Berg runter. Ich würde das erste Auto nehmen um nach Hause zu kommen.

Zuhause

Ich kam gerade von meiner Reise zurück und meine Verwandtschaft begrüßt mich mit einer Feier. Meine Mutter scheint besorgt zu sein da sie unermüdlich Fragen stellt. Ich beantworte ein paar und sie wird ruhiger. Ich gehe in mein Zimmer und lege meine Koffer weg. Wieder schaue ich auf die Werke die ich in den letzten Jahren gelesen habe und fühle mich noch glücklicher, weil meines bald unter ihnen sein wird. Ich bin nun Teil der Literatur und bin sehr stolz darauf. Meine Aufmerksamkeit weicht ab und ich bemerke, dass mein Bett voller Mathematikbücher ist. Ich fühle mich ein wenig schuldig weil ich sie alle für knapp einen Monat zurückließ. Ich beginne sie durchzublättern, mache ein Paar Rechnungen. Endlich bin ich zurück und mache Mathe, die andere Leidenschaft in meinem Leben.

Epilog

Nach dem Verlassen von Mimoso passierten viele Dinge. Christine und Claudio heirateten und wurden Eltern von sieben wunderschönen Kindern. Die kleine Kapelle von St. Sebastian wurde wiederaufgebaut und der Gouverneur erfüllte sein Versprechen gegenüber dem Major und unterstützte ihn als Bürgermeister von Pesqueira. Er wurde gewählt und führte seine Geschichte der Domination und Autorität weiter. In der jüngsten Vergangenheit wurde die Autobahn BR-232 gebaut und das brachte den Transfer von Dienstleistungen und Unternehmen nach Arcoverde (in der Zeit als dieses Buch geschrieben wurde, war ich im Dorf Rio Branco). Dann kam die allmähliche Loslösung der Eisenbahn und Mimoso wurde eine Geisterstadt.

Momentan hat Mimoso 3000 Einwohner und die Wirtschaft des Bezirkes ist mit den benachbarten Städten, Pesqueira und Arcoverde, verbunden. Grundsätzlich dreht es sich um die Produktion und Rinderviehzucht Vergütungen, eingenommen von den pensionierten Personen. Eines der Höhepunkte von Mimoso ist die Stiftung Possidônio Tenório de Brito, die durch den pensionierten Richter Aluiz Tenório de Brito Möglichkeiten für Bildung und Kultur anbietet. Er legte eine wertvolle Bibliothek an, startete informationell Bildungskurse sowie ein Videoarchiv. Ich bin einer der jungen Menschen, der von dieser Initiative begünstigt wurde und heute bin ich ein Schreiber, Autor von „Gegenkräfte".

www.ingramcontent.com/pod-product-compliance
Lightning Source LLC
LaVergne TN
LVHW020424070526
838199LV00003B/267